BASTEI
LÜBBE
TASCHENBUCH

Weitere Titel der Autorin:

Der verflixte 7. Mann

Über die Autorin:

Sandra Grauer wurde 1983 im Ruhrgebiet geboren. Schreiben, Lesen und in die Welt fremder Geschichten einzutauchen war schon immer ihre Leidenschaft. In Heidelberg studierte sie Sprach- und Übersetzungswissenschaften; später absolvierte sie ein fachjournalistisches Fernstudium und ein Volontariat in einer PR-Agentur in Karlsruhe. Mit ihrem Mann, ihrem Sohn und zwei Meerschweinchen lebt sie inzwischen wieder im Ruhrgebiet. Sie schreibt, z. T. unter Pseudonym, Romane für Jugendliche und Frauen, von denen einige bereits mit Leserpreisen ausgezeichnet wurden.

SANDRA GRAUER

Sommerglück

AUF FEHMARN

Roman

BASTEI LÜBBE
TASCHENBUCH

BASTEI LÜBBE TASCHENBUCH
Band 17695

Dieser Titel ist auch als E-Book erschienen.

MIX
Papier aus verantwortungsvollen Quellen
FSC www.fsc.org
FSC® C083411

Originalausgabe

Dieses Werk wurde vermittelt durch die litmedia.agency, Offenburg.

Lektorat: Dr. Stefanie Heinen
Titelillustration: © Chantal de Bruijne/shutterstock; Pawel Kazmierczak/shutterstock; Magenta10/shutterstock; art_of_sun/shutterstock
Umschlaggestaltung: Christin Wilhelm, www.grafic4u.de
Satz: two-up, Düsseldorf
Gesetzt aus der Minion
Druck und Verarbeitung: CPI books GmbH, Leck – Germany
Printed in Germany
ISBN 978-3-404-17695-3

1 3 5 4 2

Sie finden uns im Internet unter www.luebbe.de
Bitte beachten Sie auch: www.lesejury.de

Für Niklas und für Christian

Kapitel 1

Samstag, 1. April

6:30 Uhr: Mit Carla Blumen aussuchen
11:00 Uhr: Teammeeting
12:00 Uhr: Besprechung mit Darío
~~17:30 Uhr: Maniküre~~
~~20:00 Uhr: Cocktails mit Felipe~~
Flug von Fuerteventura nach Hamburg buchen
Koffer packen

»Emily, Liebes, was hältst du davon, wenn du uns über Ostern besuchst? Dein Vater und ich würden dich gern mal wiedersehen. Das letzte Mal ist schon so lange her.«

Ich nahm das Telefon in die andere Hand. »Natürlich würde ich euch auch gern wiedersehen. Aber wie stellst du dir das vor, Mama? Ich kann hier jetzt nicht weg. Du kennst meine berufliche Situation, und gerade ist generell kein guter Zeitpunkt. Carla heiratet bald. Sie braucht meine Hilfe für die Vorbereitungen.«

»Stimmt, daran hatte ich nicht gedacht, sonst hätte ich gar nicht erst gefragt.« Die Stimme meiner Mutter klang betont fröhlich. »Wie ist denn das Wetter auf Fuerteventura? Uns hat der Winter leider nach wie vor im Griff.«

Ich unterdrückte ein Seufzen. »Was ist los, Mama?«

»Alles gut, mein Schatz, mach dir keinen Kopf. War nur so eine Idee, dein Job geht natürlich vor.«

Mein Blick glitt zu Felipe, meinem Freund, der neben mir stand, die Hände in den Taschen seiner Stoffhose. Immer wieder suchte er meinen Blick, denn wir waren gerade mitten in einem Gespräch gewesen, als mein Handy geklingelt hatte. Aber jetzt musste er warten. Irgendetwas stimmte bei meinen Eltern nicht, sonst hätte meine Mutter nicht um diese Uhrzeit angerufen. Und dann noch ihre Stimme, der Themenwechsel …

»Also, was hast du auf dem Herzen?«, fragte ich. »Und versuch nicht, mich mit fadenscheinigen Ausreden abzuspeisen. Ich kenne dich.«

»Manchmal wünschte ich, dein Vater würde mich auch so gut kennen.«

»Oje«, entfuhr es mir.

Sie holte tief Luft. »Du sagst es. Er verheimlicht mir etwas, das merke ich ganz genau. Natürlich streitet er es ab, vermutlich will er mich schonen, aber ich habe doch Augen im Kopf. Immerhin habe ich das Hotel jahrelang mehr oder weniger alleine geführt. Er kann es nicht vor mir verbergen, wenn die Gäste ausbleiben.«

»Das liegt vielleicht am …«, bemerkte ich, doch meine Mutter unterbrach mich sofort.

»Nein, das liegt nicht nur am Wetter. Rund um die Feiertage ist immer viel los, egal zu welcher Jahreszeit. Ich habe Hanni neulich über die Schulter geschaut. Für die Osterferien sind bisher kaum Reservierungen vermerkt.«

Das war in der Tat ungewöhnlich. Für einen kurzen Moment setzte Schweigen ein. Keiner von uns sprach es aus, und doch dachten wir beide mit Sicherheit dasselbe. Irgendwie warteten wir alle seit zwei Jahren auf den großen Knall.

»Was ist mit Dominik?«, fragte ich.

Meine Mutter seufzte. »Emily, Liebes, dein Bruder ist auf Barbados, das weißt du doch. Er hat die Stelle erst vor Kurzem angenommen. Er kann dort jetzt nicht weg. Und es wäre auch ein bisschen weit.«

»Ist Papa denn in der Nähe? Dann rede ich mal mit ihm.«

»Er ist gerade unterwegs. Ich kann ihm sagen, er soll dich zurückrufen, aber ich bezweifle, dass das was bringen wird.« Meine Mutter holte erneut tief Luft. »Emily, glaub mir. Ich bilde mir das nicht ein: Das Hotel steckt in großen Schwierigkeiten.«

Das Hotel steckt in großen Schwierigkeiten. Ich bekam diesen Satz nicht mehr aus dem Kopf. Nicht, während ich mit Felipe zum Hotel zurückkehrte, in dem er und ich arbeiteten. Nicht, während ich vor dem Laptop saß und einen kurzfristig verfügbaren Flug von Fuerteventura nach Hamburg suchte. Normalerweise lebten meine Eltern auf Fehmarn und ich auf Fuerteventura friedlich nebeneinanderher. Wir telefonierten gelegentlich, hielten aber keinen allzu engen Kontakt. Ich liebte meine Eltern, keine Frage, aber wir hatten nur wenig Anknüpfungspunkte, obwohl wir alle im Hotelgewerbe tätig waren. Meine Mutter hatte während meiner Kindheit stets viel gearbeitet, und später, während meiner Ausbildung, war mir ihre ewige Bevormundung auf den Wecker gegangen. Mein Vater … war speziell. Er war ein herzensguter Mensch, aber seine Tendenz, Chaos zu verbreiten, trieb mich regelmäßig in den Wahnsinn. Die Frage, was zu Hause eigentlich los war, ließ mich allerdings nicht mehr los. Übertrieb meine Mutter womöglich? Nein. Ich schüttelte den Kopf. Meine Mutter übertrieb nie, das war nicht ihre Art. Das war eher die Art meines Vaters, aber aus ihm war nichts herauszubekommen gewesen. Sein einziger Kommentar vorhin am Telefon hatte gelautet: »Warum macht ihr denn jetzt so ein Theater?

Ich hab hier alles im Griff.« Doch genau diese Worte machten mich stutzig – mein Vater litt seit jeher an grenzenloser Selbstüberschätzung.

Ach ja. Dabei hatte der Tag so entspannt angefangen. Ich hatte meine beste Freundin Carla und Felipe – ihren Bruder – auf den Blumenmarkt begleitet.

»Wie wär's mit einem bunten Frühlingsstrauß?«, hatte ich gefragt und eine Tulpe aus der Vase gezogen. »Mit Tulpen, Anemonen und Ranunkeln. Stellt euch das Bouquet aus gelben, orangefarbenen und pinken Blumen auf jedem Tisch vor.« Carla hatte sehr angetan gewirkt, doch Felipe hatte den Kopf geschüttelt.

»Viel zu gewöhnlich für diesen Anlass. Wir werden doch wohl etwas Besseres als Tulpen finden, zumal die nicht ewig blühen.«

Ich wandte mich an Carla. »Dann vielleicht die klassische Variante? Pastellfarbene Rosen gehen immer.«

Felipe gab mir einen Kuss auf die Nase. »Emily, das ist nicht klassisch, sondern langweilig.«

»Bruderherz, das ist *meine* Hochzeit«, sagte Carla genervt. »Und ich finde Frühlingsblumen oder Rosen sehr schön.«

»Es kann trotzdem nicht schaden, sich noch ein wenig umzusehen«, sagte Felipe und streifte weiter durch die Halle.

Kaum zu glauben, dass an einem Samstagmorgen um kurz vor sieben schon so viel los war auf dem Blumenmarkt. Eine ältere Frau mit einem Kleinkind auf dem Arm feilschte mit einem Verkäufer ein paar Stände weiter, ein Mann und eine Frau unterhielten sich lautstark über mehrere Tische hinweg.

»Dass Felipe überhaupt mitgekommen ist«, wunderte ich mich. Er hatte nicht viel für »das Gemüse« übrig, wie er immer sagte, ganz im Gegensatz zu mir. Tief atmete ich den süßen Duft der Blumen ein. Was für ein Duft. Was für eine Farbenpracht.

Carla lächelte wissend und hakte sich bei mir ein. Langsam schlenderten wir die Stände entlang. »Du weißt genau, warum mein Bruder mitgekommen ist«, sagte sie. »Für dich würde er alles tun. Wäre es nicht schön, wenn du endlich meine Schwägerin werden würdest?«

Ein Lächeln stahl sich auf mein Gesicht. Ja, Felipe wollte irgendwann heiraten und Kinder haben, das hatte er mir schon bei unserem dritten Date nach dem zweiten Glas Chardonnay gestanden. Anstalten, mich zu fragen, hatte er jedoch bisher keine gemacht. Auch wenn wir erst seit sechs Monaten ein Paar waren, kannten wir uns bereits eine gefühlte Ewigkeit, da ich mit Carla seit meiner Ankunft auf Fuerteventura befreundet war.

»Und?« Carla sah mich erwartungsvoll an. »Wie stehen die Chancen?«

»Das musst du schon deinen Bruder fragen«, wich ich aus. »Wir haben mal kurz darüber geredet, das war's.«

»Vielleicht hast du es auch einfach nicht mitbekommen. Felipe ist nicht so der romantische Typ, das müsstest du inzwischen wissen. Außerdem könntest du ihn ebenso gut um seine Hand bitten.«

»Ich? Auf keinen Fall. Dann hätte ich immer das Gefühl, dass ich ihn dazu genötigt hätte, mich endlich zur Frau zu nehmen. Nein, da bin ich altmodisch. Heiratsanträge sind Männersache.«

Carla zuckte nur mit den Schultern. Felipe war weiter vorn stehen geblieben und winkte uns zu sich. »Wie findet ihr denn diese hier?« Er zeigte auf eine Blume, die aussah wie ein Paradiesvogel: langer Stängel und orangefarbener Kamm samt Schnabel. Strelitzien waren für mich als gebürtige Deutsche zwar immer noch exotisch, aber in den Hotelanlagen von Fuerteventura wuchsen sie zuhauf.

Carla schüttelte sofort den Kopf. »Nein, danke. Wenn du mal heiratest, kannst du machen, was du willst, aber für meine Hochzeit wünsche ich mir etwas Bodenständigeres.«

Felipe sah zu mir und lächelte sein verführerisches Lächeln. »Und, was meinst du? Sollen wir uns diese Sorte schon mal für Tag X merken?«

Überrascht erwiderte ich seinen Blick. »Ich weiß nicht«, meinte ich. »Die sind mir, ehrlich gesagt, etwas zu ausgefallen. Es gibt so viele schöne Blumen, die sich bestens als Tischschmuck für eine Hochzeitsgesellschaft eignen. Rosen, Lilien, Callas ...«

Felipe drehte sich zu mir um und strich mir eine Haarsträhne hinters Ohr. »Aber die nimmt doch jeder, Emily.«

»Das würde mir nichts ausmachen. Auf einer Hochzeit darf es ruhig traditionell zugehen, finde ich.«

»In diesem Fall bin ich ganz deiner Meinung«, sagte Carla und zwinkerte mir zu. »Deshalb entscheide ich mich wohl tatsächlich für die pastellfarbenen Rosen.«

»Denkst du, das gefällt auch José?«, hakte Felipe nach. »Vielleicht würde er lieber so was hier nehmen.« Er deutete auf den Zierlauch.

»José ist glücklich, wenn ich es bin«, antwortete Carla kurz angebunden und ging zurück zu den Rosen.

Ich hingegen betrachtete noch einen Moment die lilafarbenen Blütenbälle, die auf ihren Stängeln zu schweben schienen. »Zierlauch ist toll, den könnte ich mir sehr gut als Tischdeko vorstellen.«

»Ach ja?«

Ich drehte mich zu Felipe um. »Für den Brautstrauß würde ich aber trotzdem etwas Klassischeres bevorzugen.«

Schmunzelnd zog er mich in seine Arme. »Na schön, wenn wir zwei eines Tages heiraten sollten, kannst du dir aussuchen, was du möchtest. Niemand soll mir nachsagen, ich würde nicht wollen, dass du glücklich bist.«

»Weiß ich doch, ich bin ja glücklich. Und bis wir die Blumen aussuchen, muss erst noch einiges anderes passieren.«

»Stimmt, ich hab zum Beispiel einen Bärenhunger. Hast du Lust, gleich noch mit mir zu frühstücken, bevor du ins Hotel musst?«

Zwei Stunden später waren Felipe und ich hinaus auf die Terrasse des *Hotel de los Sueños* getreten, um von dort die Treppe zum Strand zu nehmen. Obwohl es erst kurz nach neun war, strahlte die Sonne von einem blauen Himmel. Normalerweise hätte ich um die Zeit schon zwei Stunden Arbeit hinter mir, aber ich hatte spontan beschlossen, noch einen kleinen Strandspaziergang mit Felipe zu machen.

Im Außenbereich des Hotels herrschte bereits reger Betrieb. Im Pool tummelten sich einige Kinder und ältere Gäste, und die Frühaufsteher lagen träge in der Sonne. Einen Moment ließ ich den Blick über die Anlage schweifen: das kristallklare Wasser in den Becken, Dutzende von Palmen, die Liegen und Sonnenschirme aus Bambus, im Hintergrund der Atlantik.

»Ein tolles Hotel, nicht wahr? Vor allem, weil du es demnächst leiten wirst«, sagte Felipe.

»Ja.« Ich nickte stolz. »Heute Mittag treffe ich mich mit Darío, um die ersten Details zu besprechen.« Jahrelang hatte ich darauf hingearbeitet, nun endlich war es bald so weit. Und ich hatte es ganz allein geschafft.

Felipe wusste, was mir die Beförderung bedeutete. Er war stellvertretender Geschäftsführer der Hotelkette seiner Eltern, hatte jedoch nichts mit meiner neuen Position zu tun. Wir waren erst ein Paar geworden, nachdem mir die Leitung des Hotels bereits in Aussicht gestellt worden war.

»Ich bin stolz auf dich, weißt du das?«

Felipe wollte meine Hand nehmen, doch stattdessen berührte ich nur flüchtig seine. »Danke, lieb von dir.«

Er wirkte ein wenig enttäuscht, aber er kannte meine Prinzipien: Vor den Gästen und anderen Hotelangestellten hielt ich mich mit Vertraulichkeiten zurück, mein Privatleben ging niemanden etwas an. Außerdem wollte ich nicht, dass jemand falsche Schlüsse zog. Immerhin wusste hier jeder, dass Felipe der Sohn der Inhaber war.

»Oh, Moment.« Ich wandte mich auf Spanisch an den Steward, der mit zügigen Schritten die Poollandschaft durchquerte. »Würden Sie bitte die Handtücher von diesen Liegen hier entfernen?«

»Natürlich, wird sofort erledigt«, antwortete er und begann bereits, die Handtücher einzusammeln.

»*Gracias.*« Ich schenkte ihm ein Lächeln und setzte mit Felipe an meiner Seite den Weg zum Strand fort. »Unglaublich, die deutschen Urlauber versuchen doch tatsächlich immer wieder, die Liegen mit ihren Handtüchern zu reservieren.« Amüsiert schüttelte er den Kopf. »Was ist?«

»Immer nur die Arbeit im Kopf.« Ich rechnete schon mit einem Vorwurf, doch er fuhr fort: »Das ist auch der Grund, weshalb wir so gut zusammenpassen. Keiner von uns macht dem anderen eine Szene, weil es auf der Arbeit mal etwas hektischer zugeht.«

Das stimmte, wir hatten beide immer sehr viel zu tun. Ich

war mir allerdings nicht sicher, ob das wirklich von Vorteil war. Sich für Intimitäten zu verabreden war nicht unbedingt romantisch.

Inzwischen hatten wir den Strand erreicht. Hier ging es noch etwas ruhiger zu als am Hotelpool. Ich stieg aus meinen Sandalen und genoss das Gefühl des warmen Sandes unter meinen nackten Fußsohlen. Um diese Uhrzeit war es am Strand besonders schön, denn wenn die Sonne später mehr Kraft hatte, würde der Sand zu heiß sein, um barfuß zu laufen.

Felipe griff nach meiner Hand, und dieses Mal ließ ich es zu. Gemeinsam schlenderten wir den Strand entlang. Ein junges Paar kam uns entgegen, vielleicht Mitte zwanzig, beide übers ganze Gesicht strahlend. Sie hatte einen knallroten Pareo um ihre Hüften geschlungen, und auch er steckte in legerer Strandkleidung. Im Vergleich zu den beiden kam ich mir alt vor, dabei war auch ich erst Anfang dreißig. Aber Felipe und ich wirkten auf andere sicher nicht mehr wie frisch verliebt, zudem steckte ich bereits in meiner Dienstkleidung, einem hellen Kostüm, bestehend aus Rock und Blazer. Nicht gerade das ideale Strandoutfit.

»Kommst du dir auch manchmal so alt vor?«, fragte ich Felipe.

Er blieb stehen und ergriff meine zweite Hand. »Emily, wir sind doch nicht alt. Du bist zweiunddreißig, ich bin gerade einmal vier Jahre älter.«

»Schon, es ist nur … Wir sind immer so bedacht und vernünftig.« Hatte ich das gerade eben wirklich gesagt? Ich mochte vernünftige Menschen, die ihren Weg kannten und ein Ziel vor Augen hatten. Ich war selbst einer von ihnen.

Felipe schmunzelte. »Wäre es dir etwa lieber, wenn ich mich unberechenbar verhalten würde?«

Schnell schüttelte ich den Kopf. »Nein, überhaupt nicht. Ich mag Stabilität und Sicherheit in meinem Leben. Vergiss einfach, was ich gesagt habe.« Was war denn auf einmal los mit mir? Ich liebte feste Strukturen, brauchte sie, um zurechtzukommen. Mein Leben war gut, so wie es war. Warum sah ich jetzt Probleme, wo keine waren?

»Aber vielleicht hast du recht«, antwortete Felipe. »Vielleicht sollten wir einfach mal etwas Verrücktes tun, etwas riskieren. Ich liebe dich, Emily, das weißt du.« Er gab mir einen flüchtigen Kuss.

»Natürlich weiß ich das. Ich liebe dich auch.«

Mit einem Mal wirkte er jungenhaft, fast ein bisschen aufgeregt und verlegen. »Na, dann lass es uns wagen. Oder was meinst du?«

Ehrlich gesagt war mir nicht klar, wovon er gerade sprach, doch bevor ich nachfragen konnte, hatte mein Handy geklingelt. »Oh, tut mir leid. Ich muss da kurz drangehen.« Mit einem entschuldigenden Lächeln hatte ich das Telefon hervorgeholt, um das Gespräch anzunehmen.

Und nun klickte ich auf »Buchen«, um einen Flug in aller Herrgottsfrühe auszuwählen, weil ich meiner Mutter versprochen hatte, in der *Strandperle* nach dem Rechten zu schauen. Dabei wollte ich alles andere als zurück nach Fehmarn.

Kapitel 2

Sonntag, 2. April

6:00 Uhr: Flug von Fuerteventura nach Hamburg
Mir einen Überblick verschaffen
Hoffen, dass Papa nicht allzu viel Schaden angerichtet hat
Meiner Vergangenheit aus dem Weg gehen

Bei Heiligenhafen verließ ich die A1 und fuhr weiter auf die B207. Linker Hand kam das erste Mal die offene See in Sicht. Ich schaltete den Scheibenwischer eine Stufe höher, denn der leichte Nieselregen, der mich seit Hamburg begleitete, wurde immer stärker. Nur wenige Minuten später machte die Straße eine Biegung und führte direkt auf die Fehmarnsundbrücke. Heftige Windböen rüttelten am Auto und peitschten den Regen gegen die Fensterscheiben. Ich fuhr etwas langsamer und riskierte einen Blick auf die tosende See unter mir. Sie wirkte grau und trostlos. Kein Vergleich zu dem türkisblauen Meer, an das ich inzwischen gewohnt war. Als ich Fuerteventura am Morgen verlassen hatte, waren es bereits über zwanzig Grad gewesen, und die Sonne hatte von einem wolkenlosen Himmel gestrahlt. Fehmarn hingegen empfing mich mit Regenwolken und einstelligen Temperaturen. Ich fröstelte. Was für eine Freude, dass ich hierherkommen durfte, während mein Bruder sich in der Karibik Cocktails servieren ließ.

Hoffentlich war es nicht so schlimm, wie meine Mutter befürchtete. Ich hatte erst überlegt, sie abzuwimmeln. Meine To-do-Liste war auch so schon voll genug, und eigentlich wäre es die Aufgabe meines Bruders gewesen, dem Hilferuf meiner Mutter nachzukommen. Er sollte schließlich eines Tages die Hotelleitung übernehmen, ich hatte schon früh klargemacht, dass ich das nicht wollte. Und nicht allein deshalb, weil meine Mutter mir während meiner Ausbildung im Familienhotel quasi die Luft zum Atmen genommen hatte. Alles, aber wirklich alles, hatte sie besser gewusst. Auch die Vorstellung, mein ganzes Leben auf Fehmarn zu verbringen, hatte mich gelähmt. Diese Insel war zu klein für mich, ich wollte etwas erleben. Und doch war die *Strandperle* noch immer mein Zuhause. Wenn meine Mutter mich jetzt so verzweifelt bat, nach dem Rechten zu schauen, hatte ich keine Wahl. Zum Glück hatte Darío, mein Chef, mir so kurzfristig ein paar Tage Urlaub genehmigt – auch wenn er wenig begeistert gewesen war.

»Wie stellst du dir das vor, Emily?«, hatte er wissen wollen. »Du stehst kurz davor, die Leitung des *Los Sueños* zu übernehmen. Da solltest du dich in deine neuen Aufgaben einarbeiten und nicht in den Urlaub gehen.«

»Ich will auch nicht in die Karibik fliegen, sondern an die deutsche Ostsee. Darío, das ist ein Notfall. Außerdem habe ich noch fünfzehn Tage Resturlaub vom letzten Jahr. Irgendwann muss ich den nehmen, das sagst du selbst immer, und ich bleibe sicher nicht lange fort.«

Natürlich hatte Darío schließlich zugestimmt. Er war ein Familienmensch und hatte vollstes Verständnis für meine Situation. Trotzdem fühlte ich mich schlecht, und das nicht nur wegen meines Jobs, sondern auch wegen meiner Heimatinsel. Es gab schließlich einen Grund, warum ich Fehmarn vor so vielen Jahren verlassen hatte, und der hing nicht nur mit meiner Familie zusammen.

Es war wirklich seltsam, wieder hier zu sein. Das letzte Mal war ich vor über zwei Jahren auf der Insel gewesen. Vereinzelt kam mir ein Auto oder ein vermummter Fahrradfahrer entgegen, aber davon abgesehen wirkte die Insel wie ausgestorben. Wobei sie auch zur Hauptsaison nie so voll wie Rügen, Usedom oder Sylt wird, dabei ist sie die drittgrößte Insel Deutschlands.

Ich passierte Wiesen und Felder, durchquerte Burg und fuhr von dort weiter Richtung Osten. Keine zehn Minuten später hatte ich Katharinenhof und damit mein Ziel erreicht. Ich setzte den Blinker und fuhr langsam auf den Hof. Der Kies knirschte unter den Autoreifen, ein vertrautes Geräusch. Ebenso vertraut war der Anblick des Hotels. Wind und Wetter schienen ihm all die Jahre nichts ausgemacht zu haben. Fast schon majestätisch thronte das weiße Gebäude mit den Erkern und unzähligen Sprossenfenstern hoch oben auf der Steilküste. *Es ist doch schön, mal wieder hier zu sein,* musste ich mir eingestehen, auch wenn ich mir für meinen Besuch andere Umstände gewünscht hätte.

Einer der Familienparkplätze war noch frei, und ich stellte den Mietwagen dort ab. Einen Moment blieb ich sitzen, dann stieg ich aus. Ich hatte keinen Regenschirm und auch keine Jacke dabei, und obwohl ich mich gerne erst ein wenig umgesehen hätte, rannte ich doch direkt zum Haupthaus.

Unter dem von Säulen gerahmten Dachvorsprung erwartete mich bereits meine Mutter. »Hab ich doch richtig gehört. Emily, wie schön, dass du gekommen bist.« Sie nahm mich in die Arme und betrachtete mich anschließend aufmerksam. »Gut schaust du aus, so braun.«

»Auf den Kanaren ist das Wetter ein bisschen besser als hier«, antwortete ich und musterte meine Mutter meinerseits. Sie hatte wieder etwas Farbe bekommen und auch ein paar Kilo zugenommen, aber dafür deutlich mehr Falten im Gesicht als bei meinem letzten Besuch. Ihre dunkelbraunen Haare zeigten zwar keine einzige graue Strähne, aber vermutlich hatte sie da mit einer Tönung nachgeholfen. Mit einem Mal bekam ich ein schlechtes Gewissen. Nach ihrem Herzinfarkt vor zwei Jahren hatte ich sie völlig alleine gelassen. Natürlich war mein Vater für sie da gewesen, aber es fühlte sich trotzdem so an. »Wie geht es dir, Mama?«

»Alles in Ordnung, mein Schatz. Es ist so schön, dass du hier bist. Na komm, lass uns reingehen und einen Kaffee trinken, damit du wieder warm wirst.«

»Mein Gepäck ist noch im Auto.«

»Ach, das kann Peer nachher holen. Es wird sicher nicht den ganzen Tag lang regnen.«

Meine Mutter hielt mir die Tür auf, und ich ging voraus. Neugierig sah ich mich im Empfangsbereich um, doch es hatte sich so gut wie nichts verändert. Die *Strandperle* empfing ihre Gäste seit jeher mit uriger Gemütlichkeit: Fachwerk an Decken und Wänden, dazu Sofas und Sessel, die genauso gut in einem königlichen Palast hätten stehen können.

»Ja mei, das glaub ich jetzt net. Die Emily.« Hanni, seit bestimmt vierzig Jahren Rezeptionistin in diesem Hotel, eilte um den Empfangstresen herum und drückte mich an ihren wogenden Busen. Sie war ein bayerisches Urgestein und lief selbst im Winter im Dirndl umher, obwohl Fehmarn seit ihrem zwanzigsten Lebensjahr ihre Heimat war. »Groß bist du geworden.«

Ich lachte. »Tut mir leid, wenn ich dich enttäuschen muss, Hanni, aber ich wachse schon seit etwa vierzehn Jahren nicht mehr.«

Sie lachte ebenfalls. »Du weißt doch, wie ich das meine. Lass dich ansehen. Sie ist ja schon eine Schönheit, gell?«, sagte sie an meine Mutter gewandt. »Die dunkelbraunen Haare, die blauen Augen, die Sommersprossen auf der Nase … Ganz die Oma, Gott hab sie selig.«

Meine Mutter schob mich an der Schulter weiter. »Schon gut, Hanni. Nun lass unsere Große doch erst einmal in Ruhe ankommen.«

»Aber später kommst du bei mir auf einen Plausch vorbei, gell?«, rief Hanni mir hinterher.

Ich drehte mich noch einmal zu ihr um und nickte, dann stieg ich mit meiner Mutter die geschwungene Treppe hinauf zu unseren Privaträumen. Die *Strandperle* hatte drei Stockwerke. Im Erdgeschoss befanden sich neben dem Empfang der Speisesaal und weitere öffentliche Räumlichkeiten wie zum Beispiel die Sauna. Im ersten und zweiten Stock gab es jeweils zwölf Zimmer mit Platz für insgesamt knapp fünfzig Gäste, und im obersten Stockwerk war neben den Arbeitszimmern auch ein Wohnzimmer untergebracht, zu dem meine Mutter nun die Tür öffnete. Sie nahm auf dem roten Sofa mit den goldenen Bordüren Platz, das dort stand, seit ich denken konnte. Auf dem runden Tisch in der Mitte war alles für eine Kaffeepause vorbereitet, also setzte ich mich ihr gegenüber und schenkte uns beiden ein.

»Dein Vater kommt gleich, er wollte noch irgendwas ganz Wichtiges erledigen«, sagte meine Mutter.

»Wie geht es ihm denn?«, fragte ich und trank einen Schluck Kaffee.

Meine Mutter atmete geräuschvoll aus. »Gut, sehr gut. Er ist nach wie vor überaus motiviert. Du kennst ihn ja.«

Das tat ich, und genau deshalb hatte ich am Vortag trotz

allem, was dagegen sprach, sofort einen Flug gebucht. »Und wie geht es dir?«, fragte ich erneut. »Sei ehrlich.«

Sie verzog den Mund zu einem Lächeln, das jedoch ihre Augen nicht erreichte. »Ich fühle mich unnütz. Das Hotel braucht im Moment besonders viel Zuwendung, und ich sitze hier nur herum, auch wenn dein Vater mir die ganze Zeit sagt, ich müsse mich dringend schonen.«

Ich rutschte nach vorne auf die Sesselkante und legte meiner Mutter eine Hand auf den Arm. »Da hat er ausnahmsweise recht. In den letzten Jahren hast du viel zu viel gearbeitet. Mit einem Herzinfarkt ist nicht zu spaßen, Mama. Der Körper verlangt hin und wieder eine Ruhepause, und wenn man ihm die nicht gönnt, holt er sie sich irgendwann einfach, notfalls mit Gewalt. Das hast du selbst gesehen, also schon dich bitte.«

»Inzwischen habe ich mich doch wohl genug geschont. Ich bin zwar immer noch nicht so vital wie früher, aber das kann genauso gut am Wetter liegen.«

»Papperlapapp! Von uns Hansens hat noch nie jemand an Frühjahrsmüdigkeit gelitten«, sagte mein Vater, der plötzlich im Türrahmen stand. »Hallo, Bienchen.« Er kam auf mich zu, und ich stand auf, um ihn in den Arm zu nehmen. Im Gegensatz zu meiner Mutter hatte er sich kaum verändert. Vielleicht das eine oder andere graue Haar mehr, dazu ein paar Pfund zu viel auf den Rippen, aber ansonsten sah er fit aus. »Schön, dich zu sehen, auch wenn ich noch nicht so ganz verstehe, was du hier möchtest.«

»Ich hatte Heimweh.«

Mein Vater lachte. »Bienchen, du hattest *nie* Heimweh. Schon im Kindergarten wolltest du eine Woche ohne uns campen, weißt du noch?« Er nahm sich eines von den Schokoladenplätzchen.

»Ich wollte euch halt mal wiedersehen, das letzte Mal ist ewig her. Außerdem leitest du jetzt schon seit zwei Jahren das Hotel. Darf ich denn kein Interesse daran zeigen, wie es so läuft?«

»Auf die Finger schauen willst du mir, so sieht's aus. Was hast du dem Mädchen für Flausen in den Kopf gesetzt, Uta?« Er nahm sich noch zwei Plätzchen und schenkte sich nun ebenfalls Kaffee ein.

»Ich habe unserer Tochter überhaupt keine Flausen in den Kopf gesetzt«, verteidigte sich meine Mutter. Sie setzte an, um noch mehr zu sagen, doch ich kam ihr zuvor. Das Ganze würde nur in einem Streit enden.

»Rede dir nichts ein, Papa. Niemand will dir auf die Finger schauen.«

»Das will ich meinen, schließlich bin ich kein alter Tattergreis. Als ob ich nicht alleine zurechtkommen würde. Du solltest auf Fuerteventura sein und dich um deine Karriere kümmern, Bienchen.«

»Mach dir keine Sorgen. Mein Chef hat Verständnis für die Situation.«

Mein Vater schnaubte. »Die *Situation*, aha. Also doch.«

»Du willst das jetzt falsch verstehen, oder?«, fragte ich.

Meine Mutter spielte nervös mit ihren Händen. »Anton, bitte. Emily hat den weiten Weg auf sich genommen, um uns zu sehen, fang also bitte keinen Streit an. Und es ist doch nett, wenn sie mal nach dem Rechten schauen will. Sie hat inzwischen viel Erfahrung, immerhin wird sie demnächst das Hotel auf Fuerteventura führen.«

Überrascht sah ich sie an, dann lächelte ich ihr dankbar zu. Ihre Worte waren Balsam für meine Seele, denn früher hatte ich immer das Gefühl gehabt, es meiner Mutter absolut nicht recht machen zu können. Während meiner Ausbildung hatte sie mir permanent auf die Finger geschaut und es immer besser gewusst. *Die Servietten faltest du lieber so – so erwarten es die Gäste. Nein, Emily, du solltest zuerst die Zimmer auf der Seeseite anbieten. Emily … schau mal, so macht man das.* Ich hatte ihre ständigen Mahnungen immer noch im Ohr.

Mein Vater lachte. »Nichts für ungut, Bienchen, aber bevor man läuft, muss man erst mal krabbeln lernen.«

Ich atmete tief durch. Mein Vater war im Grunde seines Herzens schon immer ein Macher gewesen, ich kannte ihn nicht anders, und das alles war sicher auch für ihn nicht leicht. Meine Mutter hatte sogar ihn stets im Zaun gehalten, erst seit zwei Jahren durfte er selbst Entscheidungen treffen. Natürlich gefiel es ihm da nicht, jetzt kontrolliert und womöglich als unfähig hingestellt zu werden. Aber wie ein Dummerchen würde ich mich auch von ihm nicht behandeln lassen.

»Ich bin stellvertretende Direktorin eines sehr erfolgreichen Vier-Sterne-Hotels, Papa«, sagte ich. »Wir sind bereits für die komplette Saison ausgebucht. Glaub mir, ich weiß längst, wie der Hase läuft.« Ich lächelte ihm zu, griff nach meiner Kaffeetasse und stand auf. »Erzählst du mir später, was sich in den letzten zwei Jahren getan hat? Ich bin erst mal im Arbeitszimmer und versuche, mich zurechtzufinden.«

Zwei Stunden später tanzten die Buchstaben und Zahlen vor meinen Augen. Ich klappte den Laptop zu, nahm meine Lesebrille ab und rieb mir über die Nasenwurzel. Zeit für eine Pause, beschloss ich, schob den Schreibtischstuhl mit Schwung nach hinten und trat ans Fenster. Ich brauchte dringend frische Luft.

Das Hotel stand direkt an der Steilküste, so hatte man einen wundervollen Ausblick auf das Meer. Der Wind peitschte die Wellen nach wie vor gegen die Küste, doch wenigstens hatte der Regen nachgelassen und war wieder in ein leichtes Nieseln übergegangen. Ich streckte mich und suchte nach meiner Mutter, um mir von ihr Gummistiefel und Regenjacke auszuborgen. An der deutschen See musste man für alles gewappnet sein und immer mit kühlen und nassen Perioden rechnen, selbst wenn der Frühling vor der Tür stand. Das machte das Tourismusgeschäft hier auch deutlich schwieriger als auf den Kanaren.

Während ich mich auf den Weg zum Meer machte, dachte ich über das nach, was ich gerade gelesen hatte. Noch blickte ich nicht ganz durch, denn mein Vater war alles andere als ein guter Buchhalter. Überall in seinem Büro stapelten sich ausgedruckte Zettel, die nie abgeheftet worden waren, und auf dem Rechner herrschte ein ähnliches Chaos. Offenbar lag meine Mutter mit ihren Befürchtungen richtig, und die *Strandperle* lief tatsächlich nicht so gut. In den letzten beiden Jahren waren die Übernachtungszahlen rückläufig gewesen, und nicht nur für Ostern fehlten die Reservierungen. Für die komplette kommende Saison hatten wir noch jede Menge Zimmer frei. Wenn ich da an Fuerteventura dachte, wo bereits seit Wochen wieder Hochbetrieb herrschte …

Gut, versuchte ich mich zu beruhigen, *wir haben erst Anfang April, das kann sich alles noch ändern.* Wenn sich das Wetter über die Osterfeiertage bessern würde, füllte sich die Insel sicher rasch, und vielleicht auch die *Strandperle.* Aber das seltsame Gefühl in meinem Bauch blieb. Früher war die *Strandperle* unabhängig von der Wettervorhersage Wochen im Voraus für die Ferien ausgebucht gewesen.

Wind zerrte an meiner Kleidung, als ich den Abhang zum

Meer hinabstieg und aus dem Schutz der Bäume trat. Ich kuschelte mich noch tiefer in meinen Regenmantel. Hier, im Osten der Insel, war die Natur noch wild und unberührt. Im Süden gab es die vor allem bei Touristen und Kindern beliebten Sandstrände, doch hier bei uns bestand der Strand nicht aus feinem Sand, sondern hauptsächlich aus Steinen. Die Wellen brachen sich an den kleinen Felsen in der Brandungszone, eine Möwe schaukelte ungeachtet des Wetters auf dem Meer. Ich hatte den Strand vollkommen für mich allein. Jetzt, am Nachmittag, lag dieser Strandabschnitt fast vollständig im Schatten, da die Sonne nicht weit genug über die Bäume hinwegschien, die sich über die gesamte Böschung zogen. Ich lief ein paar Schritte und blieb in der Brandungszone stehen, wo die Wellen meine Füße umspülten. Kurz überlegte ich, die Gummistiefel auszuziehen, wie ich es früher so gerne getan hatte, doch dafür war das Wasser noch viel zu kalt. Für einen kurzen Augenblick schloss ich die Augen und atmete bewusst die frische Meeresbrise ein. Ich hatte fast vergessen, wie schön das war.

Das Klingeln meines Handys riss mich aus den Gedanken. Gerne hätte ich es ignoriert, doch das Geräusch war so unpassend, dass mir keine andere Wahl blieb, als das Handy aus meiner Tasche zu holen.

»*Hola, cariña.* Wie geht es dir? Ich dachte, du wolltest Bescheid sagen, wenn du gut angekommen bist.«

Felipe. So ein Mist, ihn hatte ich in all der Aufregung total vergessen. Dabei war auch er wenig angetan von meiner schnellen Abreise gewesen. Ich dachte an unser Gespräch zurück, nachdem ich das Telefonat mit meiner Mutter beendet hatte.

»Was ist los?«, hatte er mich gefragt, sobald ich aufgelegt

hatte. »Habe ich das richtig verstanden? Du willst dir kurzfristig Urlaub nehmen und spontan nach Deutschland reisen?«

»Ich muss, auch wenn ich den Zeitpunkt extrem ungünstig finde. Die bevorstehende Hochzeit deiner Schwester, die Beförderung ...«

»Geht es dir nur darum?«

Irritiert griff ich nach seiner Hand. »Was meinst du?«

»Ach, schon gut.«

Zögerlich ließ ich seine Hand wieder los und trat einen Schritt zurück. »Bist du sauer? Es tut mir leid, wenn ich dich verärgert haben sollte, das war bestimmt nicht meine Absicht. Wie gesagt: Ich will nicht fahren, ich *muss.* Eine dringende Familienangelegenheit. Du weißt doch, dass meine Eltern ein kleines Hotel auf Fehmarn haben, und Mama macht sich große Sorgen. Mein Vater leitet das Hotel seit zwei Jahren allein, und ...« Ich seufzte. »Du kennst ihn nicht, sonst würdest du es verstehen. Ich soll nach dem Rechten schauen. Spätestens nächstes Wochenende bin ich wieder zurück, versprochen.«

Felipe nickte. »Wenn du es für richtig und wichtig hältst, stehe ich hinter dir. Immerhin geht es um die Familie, das verstehe ich natürlich.«

»Danke, Felipe. Ach, und wegen gerade ...«

Doch er hatte fast ein wenig abwehrend reagiert. »Lass uns das später besprechen.«

»Felipe, bitte entschuldige«, sagte ich jetzt. »Es ging alles so schnell nach der Landung. Ich hab dich nicht vergessen, ich hatte nur noch keine Zeit, um anzurufen.«

»Du hättest mich auch einfach mitnehmen können. Ich hätte deine Eltern gerne kennengelernt. Du willst mich nicht vor ihnen verstecken, oder?«

»Wir haben das doch besprochen«, sagte ich leise, ohne auf seinen Scherz einzugehen. Wir hatten tatsächlich noch einmal darüber geredet, als er mich heute Morgen in aller Herrgottsfrühe zum Flughafen von Fuerteventura gefahren hatte. »Ich hätte dich gerne mitgenommen, aber das wäre jetzt nicht der richtige Moment. Meine Mutter hat mich um Hilfe gebeten, nur deshalb bin ich hier. Und es dauert auch nicht lange, in ein paar Tagen bin ich wieder zurück. Du wirst gar nicht merken, dass ich nicht da bin. Wir sehen uns doch auch zu Hause nicht jeden Tag.«

»Natürlich fehlst du mir«, erwiderte Felipe. »Alleine, dich in meiner Nähe zu wissen …«

»Ach, Felipe. Dir würde es hier gar nicht gefallen. Glaub mir, es ist eisig kalt. Kein Vergleich zu Fuerteventura.«

»Du hältst mich wohl für ein Weichei, was?« Er lachte. »Ich verstehe deine Argumente, keine Frage, aber ich dachte, gerade jetzt wäre es schön gewesen, auch mal deine Eltern kennenzulernen.«

Während ich noch überlegte, was genau Felipe damit schon wieder gemeint hatte, ließ mich das plötzliche Bellen eines Hundes zusammenzucken. Bevor ich mich umdrehen konnte, war der beigefarbene Golden Retriever auch schon bei mir. Wasser spritzte hoch, dann sprang er mich ohne Vorwarnung an, sodass ich fast das Gleichgewicht verlor.

»Du bist ja ein Hübscher«, sagte ich und streichelte den Hund mit der linken Hand hinter den Ohren. Da fiel mir der weiße Fleck auf der Brust auf.

Zögerlich wandte ich den Kopf – und entdeckte einen weiteren Grund, aus dem ich der Insel vor zwölf Jahren den Rücken gekehrt hatte: Julian Petersen.

Kapitel 3

Felipe zurückrufen
Mir noch mal das Chaos im Arbeitszimmer vornehmen
Zeit für Hanni finden
Die Kombüse *unauffällig in Augenschein nehmen*
Mir nicht anmerken lassen, wie nervös ich bin

»Ähm, Felipe, kann ich dich später zurückrufen?«, fragte ich und legte auf, ehe mein Freund eine Chance hatte zu antworten.

Julian stieg mit schnellen und sicheren Schritten die rutschige Böschung hinab, als würde er den ganzen Tag nichts anderes machen. Auch er trug Gummistiefel und eine Regenjacke. Die dunkle Mütze hatte er tief ins Gesicht gezogen, trotzdem hatte ich ihn sofort erkannt. Lächelnd kam er auf mich zu. »Na, wen haben wir denn da? Emily, was für eine Überraschung. Mach mal Platz, Snoopy.«

Er packte den Hund am Halsband und befreite mich von ihm. Im nächsten Moment lag ich in Julians Armen. Es überraschte mich jedes Mal wieder, wie sehr er sich über ein Wiedersehen mit mir freute. Schließlich war unsere Trennung vor vielen Jahren nicht unbedingt schön verlaufen.

Seine vertraute Stimme, der vertraute Geruch brachten mich einen Augenblick lang aus dem Gleichgewicht. Bevor ich realisieren konnte, was passierte, ließ er mich jedoch schon wieder los. »Hallo, Julian«, begrüßte ich ihn ein wenig verlegen und schob eine Haarsträhne zurück unter die Kapuze meiner Regenjacke. »Wie geht es dir?«

»Bei mir ist alles bestens. Und bei dir? Ich hab schon von deiner Mutter gehört, dass du herkommst, aber so schnell habe ich nicht mit dir gerechnet. Konntest du dir so einfach freinehmen?«

»Einer musste nach den Eltern und dem Hotel sehen, und da mein Bruder sich weigert …« Ich zuckte die Schultern.

»Ja, ja, die alte Leier. Wo ist er dieses Mal?«, fragte Julian. »Bermudas?«

»Barbados.«

»Auch nicht schlecht.« Er hob ein Stöckchen auf und warf es in hohem Bogen in die tosende See. Snoopy sprintete hinterher. »Tut mir übrigens leid«, sagte er mit Blick auf meine Hose. »Er scheint dich vermisst zu haben.«

Ich blickte an mir hinab. Der Hund hatte mit seinen matschigen Pfoten Spuren auf meiner Jeans und dem Saum der Jacke hinterlassen. »Ach, das macht nichts. Snoopy ist noch ganz schön rüstig. Müsste er nicht inzwischen …«

»Zwölf«, kam Julian mir zuvor. »Snoopy wird demnächst zwölf Jahre alt.«

»Ein stolzes Alter.«

Eine Weile beobachteten wir schweigend den Hund, der unablässig das Stöckchen apportierte. Es wurde dunkler, der Himmel zog sich wieder zu, und der Wind frischte weiter auf. Trotzdem blieben Julian und ich nebeneinander stehen, die Augen auf das Meer und den Horizont gerichtet. Gerne hätte ich ihn genauer gemustert, aber aus einem kindischen Grund heraus traute ich mich nicht, und außerdem war er wie ich viel zu dick eingemummelt.

»Fuerteventura hat dich verweichlicht, was?«, sagte er irgendwann mit einem amüsierten Blick auf meine Gummistiefel. »Früher hättest du die längst ausgezogen.«

Ich zuckte nur mit den Schultern. Früher war vieles anders gewesen.

»Du bleibst jetzt also ein paar Tage«, fuhr Julian fort. Es war eine Feststellung, keine Frage.

Ich nickte. »Mein Vater versteht zwar nicht, was ich hier soll, aber Mama wollte, dass ich nach dem Hotel schaue.«

Julian schob die Hände in die Taschen seines Anoraks. »Ja, die *Strandperle* läuft leider nicht mehr so gut wie damals, als deine Mutter sie noch geführt hat.«

»Mama sieht immer noch ziemlich überanstrengt aus. Sie hätte schon viel früher kürzertreten müssen, aber dafür hat sie halt viel zu gerne gearbeitet.«

»Etwas, das du von ihr geerbt hast«, bemerkte Julian, schien es aber im nächsten Moment zu bereuen. Er räusperte sich.

Nach einer Weile fragte ich: »Weißt du, was passiert ist? Die Zahlen sehen nicht sonderlich gut aus, aber ich blicke noch nicht ganz durch, und Papa hüllt sich in Schweigen.«

Julian deutete ein Kopfschütteln an, den Blick immer noch auf den Horizont gerichtet. »Das kann ich dir nicht sagen, dafür habe ich zu wenig Einblick. Mir ist nur aufgefallen, dass die Gäste im Laufe der letzten beiden Jahre immer weniger wurden.«

»Aber im Restaurant läuft es gut?«, fragte ich. »Ich bin noch nicht dazu gekommen, mich auch in den Bereich einzulesen.«

Nun wandte sich Julian mir zu, auf seinen Lippen lag ein Lächeln. »Die *Kombüse* läuft ziemlich gut, ich kann nicht klagen.«

»Sehr gut.« Wenigstens etwas, um das ich mir wohl keinen Kopf zu machen brauchte.

»Schau sie dir doch gleich selbst an«, schlug er vor. »Ich

könnte uns was zaubern, bevor der Abendtrubel losgeht. Ich für meinen Teil könnte etwas zu essen vertragen.«

Hunger hatte ich. Die letzte Mahlzeit war das Frühstück im Flugzeug gewesen – eher ein Snack. Trotzdem zögerte ich. Ob es so eine gute Idee war, den Abend mit meinem Ex-Freund zu verbringen? Immerhin gab es inzwischen einen neuen Mann in meinem Leben.

»Hast du schon andere Pläne?«, fragte Julian und musterte mich aufmerksam.

Ich schüttelte den Kopf. »Nein, das nicht.«

»Na also, dann wäre das abgemacht. Allzu viel Zeit habe ich ohnehin nicht, bevor die hungrigen Gäste einfallen.«

Im gleichen Moment erfüllte ein Grollen die Luft und ließ mich zusammenzucken. Ich sah hinauf in den Himmel. Über uns brauten sich schwarze Wolken zusammen, der nächste heftige Regenschauer würde nicht lange auf sich warten lassen.

»Snoopy!« Julian pfiff auf zwei Fingern und schlug den Kragen seiner Jacke noch höher. »Snoopy, komm! Wir gehen.«

Sofort kam Snoopy aus dem Wasser gerannt, schüttelte sich das nasse Fell und trabte an uns vorbei die Böschung hinauf. Schweigend folgten wir dem Hund zurück zum Hotel.

Pitschnass kamen wir bei der *Strandperle* an. Ich versprach Julian, in einer halben Stunde bei ihm im Restaurant vorbeizuschauen, dann lief ich schnellen Schrittes den Kiesweg entlang und um das Hauptgebäude herum. Das Haus, in dem meine Eltern lebten, befand sich ein paar Meter abseits des Hotels, ebenfalls an der Steilküste. Mein Ziel war die Einliegerwohnung, in der früher ich selbst, dann mein Bruder gewohnt hatte, bevor er sich entschieden hatte, durch die Weltgeschichte zu reisen, anstatt sich endlich im Familienunternehmen nützlich zu machen. Die Wohnung war nicht sehr groß, verfügte neben dem Schlafzimmer gerade noch über ein kleines Wohnzimmer mit Kochnische und ein Badezimmer, aber immerhin hatte man hier eine wundervolle Aussicht und vor allem seine Ruhe. Wenn ich mir auch nur vorstellte, ich hätte wieder bei meinen Eltern einziehen müssen … Ich schüttelte mich. Auch so fühlte ich mich genug in die Vergangenheit zurückversetzt, als ich die Tür mit dem Schlüssel öffnete, den meine Mutter mir gegeben hatte. Der Duft des vertrauten Hotelwaschpulvers empfing mich und ließ mich an Zeiten denken, in denen ich in der *Strandperle* als Zimmermädchen gearbeitet hatte.

Noch im Flur stieg ich aus den Gummistiefeln und meiner nassen Kleidung. Ich ließ alles dort liegen und ging direkt ins Badezimmer, um eine heiße Dusche zu nehmen. Anschließend wickelte ich mich in ein Handtuch und sah mir die Wohnung genauer an. Meine Eltern hatten offensichtlich einiges machen lassen: Inzwischen gab es eine Fußbodenheizung, und auch die Fenster und Möbel waren neu. Alles sehr geschmackvoll, wie ich fand. Für das Wohnzimmer hatten sie ein rotes Stoffsofa und eine weiße Schrankkombination ausgesucht, die sowohl Platz für den Fernseher als auch für Bücher bot. Mit einem Lächeln stellte ich fest, dass meine Mutter dort meine alten Kinder- und Jugendbücher aufgestellt hatte: *Hanni und Nanni*, *Nesthäkchen*, die Klassiker von Astrid Lindgren.

Die Versuchung war groß, einfach zu Hause zu bleiben und es mir mit einem Buch auf dem Sofa gemütlich zu machen, während der Regen gegen die großen Fensterscheiben prasselte und wie aus weiter Ferne der Donner grollte. Doch ich widerstand ihr, schließlich war ich noch verabredet. Stattdessen sah ich mich weiter um. Vor der Kochnische gab es einen Esstisch mit vier Stühlen, die Küche war mit einer Kaffeemaschine ausgestattet und allem, was man sonst noch brauchte. Ich sah in den Kühlschrank, auch dieser war gut gefüllt, obwohl meine Mutter wusste, dass ich wirklich nicht kochen konnte. Dann fiel mein Blick auf die Uhr über der Spüle. Jetzt aber schnell. Wenn ich nicht zu spät kommen wollte, musste ich mich beeilen. Peer hatte wie versprochen mein Gepäck neben dem weißen Doppelbett im Schlafzimmer abgestellt, auf der Kommode empfing mich zur Begrüßung ein Strauß bunter Tulpen. Ich schnupperte kurz daran, dann holte ich einen Stapel Kleidung aus dem Koffer und legte ihn auf dem Bett ab. Nachdem ich mich für eine frische Jeans und einen weißen Kaschmirpullover entschieden hatte, machte ich mich mit gemischten Gefühlen auf den Weg zur *Kombüse*.

Snoopy empfing mich bellend und schwanzwedelnd, als ich die Tür zum Restaurant öffnete. Ich war schon ewig nicht mehr in der *Kombüse* gewesen, und auch hier schien sich einiges verändert zu haben. Neugierig blickte ich mich um. Im Gastraum war es warm und gemütlich, ich fühlte mich sofort wohl. An den Wänden hingen hübsche Strandmotive, gemalt von lokalen Künstlern, oder Schiffsruder und Fischernetze. Und auf jeder freien Stellfläche fanden sich kleine Schiffe oder Leuchttürme, Muscheln und Seesterne. Die Tische zierten keine Blumen, sondern Windlichter, gefüllt mit Sand, Muscheln und einer cremefarbenen Kerze.

Dafür, dass das Restaurant bereits in einer Stunde wieder

für die Abendgäste öffnen würde, war es noch relativ ruhig. Nur aus der Küche waren leise Musik und Pfeifen zu hören. Mit Snoopy im Schlepptau folgte ich den Geräuschen. Er schien zu wissen, dass die Küche für ihn Sperrzone war. Missmutig, aber brav tappte er wieder zurück und machte es sich in seinem Korb hinter dem Empfang gemütlich. Als ich die Schwingtür aufstieß, wurde ich sofort von einem herrlichen Duft umfangen. Es roch nach Rosmarin, Butter und gebratenem Fisch. Die Küche war riesig und modern ausgestattet. Trotzdem wirkte sie lange nicht so steril wie die meisten anderen Restaurantküchen: Holz statt Edelstahl, weiß gestrichene Wände statt Fliesen. Überall waren Keramiktöpfe mit frischen Kräutern platziert – Petersilie, Salbei und Basilikum. Julian stand an der Anrichte in der Mitte und verteilte das Essen auf zwei Teller: Heilbuttfilet, dazu Bratkartoffeln und Gurkensalat.

»Perfektes Timing«, sagte er mit einem Lächeln, als er mich erblickte.

Er zog sich die weiße Kochschürze aus und ergriff die Teller. Mit einem Kopfnicken bedeutete er mir vorzugehen, doch ich konnte ihn einen Moment lang nur anstarren. In kompletter Regenmontur hatte er nicht viel von sich preisgegeben, doch nun, in Jeans und einem blauen Pullover, erkannte ich seinen durchtrainierten Körper.

»Alles okay?«, fragte er.

Ich konnte meinen Blick nicht von seiner Brust nehmen. »Wo ist dein Bauch hin?« Vier Jahre lang hatten wir uns nicht mehr gesehen, denn als ich das letzte Mal auf Fehmarn gewesen war, hatte Julian gerade seine Familie in Hamburg besucht. Sein kleiner Bauchansatz von früher war inzwischen Muskeln gewichen.

Er lachte leise. »Damals hast du dich deswegen immer beschwert. Stehst du jetzt auf pummelige Männer?«

»Tue ich nicht«, erwiderte ich und dachte an Felipe. Er war definitiv alles andere als pummelig, dabei hätte er nicht einmal einen Sixpack gebraucht, um sexy zu sein. Dafür reichte bereits sein südländisches Äußeres mit der gebräunten Haut und den dunklen Haaren. »Du hast doch immer behauptet, ein dünner Koch ginge gar nicht«, sagte ich. »Ganz nach dem Motto: Dem schmeckt sein eigenes Essen nicht.«

Julian zuckte mit den Schultern. »Tja, die Zeiten ändern sich. Damals war ich Lehrling, jetzt bin ich Chefkoch. Ich hab gar nicht mehr so viel Zeit, um zu essen.«

Ich folgte ihm zurück in den Gastraum und an einen Tisch in einer Nische, von der aus man durch die Sprossenfenster auf das Meer sehen konnte. Julian setzte sich auf einen Stuhl, sodass ich auf der Bank am Fenster Platz nehmen konnte, doch dann sprang er noch mal auf.

»Ganz vergessen: Was möchtest du denn trinken? Weißwein, Wasser oder lieber was anderes?«

»Gern ein Glas Wein.«

Julian nickte und holte die Getränke. Außerdem legte er zwei weitere Holzscheite in das Kaminfeuer uns gegenüber. Ich beobachtete ihn verstohlen. Vom Typ her war er wirklich ganz anders als Felipe. Schon damals hatte er gut ausgesehen mit dem Grübchen im Kinn, den dunkelblonden Haaren und den blauen Augen. Trotzdem war es kein Vergleich zu heute, und daran war nicht nur seine Figur schuld. Die Jahre hatten ihm gutgetan, er wirkte inzwischen männlicher und reifer, was ihm wiederum einen gewissen Sexappeal verlieh.

»Lass es dir schmecken, bevor es kalt wird«, riss er mich aus meinen Gedanken.

Ich spürte die Hitze in meinen Wangen. Wie peinlich. Als sei ich ein Teenie, der seinen Schwarm aus der Ferne anhimmelt. Nein, die Zeiten waren ein für alle Mal vorbei. Das zwischen Julian und mir war Vergangenheit, es hatte damals gute Gründe für unsere Trennung gegeben. Außerdem hatte ich einen Freund. Ich nahm mein Weinglas und prostete ihm zu. »Danke fürs Kochen, das riecht köstlich.«

»Hoffentlich schmeckt es auch so«, erwiderte er und nahm einen Schluck von seinem Wasser.

»Für dich kein Wein?«

»Ich muss noch arbeiten, da brauche ich einen klaren Kopf.«

Sehr verantwortungsbewusst. War er früher auch schon so gewesen? »Warum ist es hier noch so ruhig? Öffnet das Restaurant nicht gleich?«

Julian nickte. »Schon, aber meine Mitarbeiter und ich bereiten immer alles nach dem Mittagsgeschäft vor. Das macht es entspannter.«

»Klingt logisch«, sagte ich und nahm einen Bissen vom Heilbutt. »Mmh, der Fisch ist hervorragend.« Ohne es zu wollen, musste ich daran denken, wie Julian während unserer Ausbildung oft in der Pause in der kleinen Kochnische meiner Einliegerwohnung geübt hatte. Es sei denn, wir waren mit etwas anderem beschäftigt gewesen …

»Woran denkst du?«, fragte er.

Ich räusperte mich. Was war nur los mit mir? Ich war jetzt mit Felipe zusammen, da sollte ich nicht immerzu an die Vergangenheit mit meinem Ex denken, oder? Nun, vielleicht war das normal, wenn man sich nach langer Zeit wiedersah. »Ach, nichts. Ich freue mich, dass du inzwischen Chefkoch bist.« Tatsächlich spürte ich so etwas wie Stolz. Meine Eltern waren durchaus anspruchsvoll. Auch wenn sie Julian schätzten und mochten, hätten sie ihn nie zum Chefkoch der *Kombüse* befördert, wenn er es sich nicht verdient hätte.

»Du hättest wohl nicht gedacht, dass ich es mal so weit bringe, hm?«

Julian wirkte amüsiert, doch ich fand das gar nicht lustig. Ich legte meine Gabel beiseite. »Das ist nicht wahr, und das solltest du eigentlich wissen.«

»Stimmt. Es tut mir leid, das war nicht fair.« Ich nickte. Die ungezwungene Stimmung war dennoch dahin, und wir aßen schweigend weiter. Irgendwann legte Julian sein Besteck beiseite und holte tief Luft. »Hör zu, Emily …«

Die Tür öffnete sich, und ein junger Mann mit braunen Haaren betrat den Gastraum. »'n Abend, Chef.« Er warf mir einen überraschten Blick zu, dann verzog sich sein Mund zu einem Grinsen. »Tut mir leid, ich wollte nicht stören.«

Erst jetzt fiel mir auf, dass unser Abendessen angesichts des Kerzenlichts und des Kaminfeuers auf Außenstehende recht romantisch wirken musste. Ich nickte dem jungen Mann zu und versuchte, mein Unbehagen zu verbergen. Julian war Chefkoch des Restaurants, das zur *Strandperle* gehörte, deren Inhaber wiederum meine Eltern waren. Es war also überhaupt nichts dabei, wenn wir uns bei einem Abendessen unterhielten. Dass wir uns schon lange kannten und eine gemeinsame Vergangenheit hatten, ging hingegen niemanden etwas an.

»Werd nicht frech«, erwiderte Julian. »Lars, das ist Emily Hansen, die Tochter der Hotelbesitzer. Lars ist unser Auszubildender.«

»Oh!« Lars wirkte mit einem Mal gar nicht mehr so draufgängerisch, sondern eher verlegen. »Guten Abend, Frau Hansen. Es freut mich, Sie kennenzulernen.« Er streckte mir die Hand entgegen.

Julian schüttelte amüsiert den Kopf. »Nun ist gut. Geh in die Küche, und räum schon mal die Spülmaschine aus, ich komme gleich nach.«

Lars tat, wie ihm geheißen. Ich widmete mich wieder meinem Essen, doch nach und nach trudelten weitere Angestellte ein, und mit der Ruhe war es dahin. Julian wischte sich mit der Serviette über den Mund und legte sie auf seinen leeren Teller. »Es tut mir leid. Ich hätte mich gerne noch ein wenig mit dir unterhalten, aber du siehst ja, was hier los ist. Ich fürchte, ich muss allmählich in die Küche, um Punkt 18 Uhr stehen die ersten Gäste auf der Matte. Aber du kannst gerne noch hier sitzen bleiben. Ich lasse dir einen Kaffee bringen, wenn du magst.«

Die Aussicht auf einen Kaffee war verlockend, doch den konnte ich mir ebenso gut in meiner kleinen Küche selbst zubereiten, das bekam ich gerade noch hin. »Danke, aber ich bin ganz schön müde von der Reise«, sagte ich also. »Ich lasse euch lieber in Ruhe eure Arbeit machen. Danke für das gute Essen.«

»Gern geschehen, jederzeit wieder.« Er stand auf. Ich erhob mich ebenfalls, und einen Moment standen wir uns etwas unbeholfen gegenüber. »Nun denn, wir können die Tage mal in Ruhe reden.«

Ich nickte und verließ die *Kombüse*, ohne mich noch einmal umzudrehen.

Kapitel 4

Montag, 3. April

Erneut die Zahlen durchsehen
Ordnung in die Bücher bringen
Papa ein paar Tipps geben (wenn er zuhört)
Felipe zurückrufen

»Hast du Julian schon getroffen?«, fragte meine Mutter beiläufig. Meiner Meinung nach etwas zu beiläufig. Sie hatte Julian immer gemocht, und mein Vater erst recht, obwohl ihm aus Prinzip kein Mann gut genug für seine kleine Tochter war.

»Wir sind uns gestern am Strand über den Weg gelaufen, und ich war abends kurz in der *Kombüse*. Es ist richtig nett dort, viel gemütlicher als damals.«

»Das ist alles Julians Werk«, erklärte meine Mutter.

»Ach ja?« Ich angelte ein Croissant aus dem Korb und tunkte es in Aprikosenmarmelade. Obwohl meine Mutter den Kühlschrank in meiner Wohnung gut gefüllt hatte und ich mich auch im Frühstücksraum der *Strandperle* hätte versorgen können, hatte sie mich zum Frühstück ins Haus eingeladen. Es gab wirklich alles, was man sich zum Start in den Tag nur wünschen konnte: Rührei, Croissants und Brötchen, diverse Aufstriche, frisches Obst und Joghurt, sogar frisch gepressten Orangensaft.

»Du hättest dir meinetwegen wirklich nicht so viele Umstände machen müssen«, sagte ich mit Blick auf den reich gedeckten Tisch. »Übrigens hätte Felipe euch sehr gerne endlich kennengelernt.« Ich hatte ihn immer noch nicht zurückgerufen, das musste ich unbedingt nachholen. Irgendwie verhielt er sich seit meinem Telefonat mit meiner Mutter am Strand seltsam.

»Spricht dein Beau überhaupt Deutsch?«, fragte mein Vater, der in diesem Moment das Esszimmer betrat.

Ich verdrehte die Augen. »Natürlich tut er das. Er ist auch im Tourismus tätig, das wisst ihr doch, und er hat viel mit deutschen Urlaubern und Firmen zu tun. Außerdem war er für ein Auslandssemester in Berlin.«

Mein Vater nickte nur, als hätte er im Grunde gar keine Antwort erwartet. Er setzte sich mir gegenüber, goss sich Kaffee ein und nahm einen großen Schluck.

Ich legte mein Croissant beiseite. »Und was steht heute an, Papa?«

»Ach, so dies und das. Nichts Besonderes.«

»Warum trägst du dann einen Anzug?«

»Darf ich denn keinen Anzug tragen?«, entgegnete er, während er nach einem Brötchen griff und es in zwei Hälften schnitt. »Immerhin leite ich das Hotel, da muss ich doch einen guten Eindruck machen.«

Wenn das sein Ziel war, musste er sich erst mal neu einkleiden, denn den altmodischen Anzug aus grauem Tweed besaß er schon länger, als ich auf der Welt war. Ich sah zu meiner Mutter, doch sie deutete nur ein Kopfschütteln an. Mit Mode brauchte man meinem Vater nicht zu kommen. Ich griff nach meinem Croissant und nahm noch ein paar Bissen, doch schließlich legte ich das Gebäck wieder beiseite. Nun war ich schon fast einen ganzen Tag hier und hatte noch nichts erreicht. Bis spätestens Ende der Woche musste ich zurück auf Fuerteventura sein. Es wurde Zeit, dass ich meinem Vater auf den Zahn fühlte, auch wenn ich das nicht unbedingt beim gemeinsamen Frühstück mit meiner Mutter machen wollte. Zum einen würde er mir jetzt ohnehin nicht die Wahrheit sagen, zum anderen wollte auch ich meine Mutter schonen und ihr eventuelle schlechte Nachrichten behutsam beibringen.

»Wann sollen wir uns denn mal unterhalten, Papa?«, fragte ich also. »Ich würde wirklich gerne wissen, wie es dir in den letzten zwei Jahren ergangen ist.«

»Später, Bienchen, später. Ich muss mich erst mal um das Tagesgeschäft kümmern.«

»Ich könnte dir doch helfen«, bot ich an.

»Das ist eine gute Idee, findest du nicht, Anton?«, stieß meine Mutter sofort ins gleiche Horn.

»Ich hätte wirklich nichts dagegen, und vielleicht könnte ich dir sogar den einen oder anderen Tipp geben?«, schlug ich vor und formulierte es extra als Frage. »Das *Los Sueños* läuft wirklich gut, wir können uns vor Reservierungen kaum retten.«

»Ach, Bienchen, das Hotel liegt ja auch auf den Kanaren, und dort wimmelt es das ganze Jahr über nur so vor Touristen. Als ob ihr noch groß Werbung schalten müsstet, die Leute kommen doch von ganz allein zu euch. Schon, um dem deutschen Sommer zu entkommen.«

Ich atmete tief durch. *Nur. Nicht. Aus. Der. Ruhe. Bringen. Lassen.* »Mag sein, aber da ist auch die Konkurrenz größer als hier. Ein Hotel im Ausland zu führen ist gar nicht so einfach, weißt du. Du musst sowohl Englisch als auch die Landessprache gut beherrschen. Dann sind die Touristen viel anstrengender, vor allem die deutschen. Sie erwarten die gleichen Standards wie zu Hause, aber bei besserem Wetter. Außerdem …«

»Das verstehe ich, Bienchen, aber wenn wir ehrlich sind,

hast du dich doch auf Fuerteventura quasi ins gemachte Nest gesetzt. Ein Hotel aus dem Nichts aufzubauen und über Jahre hinweg zu erhalten ist schon etwas ganz anderes, meinst du nicht?« Er wischte sich den Mund mit seiner Serviette ab und stand auf. »Ich muss mich jetzt an die Arbeit machen. So ein Hotel führt sich nicht von allein, nicht wahr?«

Mein Vater gab meiner Mutter noch einen Kuss auf die Wange, dann verließ er den Raum. Meine Mutter rutschte verlegen auf ihrem Stuhl nach vorne. Offensichtlich wusste sie nicht, was sie sagen sollte, und auch mir fehlten die Worte. Enttäuschung machte sich in mir breit. Ich ließ alles stehen und liegen, weil die Familie mich brauchte, und so wurde es mir gedankt?

»Es tut mir leid, Emily«, sagte meine Mutter schließlich. Ich konnte ihr das schlechte Gewissen regelrecht anhören. »Ich weiß, dass du dir das so nicht vorgestellt hast.«

»Schon gut«, erwiderte ich. »Du kannst ja nichts dafür.«

»Nein, aber ich habe dich hergebeten, und nun ist dein Vater so unkooperativ.«

»Weiß er überhaupt, warum ich hier bin?«, fragte ich. »Hast du mal mit ihm über deine Sorgen geredet?«

»Ich hab's versucht.« Sie stieß ein Seufzen aus. »Du kennst doch deinen Vater.«

»Sag mal, stört es dich überhaupt nicht, wenn er so etwas sagt? Mich jedenfalls ärgert es. Er tut gerade so, als hätte *er* das Hotel aufgebaut und zu dem gemacht, was es heute ist. Dabei können wir froh sein, wenn er es nicht längst gegen die Wand gefahren hat.« Meine Mutter zuckte zusammen, und mir taten meine harten Worte sofort leid.

»Sag das nicht. Dein Vater tut sein Bestes.«

»Ich weiß. Es ist nur … Ich kann hier nichts ausrichten,

wenn Papa sich nicht in die Karten schauen lässt. Aus den Unterlagen werde ich nicht wirklich schlau. Papa hat ein Chaos angerichtet … Ich will nur hoffen, dass hier niemals das Finanzamt aufschlägt, um die Buchhaltung zu prüfen.«

Meine Mutter strich sich eine Haarsträhne hinters Ohr. »Dein Vater wird sich helfen lassen müssen, ob er will oder nicht.«

Ich schüttelte den Kopf, doch ein Lächeln stahl sich auf mein Gesicht. »Bringst du ihm das bei, oder soll ich?«

Meine Mutter lächelte ebenfalls. »Ich rede nachher noch mal mit ihm. Glaub mir, wir kriegen das schon hin.«

Schon wieder hingen dunkle Wolken am Himmel, ein heftiger Wind blies. Wie hatte ich dieses unberechenbare Wetter nur je aushalten können? Seit ich auf Fuerteventura lebte, war ich nicht nur an die Sonne gewöhnt, ich brauchte sie wie die Luft zum Atmen. Und auch hier auf Fehmarn ginge es uns allen mit ihr besser – höhere Temperaturen würden sicherlich die ersehnten Übernachtungsgäste herbeilocken, die die *Strandperle* dringend benötigte.

»Warte mal, Katrin«, rief Hanni gerade einer jungen Kollegin aus dem Service hinterher, als ich nach dem Frühstück zur Rezeption kam, um mit ihr über die Buchungen zu sprechen. Sie hatte wahrscheinlich den besten Überblick von allen im Haus, und sie würde mir vor allem die Wahrheit sagen. Vor dem Frühstück hatte ich mich noch mal an das Papierchaos meines Vaters gewagt – vergebens.

»Was ist denn?«, fragte Katrin. Auf den Händen balancierte sie ein Tablett mit einer Thermoskanne, Kaffeetassen und Gebäck.

»Du könntest noch die Post mitnehmen«, antwortete

Hanni und wollte ihr einen Stapel Briefe reichen. »Die ist eben gekommen.«

»Lass nur, ich kümmere mich darum«, sagte ich jedoch. Ich griff nach dem Stapel und schob ihn in die Mappe mit meinen Unterlagen.

»Vielen Dank.« Katrin nickte mir freundlich zu und stieg mit dem Tablett die Treppe hinauf.

Hanni grinste mich an. »Dann nimmst du jetzt wohl selbst die Zügel in die Hand, was?«

»Nicht direkt. Sag mal, für wen war denn der Kaffee?«

»Für deinen Vater. Der trifft sich gleich mit dem Tourismusbeauftragten.«

»Ach, gut zu wissen.« Da hatte mein werter Vater wohl geglaubt, er könnte mich ausbooten, aber da musste er schon früher aufstehen.

»Ich find's ja gut, dass du mal nach dem Rechten schaust«, fuhr Hanni fort. »Ist auch nötig, wenn du mich fragst.«

Ich stützte mich mit den Unterarmen auf den Empfangstresen. »Wie meinst du das?«

»So, wie ich's sag. Seit der Anton das Hotel führt, ist es einfach nimmer dasselbe wie früher. Überall fängt der Mann Baustellen an und bringt nichts davon zu Ende.«

»Meine Mutter meinte, dass es mit den Reservierungen für die kommende Saison nicht sonderlich gut aussehen würde, und auch Julian hat so was erwähnt.«

»Da sagst du was.« Hanni seufzte tief. »Jede Menge Zimmer haben wir für Ostern noch frei. Ich frag dich: Wann hat's so was schon mal gegeben? Aber es ist ja auch kein Wunder, wenn man sich das anschaut.« Sie deutete auf ein Pappschild, das auf einem Ständer im Eingangsbereich platziert und mir trotz seiner Größe bisher gar nicht aufgefallen war.

Ich musste zwei Mal hinschauen und konnte trotzdem nicht glauben, was ich da las:

HEIZDECKEN-PARTY
3. April, 19 Uhr
Im Frühstücksraum der *Strandperle*
Testen Sie verschiedene Modelle, und lassen Sie sich beraten.
Ein Glas Korn gibt's gratis dazu.

»Das ist nicht sein Ernst.« Entsetzt blickte ich zu Hanni, doch sie nickte.

»Seit zwei Jahren lässt er sich so einen Schmarren einfallen. Blasenteeverkostung. Kannst du dir das vorstellen? Und wenn ich an das Rollator-Rennen letztes Jahr zu Ostern denke … Dabei wollen die Leute doch gar net daran erinnert werden, dass sie alt sind. Die kommen her, um Urlaub zu machen.«

Langsam schüttelte ich den Kopf. Hier musste sich wirklich schnellstens etwas ändern.

»Entschuldigen Sie bitte die Verspätung«, sagte ich wenig später und schloss die Tür zum Besprechungsraum hinter mir.

»Bienchen, was machst du denn hier?«, fragte mein Vater überrascht.

Ich zuckte zusammen. Hatte er mich gerade wirklich Bienchen genannt, noch dazu vor einem Geschäftspartner? Gott, wie peinlich. Nur gut, dass zwischen Fehmarn und Fuerteventura fast viereinhalbtausend Kilometer liegen.

Der Tourismusbeauftragte verkniff sich verzweifelt ein amüsiertes Lächeln und erhob sich von seinem Stuhl. Er war noch recht jung, vielleicht Ende dreißig, und kam mir merkwürdig bekannt vor. »Kein Problem, wir haben noch nicht angefangen. Pahl.«

Ich ignorierte meinen Vater und ging stattdessen direkt auf unseren Gast zu. »Guten Morgen, Herr Pahl. Emily Hansen.«

»Emily Hansen? Ja, Mensch, erkennst du mich denn nicht? Es ist zugegebenermaßen schon ein paar Jahre her. Tina Pahl?«

Fast hätte ich mir mit der Hand gegen die Stirn geschlagen. »Mein Gott, Oliver, richtig?«

Er nickte. »Gutes Namensgedächtnis.«

»Tinas großer Bruder. Deshalb kamst du mir so bekannt vor. Tina und ich sind zusammen zur Schule gegangen«, erklärte ich meinem Vater kurz.

»Und du übernimmst demnächst die Leitung des Hotels?«, wollte Oliver wissen.

Ich bemerkte, wie mein Vater die Stirn runzelte. »Nein, ich arbeite nach wie vor auf Fuerteventura«, erwiderte ich schnell. »Aber ich bin gerade für ein paar Tage auf der Insel und möchte meinem Vater etwas unter die Arme greifen.« Ich legte meine Unterlagen auf den Tisch und setzte mich Oliver gegenüber, der ebenfalls wieder Platz genommen hatte. »Lasst euch von mir nicht stören, ich klinke mich einfach ein.«

»Nun denn …« Oliver schaute kurz zu mir, dann wieder zu meinem Vater. »Wir wollten gerade über die kommende Saison sprechen. Wir wissen alle, dass das Wetter bisher nicht mitspielt, was die Sache schwierig macht, aber bis Ostern sind es zum Glück noch ein paar Tage.«

»Eben«, bestätigte mein Vater. »Und das Hauptgeschäft machen wir auf den Inseln ohnehin in den Sommerferien.«

»Entschuldige, wenn ich dich unterbreche«, sagte ich, bevor mein Vater weiterreden konnte, »aber ist es wirklich schlau, sich allein auf die knapp drei Monate im Sommer zu konzentrieren? Sollte es nicht das Ziel sein, mindestens von April bis Oktober und über Silvester eine gute Zimmerauslastung zu haben? Die Einnahmen müssen immerhin reichen, um sich auch die restlichen Monate des Jahres über Wasser halten zu können.«

»Vielleicht sollten wir das nicht unbedingt jetzt besprechen, Bienchen«, sagte mein Vater unbehaglich.

»Sie hat allerdings nicht ganz unrecht«, mischte sich Oliver ins Gespräch. »Ich versuche schon lange, die Insel ganzjährig für alle Altersgruppen attraktiv zu machen. Generell ist der Urlaub im eigenen Land wieder mehr gefragt, und auch Fehmarn liegt ganz gut im Rennen.«

»Das denke ich auch«, sagte ich. »Was spricht also dagegen, am Wochenende junge Leute aus der Gegend auf die Insel zu locken? Hamburg, Lübeck, Kiel – das liegt alles nicht weit entfernt. Man muss ihnen nur genug bieten.«

»Junge Leute?«, fragte mein Vater erstaunt. Offensichtlich hatte er sich inzwischen so auf die Best Ager konzentriert, dass alle anderen aus seinem Blickfeld verschwunden waren.

»Das sind auch Gäste, oder?«, konterte ich.

Oliver nickte. »Junge Leute sind eine schnell zu erreichende Zielgruppe, die zudem auch schon mal spontan übers Wochenende verreist. Das sollte man nicht außer Acht lassen.«

»So oder so, die *Strandperle* braucht ein ansprechendes Angebot für die Tage, an denen die Gäste nicht an den Strand können, weil es zu kalt ist oder regnet«, sagte ich an meinen Vater gewandt. »Wie sieht es zum Beispiel mit Wellness aus?«

Am Abend zuvor hatte ich mich noch durch sämtliche Hotelportale im Internet gelesen. Ich wollte unbedingt wissen, was die Gäste an der *Strandperle* mochten oder – vor allem – bemängelten. Die meisten waren ein und derselben Meinung: Die *Kombüse* lohne sich, da stimme vom Preis über das Essen bis hin zum Ambiente einfach alles. Die *Strandperle* hingegen wurde zwar als hübsch, aber auch ein wenig in die Jahre gekommen bezeichnet. Der Service sei okay, das Frühstück ebenso, aber ansonsten habe das Hotel nicht viel zu bieten. Der Poolbereich sei seit einer Ewigkeit wegen Renovierung geschlossen, die Sauna würde nur im Winter angeworfen. »Wenn das Wetter mal nicht mitspielt, ist es einfach langweilig, vor allem mit Kindern«, hatte ein Gast in seiner Bewertung geschrieben.

»Wellness?« Mein Vater schüttelte den Kopf. »Bienchen, also wirklich. Dieser neumodische Firlefanz. Das funktioniert vielleicht auf Fuerteventura, aber doch nicht hier.«

»Doch, doch«, bemerkte Oliver. »Wellness ist sehr gefragt, und der Trend reißt nicht ab.«

»Nun, im Grunde bieten wir durchaus Wellness für die ältere Generation an. Ihr habt sicher das Plakat für die Heizdecken-Party heute Abend gesehen. Wellness und Gesundheit sind doch quasi dasselbe.«

Ich verzog den Mund. »Papa, das ist nicht dasselbe, das weißt du selbst. Ich dachte eher an Massagen und ähnliche Anwendungen.«

»Das kostet doch nur wieder.«

»Es kann aber auch viel Geld einbringen«, sagte ich. »Außerdem ist doch die Infrastruktur bereits vorhanden. Wir müssen sie nur besser nutzen. Warum, zum Beispiel, ist die Sauna im Sommer nicht in Betrieb?«

»Das gehört nun wirklich nicht hierher, Bienchen. Lass uns das später bereden, wir wollen Herrn Pahl nicht langweilen.«

»Oh, keine Sorge, Herr Hansen. Das klingt in meinen Ohren alles sehr vielversprechend. Ich sehe schon, Sie und Ihre Tochter haben sich seit unserem letzten Treffen einige Gedanken gemacht. Das gefällt mir.«

Mein Vater runzelte erneut die Stirn, ich hingegen wandte mich an Oliver. »Können wir die Anzeigen für die kommenden Urlaubsbroschüren und Magazine eigentlich noch ändern? Ich habe mir die Entwürfe heute Morgen angesehen und finde sie doch recht nichtssagend.«

Er überlegte einen Moment. »Versprechen kann ich nichts, aber ich sehe, was sich machen lässt. Allerdings müsste es schnell gehen. Immerhin geht das erste Bundesland bereits Ende Juni in die Ferien.«

»Natürlich, das wäre gar kein Problem. Ich würde dir die neuen Entwürfe noch diese Woche zukommen lassen, einverstanden?«

Kapitel 5

Neue Anzeigen erstellen
Mit Papa reden
Felipe zurückrufen!!!

Kaum hatte Oliver den Besprechungsraum verlassen, wandte sich mein Vater an mich. Er war sichtlich erbost. »Wellness? Neue Anzeigen? Was denkst du dir eigentlich, Bienchen? Du hättest das Ganze vorher in Ruhe mit mir besprechen sollen. Immerhin bin *ich* hier derjenige, der das Hotel leitet.«

»Ich habe doch versucht, mit dir zu reden.«

»Emily!«

»Es tut mir leid, Papa, aber die Zeit drängt. Wenn wir mit dem Hotel eine neue Richtung einschlagen wollen, muss es schnell gehen. Du hast Oliver gehört.«

»Und wer sagt, dass wir eine neue Richtung einschlagen wollen? Was ist bitte schön falsch daran, sich auf die ältere Generation zu konzentrieren? Der sitzt das Geld locker, ich sag's dir, Bienchen.«

Ich seufzte. »Papa, die *Strandperle* braucht dringend mehr Übernachtungsgäste. Denk noch einmal über die Wellnesssache nach. Auch die älteren Gäste wollen im Urlaub ausspannen und sich erholen. Stell dir mal vor, du würdest Fehmarn nicht kennen und einen Urlaub in der *Strandperle* buchen. Und dann stell dir vor, dass es eine Woche lang nur regnet und du nicht wirklich rauskönntest.«

Doch mein Vater war Pragmatiker. »Es gibt kein falsches Wetter, nur unpassende Kleidung. Man kann hier auf der

Insel auch in Regenmontur schöne Spaziergänge am Strand machen.«

»Schon«, gestand ich ihm zu, »aber das macht man ein Mal. Am zweiten Tag frustriert einen das Wetter, vor allem im Sommer. Eine richtige Wellnessoase halte ich im Moment auch noch für übertrieben, aber zumindest den Pool- und Saunabereich sollten wir ganzjährig öffnen.«

Mein Vater stöhnte. »Ich wusste, dass das kommt. Wofür gibt es denn das FehMare in Burgtiefe? Wenn die Gäste schwimmen oder in die Sauna wollen, können sie dort hinfahren.«

Ich verdrehte die Augen. »Das werden sie sicher machen, aber auch wenn das Geld im Urlaub locker sitzt, können und wollen sich das die meisten Gäste nicht täglich leisten. Wie sollen sie die restlichen Tage ihres Urlaubs verbringen?«

»Bienchen, wir sind hier an der Ostsee. Hier gibt es keine Langeweile.«

Ich legte meinem Vater eine der Hotelbewertungen vor die Nase, die ich eigens zu diesem Zweck ausgedruckt hatte. »Vielleicht. Vielleicht schreiben sie aber auch im Nachhinein in ihrer Bewertung, wie öde sie ihren Aufenthalt bei uns fanden.«

Mein Vater setzte sich seine Lesebrille auf die Nase und überflog die Rezension. Ablehnend sah er mich an. »Ach, das heißt gar nichts. Es gibt viele Leute, die nichts mit sich selbst anfangen können.«

»Theoretisch sagt eine einzelne Meinung wirklich nicht viel aus, aber praktisch sehen viele Gäste das genau wie diese Dame hier.« Ich legte meine Unterlagen zurück in die Mappe und stellte die benutzten Kaffeetassen aufs Tablett. »Und sie orientieren sich an diesen Besprechungen, wenn sie nach einem Hotel für ihren Urlaub suchen. Du solltest wirklich etwas ändern, Papa. Die Zahlen der *Strandperle* gefallen mir gar nicht.«

»Ich weiß nicht, wie eure Zahlen auf Fuerteventura sind. Aber das tut ohnehin nichts zur Sache, weil hier auf Fehmarn andere Regeln gelten. Glaub mir, ich kenne mich mit Zahlen aus. Ich leite dieses Hotel gemeinsam mit deiner Mutter immerhin schon länger, als du auf der Welt bist.« Mein Vater nahm sich noch ein Schokoladenplätzchen – den Appetit konnte ihm nichts und niemand verderben – und stand auf.

Ich erhob mich ebenfalls. »Versteh mich doch nicht absichtlich falsch, ich will nicht deine Kompetenz anzweifeln. Du kannst dir sicher denken, dass Mama mich nicht einfach so angerufen hat, sondern weil sie sich Sorgen um das Hotel macht.«

Mein Vater schüttelte den Kopf. »Na, ich bin ja nicht auf den Kopf gefallen, oder? Deine Mutter …«

»Sei ihr nicht böse, du redest halt nicht mit ihr. Ich bin nur hier, um euch zu helfen. Manchmal schadet es nicht, die Dinge einmal aus einer anderen Perspektive zu betrachten. Das habt ihr mir in meiner Ausbildung selbst beigebracht.«

Mein Vater konnte ein Lächeln nicht unterdrücken. »Ach, Bienchen, dass ihr jungen Leute auch immer meint, alles besser zu wissen, bloß weil ihr das gerade irgendwo gelernt habt. Was wirklich zählt, ist Erfahrung.«

»Aber die habe ich inzwischen auch. Bitte, Papa. Lass dir ein wenig unter die Arme greifen, solange ich hier bin. Und um noch einmal auf das Thema Wellness zurückzukommen: Du müsstest doch nicht einmal neu bauen. Du hast vor zwei Jahren viel Geld investiert, um zu renovieren. Die Infrastruktur ist also da, dann solltest du sie auch nutzen.«

Seufzend gab mein Vater sich geschlagen. »Na, meinetwegen. Deine Mutter liegt mir ohnehin schon lange damit in den Ohren, dass sie mal wieder in die Sauna will.«

Als ich kurz darauf das Hotel verließ, hatte ich das Gefühl, zumindest einen kleinen Schritt weitergekommen zu sein. Ich zog das Handy aus der Tasche, um endlich Felipe zurückzurufen, doch da erblickte ich Julian, der sich mit einem der Zimmermädchen unterhielt. Flirtete es etwa mit ihm? Auf jeden Fall beendete die junge Frau das Gespräch, sobald sie mich entdeckt hatte, und huschte mit frischen Bettlaken in den Händen an mir vorbei zurück ins Haus.

»Na, machst du Pause?«, fragte Julian, die Hände in den Taschen seiner Jeans. In Hemd und Lederjacke machte er eine noch bessere Figur als bei unserem gemeinsamen Abendessen.

»Eigentlich wollte ich in meine Wohnung, mich um die Post kümmern und mir Gedanken zum neuen Prospekt machen.«

»Begleite uns doch auf einen kleinen Spaziergang.« Julian deutete mit dem Kopf hinüber zu Snoopy, der auf der anderen Seite des Hofes an einem Busch schnupperte. »An der frischen Luft kann man sich sehr gut Gedanken machen, und vielleicht kann ich dir sogar helfen.«

Ich zögerte, doch genau in diesem Moment lugte die Sonne hinter einer Wolke hervor. Warum eigentlich nicht? »Okay. Wollt ihr wieder hinunter zum Strand?«

»Eigentlich schon, aber wenn du eine bessere Idee hast …«

Ich schüttelte den Kopf. »Ich bin gern am Strand.« Also machten wir uns auf den Weg. Snoopy folgte uns, ohne dass Julian etwas sagen musste. Unwillkürlich musste ich an den

Abend denken, als Julian den kleinen Welpen mit nach Hause gebracht hatte: ein beigefarbenes Knäuel, tapsig wie ein Kleinkind. Man musste es einfach lieben, und trotzdem hatten Julian und ich uns seinetwegen gestritten. Ich hatte die Worte noch im Ohr, als wären sie erst gestern gefallen.

»Ich dachte, wir nennen ihn Snoopy«, hatte Julian gesagt, den Welpen auf dem Arm.

Im einen Moment hatte ich dem Hund noch die Hand hingestreckt, im nächsten hatte ich Julian angestarrt. »Was soll das heißen? Willst du damit sagen, das ist *unser* Hund?«

»Natürlich, warum sollte ich ihn sonst mit nach Hause bringen? Ich wollte dich überraschen. Du stehst doch so auf Hunde.«

»Schon, aber wie stellst du dir das vor? Wir wollten reisen, vielleicht ins Ausland gehen. Wie soll das funktionieren mit einem Hund?«

»*Du* wolltest ins Ausland, Emmi. Meine Zeit bei der Marine hat mir gereicht, ich bin froh, wieder zu Hause zu sein. Fehmarn ist meine Heimat geworden, und ich kann hier in der Küche arbeiten. Warum soll ich woanders wieder von vorne anfangen?«

»Willst du denn gar nichts sehen von der Welt? Etwas erleben? Etwas aus dir machen?«

Kurz darauf hatten Julian und ich uns getrennt. Obwohl es inzwischen zwölf Jahre her war, konnte ich den Schmerz auch jetzt noch fühlen. Eine eiskalte Hand, die sich um mein Herz schloss und so lange zudrückte, bis alles taub war. Die Trennung war nicht Julians Schuld gewesen und auch nicht meine. Wir hatten einfach nicht zueinander gepasst. Trotzdem hatte er mir das Herz gebrochen.

Vom Meer wehte eine leichte Brise zu uns herüber, und ich

atmete tief ein und aus. Was wäre wohl aus uns geworden, wenn wir uns nicht getrennt hätten? Wären wir heute glücklich verheiratet und hätten Kinder, oder würden wir uns nur streiten? Ich riskierte einen Blick zur Seite. Es spielte keine Rolle mehr. Jetzt war ich mit Felipe zusammen; vielleicht würde ich eines Tages mit ihm eine Familie gründen.

»Vermisst du Fuerteventura?«, fragte Julian, der meinen Blick auffing.

»Ich vermisse die Sonne.« Missmutig wies ich auf die dichte Wolkendecke, durch die sich immer nur kurz ein Sonnenstrahl hindurchkämpfte.

Er lächelte. »Glaub mir, die Sonne wird sich auch noch blicken lassen. Hat sie bisher noch jedes Jahr.« Aufmerksam betrachtete er mich. »Was beschäftigt dich wirklich?«

Nach kurzem Zögern erzählte ich von dem Gespräch mit Oliver und meinem Vater. »Ich will den Sauna- und Poolbereich wieder fit machen«, schloss ich. »Es ergibt überhaupt keinen Sinn, diesen Bereich nur im Winter zu öffnen. Schau dir das Wetter doch mal an.«

»Na, dann viel Glück«, erwiderte Julian.

»Findest du die Idee etwa nicht gut?« Inzwischen hatten wir die Steilküste und den Strandabschnitt erreicht. Ich folgte Julian die Böschung hinunter. Snoopy verschwand sofort im Meer, obwohl das Wasser eiskalt sein musste.

»Doch, sogar sehr gut. Ich habe deinen Vater auch schon darauf angesprochen, warum er sich nicht endlich darum kümmert. Immerhin hat er vor nicht allzu langer Zeit alles renovieren lassen, und das war bestimmt nicht billig. Wie oft habe ich mir an kalten und stürmischen Abenden schon eine Sauna gewünscht … Aber du kennst deinen Vater, er fängt überall Baustellen an und bringt sie dann doch nicht zu Ende.«

Hanni hatte heute Morgen genau dieselben Worte benutzt. »Wie meinst du das?«

»Na ja, dein Vater und seine tollen Ideen halt. Als er die Hotelleitung übernommen hat, musste er sofort alles in die Tat umsetzen, was ihm so einfiel. Hat er dir von dem Desaster mit meinem Pizzaofen erzählt?«

»Was hat er angestellt?«, fragte ich.

Julians Blick verfinsterte sich. »Er hat einen Töpferkurs angeboten, dabei aber nicht bedacht, dass man die Kunstwerke am Ende brennen muss. In Ermangelung eines Brennofens hat dein alter Herr also einfach während unserer Pause den Pizzaofen im Restaurant missbraucht. Der erhitzt sich zwar nur auf die Hälfte der Temperatur, die man zum Brennen benötigt, aber dann lässt man das Tonstück halt doppelt so lange drin, hat er sich gedacht. Wird schon passen.«

Ich bekam große Augen. »Das hat er nicht getan.«

»Oh doch. Das Schlimme an der Sache war, dass beim Brennen giftige Gase freigesetzt wurden. Das Restaurant musste an dem Abend geschlossen bleiben.«

»Nein! Das tut mir leid, Julian.«

Er zuckte mit den Schultern. »Du kannst nichts für die abstrusen Ideen deines Vaters. Aber seitdem hat er bei mir Küchenverbot.« Snoopy trabte aus dem Wasser auf uns zu und schaute sein Herrchen erwartungsvoll an. Julian suchte nach einem Stock und warf ihn mit Schwung ins Meer.

»Kann ich verstehen, hätte ich ihm auch gegeben.«

»Inzwischen konzentriert er sich größtenteils auf die Gäste im Rentenalter. Ich frage mich nur, ob das so sinnvoll ist.«

»Das frage ich mich auch. Aber immerhin hat er zugestimmt, was die Wellnesssache angeht.«

Überrascht drehte Julian sich zu mir um. »Hat er? Warum

sagst du das nicht gleich? Das ist mal ein Anfang. Und wie stellt ihr euch das vor? Werdet ihr auch Massagen anbieten?«

Ich zuckte mit den Schultern. »Das wäre schön, aber ich weiß nicht, ob ich ihn dazu auch noch überreden kann. Und ich muss erst einmal schauen, ob sich das praktisch umsetzen lässt. Ich glaube nicht, dass sich das Hotel jemanden leisten kann, der die ganze Zeit bereitsteht, aber vielleicht findet sich ein Freiberufler, der nach vorheriger Anmeldung der Gäste vorbeikommen würde. Mal sehen.«

Ich ging zu einem der großen Steine und setzte mich, während ich zusah, wie Julian unablässig den Stock für Snoopy ins Wasser warf. Irgendwann setzte er sich auf einen der anderen Steine an meiner Seite. Eine Weile hingen wir beide unseren eigenen Gedanken nach. Ich wollte Julian gerade nach weiteren Ideen fragen, als von der anderen Seite des Strandes ein Pärchen in unsere Richtung schlenderte. Plötzlich blieb der Mann stehen, kniete sich in den feuchten Sand und ergriff eine Hand der offensichtlich verdutzten Frau. Er sagte etwas, und auch wenn ich durch die Entfernung und den Wind kein Wort verstehen konnte, war mir klar, was hier gerade passierte. Ich wollte wegsehen, um den beiden ihren privaten Moment zu lassen, der niemand anderen etwas anging, aber ich konnte es nicht. Stattdessen stupste ich Julian vorsichtig in die Seite, doch auch er hatte das Pärchen längst entdeckt. Gespannt beobachteten wir, was sich da vor unseren Augen abspielte.

Oh nein! Das durfte doch nicht wahr sein. Der Mann war so auf seine Freundin konzentriert, dass er die große Welle nicht kommen sah. Ich war versucht, ihn zu warnen, doch da brach sich die Welle bereits schäumend an den Steinen des Ufers – und tränkte seine Hosenbeine. Erschrocken sprang er auf, während sich seine Zukünftige vor Lachen krümmte. Ihr Kichern wurde durch den Wind zu uns herübergetragen. Der Mann sagte noch etwas, dann zog er einen Ring aus der Tasche seiner Hose. Fast im selben Moment flog eine Möwe kreischend über den Strand und erleichterte sich direkt über dem Pärchen. Auch das noch. Ich zuckte zusammen, Julian lachte leise, und der Mann ließ vor Schreck den Ring fallen, der sofort von der nächsten heranrollenden Welle erfasst wurde. Hektisch suchte das Paar im Wasser nach dem Ring. Sie hatten Glück. Wenig später steckte der Ring am Finger der Frau, und die beiden lagen sich erst lachend, dann küssend in den Armen. Snoopys Bellen riss das frisch verlobte Paar aus seiner trauten Zweisamkeit, dann entdeckten die beiden auch Julian und mich.

»Herzlichen Glückwunsch«, sagte ich, als die beiden an uns vorbeikamen. Sie nickten freundlich. Er wirkte verlegen, sie überglücklich.

Julian wartete, bis die beiden außer Hörweite waren. »Das könntest du sicher besser organisieren, oder?«

Ich lachte. »Gegen die Natur könnte auch ich nichts ausrichten.«

Einen Moment betrachtete er mich von der Seite. »Erinnerst du dich an deine Pläne von damals?«

»Welche Pläne?«

»Wir zwei haben am Südstrand in der Sonne gesessen und genüsslich unser Eis gegessen. Ich weiß noch, dass ich Erdbeere und Schokolade hatte. Du hattest, glaube ich … Nuss und Zitrone? Jedenfalls kam da ein Brautpaar mit einem Fotografen an den Strand, und sie haben unzählige Hochzeitsfotos geschossen.«

Ein Lächeln stahl sich auf mein Gesicht, als ich an jenen

Tag im August zurückdachte. »Die Braut trug dieses Wahnsinnskleid aus Tüll.« Einen Moment sah ich verträumt in die Ferne, doch dann fiel mir wieder ein, was danach passiert war.

»Ich liebe Hochzeiten«, hatte ich zu Julian gesagt. »Muss es nicht toll sein, sich beruflich damit zu beschäftigen?«

»Und anstrengend«, hatte Julian erwidert. »Bräute können ganz schön hysterisch werden.«

»Stimmt. Aber was hältst du davon, Verlobungen zu organisieren? Von so einem Service habe ich bisher noch nicht gehört, und man hat ausschließlich mit glücklichen Menschen zu tun.«

»Klingt toll«, meinte Julian nach einigem Überlegen. »Vor allem ließe sich dieser Service gut in das Hotelgeschäft deiner Eltern integrieren.«

Nachdenklich nickte ich, während ich das Brautpaar weiter beobachtete. Die Braut trug ein wunderschönes Kleid mit einem weiten Rock und einer Schleppe, die sie hinter sich her durch den Sand zog. Das Oberteil war wie eine Korsage geschnitten und mit Glitzersteinchen besetzt, die in der Sonne funkelten. Von solch einem Kleid hatte ich schon immer geträumt. Ich warf Julian einen Blick zu. Er sah ebenfalls interessiert zu dem Paar. Die Idee mit dem Verlobungsservice erschien mir immer verlockender, und vor allem war das etwas, das ich überall machen könnte, sodass ich nicht an Fehmarn gebunden wäre. Julian wollte zwar gerne hierbleiben, aber er hatte gerade seine Kochausbildung beendet – der Grund, warum wir am Strand saßen und feierten – und würde demnächst seinen Wehrdienst bei der Marine absolvieren. Wenn er erst einmal sah, was die Welt alles zu bieten hatte, würde ihm diese Insel sicher auch zu klein sein.

»Ich hab übrigens noch ein Geschenk für dich«, sagte ich

und holte aus unserem Picknickkorb ein in blaues Papier gewickeltes Päckchen.

»Ein Geschenk?« Ebenso neugierig wie vorsichtig öffnete er es. Dann sah er mich entgeistert an. »Ein Santokumesser? Das muss dich ein Vermögen gekostet haben, Emmi.«

Ich zuckte mit den Schultern, dabei war es wirklich teuer gewesen. »Du wünschst dir so eins doch schon ewig, und du hast es dir verdient. Ich bin so stolz auf dich.«

Julian starrte mich eine ganze Weile an, und ich zweifelte bereits daran, ob es wirklich die richtige Wahl gewesen war, doch da fragte er mich ganz unvermittelt: »Willst du mich heiraten, Emmi?«

Nun starrte ich ihn an. »Ist das dein Ernst?«

»Mein voller Ernst. Ich weiß, wir sind noch jung, aber ich liebe dich, und ich überlege schon lange, wie ich dich am besten fragen kann. Nichts scheint mir besonders genug für dich zu sein.« Er grinste. »Du siehst, deine Idee mit dem Verlobungsservice könnte tatsächlich funktionieren.«

»Ich liebe dich, Julian.«

»Ist das ein Ja?«, fragte er vorsichtig.

»Natürlich will ich dich heiraten«, sagte ich so laut, dass sich einige Badegäste zu uns umdrehten. Ich beugte mich zu Julian, um ihn zu küssen.

»Moment.« Suchend sah er sich um. Schließlich griff er nach dem blauen Kapuzenpullover, den er neben sich in den Sand gelegt hatte, und zog die Kordel heraus. Dann nahm er meine linke Hand, wickelte mir die Kordel geschickt um den Ringfinger und versah sie am Ende mit einer Schleife.

Ich war ihm um den Hals gefallen, und wir waren beide lachend im Sand gelandet, bevor wir uns geküsst hatten.

Mein Blick glitt zu Julian. Er schien in diesem Moment

dasselbe zu denken wie ich, denn er wandte sich von mir ab und sah hinüber zu Snoopy, der eine auf dem Meer schaukelnde Möwe anbellte.

»Du hast davon geträumt, perfekte Verlobungen zu organisieren, weißt du noch?«

»Ich erinnere mich«, sagte ich leise, »aber damals war ich jung und naiv, gerade einmal neunzehn Jahre alt.« Trotzdem war es eine wunderschöne Zeit gewesen.

»Und?«, erwiderte Julian. »Selbst wenn du naiv gewesen wärst, was du definitiv nicht warst, war der Plan gut. Zugegeben, das Paar von gerade eben wird diesen Augenblick wohl auch nie vergessen, aber die Menschen wollen eine Verlobung immer zu etwas Besonderem machen.« Er warf mir einen kurzen Blick zu. »Du könntest ihnen dabei helfen, du hast ein gutes Gespür für Menschen.«

»Ich weiß nicht.« Das war doch nur die Träumerei eines jungen Mädchens gewesen, mehr nicht. Außerdem glaubte ich nicht, dass mein Vater das mitmachen würde.

»Denk einfach mal darüber nach. Was habt ihr schon zu verlieren?«

Die Briefe von heute Morgen in der Hand, ließ ich mich auf mein Sofa plumpsen und zog die Füße unter mich. Es gab einiges zu tun. So wollte ich für meinen Vater einen Plan erstellen, wie er die Inbetriebnahme des Sauna- und Wellnessbereichs am besten vorantreiben könnte. Immerhin musste er allein zurechtkommen, wenn ich Ende der Woche wieder abreiste, und da konnte eine gut strukturierte To-do-Liste nicht schaden. Doch meine Gedanken wanderten immer wieder zu Julians Vorschlag. Damals war ich Feuer und Flamme gewesen, als es um die Idee des Verlobungsservice gegangen war, und im Grunde reizte es mich auch heute noch. Hochzeitsplaner gab es jede Menge, aber Verlobungsplaner? Das wäre etwas Besonderes, ein Alleinstellungsmerkmal für die *Strandperle*. Doch ich wusste auch, dass sich das nicht so einfach würde umsetzen lassen, schon gar nicht mit meinem Vater. Ihm fehlte – wie soll ich es sagen? – einfach das richtige Händchen für diese Aufgabe. Und ich selbst hatte nicht die Zeit, mich darum zu kümmern oder etwas zu organisieren. Schließlich musste ich schon bald zurück nach Fuerteventura.

Seufzend riss ich den ersten Brief auf – und setzte mich kerzengerade hin, als mir die Betreffzeile ins Auge fiel.

Ich überflog den Inhalt, zwang mich, ihn noch ein zweites Mal in Ruhe zu lesen. Das konnte doch nicht wahr sein. *Papa!* Ich sprang vom Sofa und griff im Vorbeigehen nach meiner Handtasche. Durch den Nieselregen, der inzwischen eingesetzt hatte, hastete ich über den Hof zum Hotel. In der Eingangshalle prallte ich fast mit meiner Mutter zusammen.

»Emily, Liebes. Alles in Ordnung? Du wirkst gestresst.«

Ich setzte ein Lächeln auf und ließ den Brief, den ich immer noch in der Hand hielt, unauffällig in meiner Tasche verschwinden. Meine Mutter sollte unter keinen Umständen etwas davon mitbekommen, zuerst wollte ich mit meinem Vater reden. »Alles bestens, ich wollte nur nicht nass werden. Es regnet mal wieder. Weißt du, wo Papa ist?«

»Oh, ich glaube, der ist gerade unterwegs. Soll ich ihm etwas ausrichten, wenn ich ihn sehe?«

»Sag ihm, ich will mit ihm reden«, antwortete ich, während ich das Hotel bereits wieder verließ, denn vorher hatte ich noch etwas Dringendes zu erledigen. Ich musste mit der Bank sprechen, um Schlimmeres zu verhindern.

Falls es nicht schon zu spät dafür war.

Kapitel 6

Mit der Bank reden
Mir ganz schnell etwas einfallen lassen
Papa zur Rede stellen
UNBEDINGT FELIPE ZURÜCKRUFEN

Ich konnte es immer noch nicht glauben. Die *Strandperle* stand tatsächlich vor dem Ruin. Mit zitternden Fingern holte ich das Schreiben aus meiner Tasche und las es mir zum dritten Mal durch, doch der Inhalt blieb derselbe: Mein Vater hatte vor zwei Jahren einen Kredit bei der örtlichen Bank aufgenommen und tilgte seit zwei Monaten die Raten nicht mehr. Dreißig Tage blieben uns jetzt noch, um den gesamten Kredit zurückzuzahlen, ansonsten drohte die Zwangsvollstreckung oder der Verkauf.

Was hatte sich mein Vater nur dabei gedacht? Er war ein erwachsener Mann. Er musste doch wissen, dass man nicht einfach die Tilgungen aussetzen konnte. Wie sollten wir innerhalb von einem Monat so viel Geld aufbringen? Das war unmöglich.

»So, da bin ich. Entschuldigen Sie bitte, dass ich Sie warten ließ. Peter Ansbach.« Der Sachbearbeiter der Bank streckte mir die Hand entgegen, dann setzte er sich mir gegenüber an seinen Schreibtisch. »Sie wollten eigentlich mit dem Direktor reden, aber der ist momentan in einer wichtigen Besprechung. Vielleicht kann ich Ihnen weiterhelfen.«

»Das wäre schön. Emily Hansen, ich bin die Tochter von Anton Hansen, der derzeit das Hotel *Strandperle* leitet.«

»Verstehe.« Der Sachbearbeiter schien sofort zu wissen, worum es ging. »Darf ich Ihnen etwas zu trinken anbieten? Kaffee, Wasser?«

»Nein, danke.« Ich hielt ihm den Brief entgegen. »Dieses Schreiben ist heute mit der Post gekommen.«

Peter Ansbach überflog die Zeilen, obwohl er deren Inhalt mit Sicherheit kannte. »Traurige Sache«, sagte er schließlich. »Und was kann ich für Sie tun?«

Ich holte tief Luft. Auch wenn er mich absichtlich zu Kreuze kriechen ließ, musste ich freundlich bleiben, sonst würde ich gar nichts erreichen. »Ich möchte die Bank um einen Aufschub bitten. Natürlich verstehe ich, dass Sie das Geld schnellstmöglich zurückhaben wollen, aber dreißig Tage werden nicht ausreichen. Das ist einfach unmöglich.« Die Zeit würde nicht einmal reichen, um auch nur einen Bruchteil dessen zu besorgen, was wir der Bank schuldeten.

»Es tut mir leid, Frau Hansen, aber ich fürchte, da kann ich nichts machen. Sehen Sie, es ist schon ein Entgegenkommen von uns, dass wir Ihrer Familie überhaupt noch eine Frist gewähren und nicht sofort handeln. Immerhin haben wir Ihren Vater bereits mehrfach auf die Problematik angesprochen.«

Das hatte ich fast schon befürchtet, und ich schämte mich in Grund und Boden für sein Verhalten. Trotzdem musste ich mir etwas einfallen lassen. »Hören Sie …«, improvisierte ich, »meinem Vater tut das Ganze unglaublich leid. Er … Es ging ihm nicht so gut in letzter Zeit, aber nun bin ich hier, um ihm unter die Arme zu greifen. Ich bin auch in der Hotelbranche tätig und habe mir bereits einige Gedanken gemacht, wie wir das Hotel …«

»Ich fürchte, dafür ist es zu spät«, unterbrach mich Ansbach und stand auf. Damit war das Thema für ihn offenbar erledigt.

Auch wenn ich noch nicht bereit war aufzugeben, stand ich ebenfalls auf. »Nun gut, ich würde trotzdem gerne noch den Bankdirektor sprechen.«

Der Sachbearbeiter verkniff sich nur mit Mühe ein Augenrollen. »Tut mir leid, aber das wird ohne Termin nicht gehen. Zudem ist er, wie gesagt, in einer Besprechung.«

»Ich kann gerne warten. Wenn Sie ihm sagen, worum es geht, wird er sicher kurz Zeit für mich finden. Wir kennen uns persönlich.«

»Frau Hansen, das wird wirklich nicht möglich sein.«

In dem Moment entdeckte ich durch das Fenster ein rotes Audi-Cabrio, Kennzeichen OH-BM. So ein Mist. Das Cabrio konnte nur einem der Bergmanns gehören; die ganze Familie fuhr mit protzigen Autos und ähnlichem Kennzeichen über die Insel. Mir wurde schlecht. Wenn einer der Bergmanns auf dem Parkplatz der Bank parkte und der Bankdirektor in einer wichtigen Besprechung war, konnte das nur eines bedeuten.

»Frau Hansen? Ist Ihnen nicht gut?« Besorgt musterte der Sachbearbeiter mich.

Irritiert erwiderte ich seinen Blick. Da kam mir eine Idee. Ich ließ mich zurück auf den Stuhl sinken und setzte eine leidende Miene auf. »Mir ist gerade wirklich nicht ganz wohl. Ob ich vielleicht doch einen Schluck Wasser haben könnte?«

Ansbach zögerte, aber dann nickte er freundlich. »Natürlich, ich bringe Ihnen sofort ein Glas.« Mit schnellen Schritten entfernte er sich.

Sofort sprang ich auf, hastete den langen Korridor hinunter zum Büro des Bankdirektors und klopfte an dessen Tür. Als ich ein »Ja bitte?« vernahm, öffnete ich sie. Wie ich es vermutet hatte, saßen sich Karsten Bergmann und der Bankdirektor gegenüber. Auf dem Besprechungstisch lagen Scribbles, offenbar Pläne für die *Strandperle*. Ich hatte also recht gehabt: Bergmann wollte sich die *Strandperle* unter den Nagel reißen. So ein Mistkerl! Das Hotel war noch nicht einmal zum Verkauf angeboten worden.

Ich setzte an, um etwas zu sagen, als der Sachbearbeiter hinter mir auftauchte, atemlos und mit einem Glas Wasser in der Hand. Er warf mir einen vorwurfsvollen Blick zu, wandte sich dann aber an den Direktor. »Bitte entschuldigen Sie, Herr Pahl …«

Doch der winkte ab und erhob sich. »Schon gut«, sagte er und kam lächelnd auf mich zu. »Wenn das nicht die Emily ist. Was kann ich für dich tun?« Er schüttelte mir die Hand.

»Hallo, Herr Pahl. Es tut mir wirklich leid, dass ich störe … Sie sprechen doch sicher gerade über die *Strandperle*.«

Franz Pahl nickte. »Sie können wieder gehen. Danke, Ansbach.« Er nahm dem Sachbearbeiter das Glas Wasser aus der Hand und schloss die Tür hinter ihm. »Du hast völlig recht. Setz dich doch, Emily.« Pahl schob die Unterlagen auf dem Besprechungstisch zusammen, ehe ich einen genaueren Blick darauf werfen konnte, und deutete auf den freien Stuhl neben Karsten Bergmann.

Ich folgte seiner Aufforderung, fühlte mich nun aber doch etwas unwohl, weil ich hier einfach so hereingeplatzt war. Was hatte ich mir nur dabei gedacht? Zum Glück schien Pahl es mir jedoch nicht übelzunehmen. Wir kannten uns tatsächlich – er war der Vater von Tina und Oliver. Zu Schulzeiten hatte ich öfter bei den Pahls übernachtet, und auch meine Eltern hatten sich immer ganz gut mit Tinas Eltern verstanden.

»Emily Hansen. Nett, dich mal wiederzusehen. Was führt

dich nach Fehmarn?« Karsten, ein Bein über das andere geschlagen, musterte mich von oben bis unten.

»Karsten«, erwiderte ich, nur der Freundlichkeit halber.

Ich konnte ihn nicht ausstehen, hatte ich noch nie. Er war in dieselbe Klasse gegangen wie Tina und ich und schon damals ein Fatzke gewesen, der sich viel auf seine wohlhabende Familie einbildete, der das größte Hotel in Burgtiefe gehörte. Natürlich war auch Karsten ins Hotelgewerbe eingestiegen. Er und seine Familie waren schon lange scharf auf die *Strandperle*, deshalb hatte ich keine andere Möglichkeit gesehen, als diesen Termin zu sabotieren. Das war meine letzte Chance, unser Haus vor dem Verkauf zu retten.

»Nun, du bist sicher wegen des Schreibens hier«, begann Pahl senior. »Ich wünschte, ich hätte es deiner Familie ersparen können, aber unter den gegebenen Umständen …« Er klang ehrlich betroffen.

»Ich verstehe das. Trotzdem würde ich gerne mit Ihnen über die Angelegenheit sprechen. Es muss doch eine Möglichkeit geben, das Ganze noch abzuwenden.«

Karsten räusperte sich. »Ähm, Emily? Du weißt schon, dass *ich* eigentlich gerade einen Termin habe?«

»Das weiß ich, und es tut mir auch leid«, antwortete ich, »aber du wirst sicher einsehen, dass die Sache keinen Aufschub duldet.«

»Wir waren uns doch einig, Franz«, wandte Karsten sich nun an den Bankdirektor.

»Moment, Karsten, ich sollte mir Emily zumindest anhören.« Er sah zu mir. »Wie hast du dir das denn vorgestellt?«

»Also, es ist so …« Glücklicherweise fiel mir in diesem Moment das Gespräch vom Morgen wieder ein. »Mein Vater hat vor zwei Jahren den Kredit aufgenommen, um den Wellnessbereich in der *Strandperle* renovieren und ausbauen zu lassen. Inzwischen ist alles fertig und kann von den Gästen in der kommenden Saison umfassend genutzt werden.«

Karsten zog die Augenbrauen hoch. »Ehrlich gesagt klingt das nicht so, als hättest du dir wirklich Gedanken gemacht.«

»Natürlich habe ich das. Erst heute Vormittag hatten wir einen Termin mit dem Tourismusbeauftragten, denn das Ganze muss ja auch nach außen kommuniziert werden. Sie können Oliver gerne fragen«, fügte ich an Franz Pahl gerichtet hinzu.

»Das glaube ich dir, Emily, aber in einem Punkt muss ich Karsten leider recht geben. Wellness?«

»Ähm, ja. Es hat sich gezeigt, dass die Gäste dies in unserem Hotel vermisst haben, und laut Ihrem Sohn liegt Wellness nach wie vor im Trend.«

»Das schon, aber in den meisten Hotels ist das heutzutage Standard. Solange ihr keine richtige Wellnessoase eröffnet, könnt ihr damit niemanden mehr hinter dem Ofen hervorlocken. Das ist kein Alleinstellungsmerkmal, so leid es mir tut.«

Pahl senior betrachtete mich erwartungsvoll. Karsten grinste, als hätte er bereits den Zuschlag für das Hotel erhalten, in dem ich aufgewachsen war. Mir wurde abwechselnd heiß und kalt. Wie konnte ich Touristen in unser Hotel locken? Es musste doch irgendetwas geben … etwas, das sich einfach, kostengünstig und vor allem schnell umsetzen lassen würde. Wenn die Vorbereitungen Wochen oder gar Monate in Anspruch nehmen würden, konnten wir es gleich vergessen. Es durfte einfach nicht sein, dass die Bergmanns unsere *Strandperle* kauften und verschandelten. Auch wenn ich schon lange nicht mehr hier lebte – es ging um mein Zuhause, um viele Jobs, um Julian.

Julian.

Pahl räusperte sich. »Nun denn …«

»Moment«, sagte ich schnell. »Ich stimme Ihnen zu, der renovierte Wellnessbereich ist natürlich nur ein Teil des Ganzen. Das Hotel bekommt ein völlig neues Konzept, wir wollen künftig eine neue Zielgruppe ansprechen. Die *Strandperle* wird zum Romantikhotel.«

»Romantikhotel?«, fragte Karsten mit einer Mischung aus Spott und Skepsis.

Auch wenn ich selbst Zweifel hatte, ignorierte ich ihn. Das Problem war, dass bisher vor allem ältere Menschen und Familien mit kleinen Kindern zu uns kamen. War es sinnvoll, die wenigen Stammgäste zu verprellen, die wir noch hatten? Andererseits standen wir mit dem Rücken zur Wand. Es musste etwas passieren. »Zu uns kann jeder kommen, der gerne ein paar ruhige Tage zu zweit genießen möchte«, sagte ich daher entschlossen. »Außerdem werden wir Verlobungen organisieren. Sie kennen doch sicher das Modell des Hochzeitplaners? Die Verlobungsplanung ist der Schritt davor und wird bislang in Deutschland kaum angeboten.« Zumindest hoffte ich das. »Das ist ein absolutes Alleinstellungsmerkmal«, fügte ich vorsichtshalber noch hinzu. Pahl nickte, er schien die Idee tatsächlich nicht schlecht zu finden.

»Ich glaube nicht, dass die Leute für so etwas Geld ausgeben«, bemerkte Karsten bissig.

»Das denke ich schon«, erwiderte Pahl zu meiner Erleichterung.

»Na schön, aber könnten wir dann bitte wieder zu meiner Angelegenheit zurückkehren?«, fragte Karsten, inzwischen sichtlich genervt. »Das ist immerhin noch mein Termin.«

»Das stimmt natürlich. Es tut mir leid, Karsten, vielleicht …«, setzte Franz Pahl an. Es war klar, worauf er hinauswollte.

»Ich verstehe. Du wirst schon sehen, was du davon hast.« Karsten sprang wütend auf und verließ ohne ein weiteres Wort das Büro.

Pahl und ich sahen uns an. Erst jetzt begriff ich, dass er den Plan anscheinend wirklich gut fand und bereit war, der *Strandperle* noch eine Chance zu geben. Langsam entspannte ich mich. »Danke, dass Sie sich meinen Vorschlag angehört haben. Das ist nicht selbstverständlich.«

»Die Idee gefällt mir tatsächlich ausgesprochen gut. Sie klingt innovativ, und die Leute geben gerne Geld aus, wenn sie dafür etwas Besonderes bekommen. Vor allem im Urlaub.«

»Das denke ich auch«, improvisierte ich, denn allzu viele Gedanken hatte ich mir bisher noch nicht gemacht. »Außerdem lässt sich das Ganze einfach umsetzen. Immerhin müssen wir auf unser Budget achten.«

Pahl nickte, er wirkte nicht mehr ganz so enthusiastisch. »Das wäre der nächste Punkt, die Details des Vertrags. Ich werde euch keinen weiteren Kredit bewilligen können, Emily, so leid es mir tut. Die Bank braucht Sicherheiten, und wir wissen nicht, wie es mit dem Hotel weitergeht.«

Ich nickte ebenfalls. »Das verstehe ich natürlich.« Was nun? Einen weiteren Kredit wollte ich gar nicht, wir hatten bereits genug Schulden, aber die Tilgungen würde ich vorerst trotzdem nicht leisten können.

»Wir können Folgendes machen.« Pahl seufzte. »Ich gebe dir bis zum Ende der Saison Zeit. Wenn du mir bis nach Ostern einen Businessplan erstellst, bleibt der Kreditvertrag bis Ende September bestehen, und wir setzen die Tilgungen bis dahin aus. Wäre euch damit geholfen?«

Einen Moment war ich sprachlos. »Ich weiß gar nicht, was ich sagen soll. Vielen Dank, Herr Pahl.«

Er winkte ab. »Zuerst könntest du mal Franz sagen, schließlich habe ich dich aufwachsen sehen. Und du brauchst dich nicht zu bedanken. Ich bin Geschäftsmann und sehe eine reelle Chance für euer Hotel. Glaub mir, es macht mir keinen Spaß, Existenzen zu zerstören.«

»Danke«, sagte ich noch einmal.

»Ich hab ehrlich gesagt keine Ahnung, woher Bergmann von der Sache wusste. Er hat mich mit seinem Ansinnen regelrecht überfallen.« Pahl senior beugte sich über den Schreibtisch, er sprach nun leiser. »Das dürfte ich eigentlich gar nicht sagen, aber ich muss gestehen, dass ich die *Strandperle* nur ungern im Besitz der Bergmanns sehen würde. Der Familie gehört bereits die halbe Insel.«

Ich musste mir ein Grinsen verkneifen. »Schön, dass Sie das so sehen.«

»Unseren Deal muss ich dennoch an eine weitere Bedingung knüpfen, liebe Emily. Ich schätze deinen Vater wirklich sehr, aber wir wissen beide, dass er nicht zum Hotelmanager geboren ist. Und deine Mutter wird die Leitung nicht wieder übernehmen können, denke ich.«

»Das befürchte ich auch«, antwortete ich. »Ihr geht es zwar gesundheitlich viel besser, aber das wäre doch zu viel für sie. Das möchte ich ihr nicht antun.«

»Dann sind wir uns ja einig. Außerdem braucht diese Idee frisches Blut. Deshalb bleibst du bis Ende September hier und übernimmst die Leitung der *Strandperle*. Alternativ kann das natürlich auch dein Bruder machen. Das ist die Bedingung.«

Kapitel 7

Nicht in Panik verfallen
Dominik nach Fehmarn holen
Verlobungsplanungsidee genauer ausarbeiten
Businessplan erstellen
Darío über die aktuelle Lage informieren
Papa schonend beibringen, dass er ersetzt wird
FELIPE ENDLICH ZURÜCKRUFEN!!!

Ich saß bei einem Espresso in einem Eiscafé in Burg, beobachtete die vorbeigehenden Passanten und lauschte dem Freizeichen am anderen Ende der Leitung. Es dauerte eine Ewigkeit, bis mein Bruder endlich ans Telefon ging.

»Hallo, Schwesterherz. Na, wie ist die Lage bei euch?«

Ich redete nicht lange um den heißen Brei herum. »Dominik, ich brauche deine Hilfe. Du musst nach Hause kommen und dich um die *Strandperle* kümmern.«

»Bitte was? Warum das denn auf einmal? *Du* bist doch dort, hat Mama zumindest erzählt.«

»Ja, aber nur vorübergehend.« Ich bemühte mich um einen ruhigen Tonfall. Wenn ich jetzt aus der Haut fuhr, würde mein Bruder nur bockig werden, und ich erreichte überhaupt nichts. »Hör zu, es steht gar nicht gut um die *Strandperle*. Papa hat vor zwei Jahren einen Kredit aufgenommen und dann die Raten nicht mehr gezahlt. Ich komme gerade von der Bank.«

Mein Bruder atmete hörbar aus. »Verdammt. Was heißt das? Zwangsvollstreckung?«

Ich ließ ihn absichtlich einen Moment zappeln. »Das konnte ich zum Glück gerade noch einmal verhindern, zumindest fürs Erste. Ich musste mir allerdings schnell eine neue Ausrichtung für das Hotel ausdenken, und dank Julians Hilfe ist mir das auch gelungen. Der Plan steht im Groben, aber jetzt muss er umgesetzt werden. Bis Ende September haben wir Zeit.«

»Das klingt doch gut. Super, Schwesterchen.«

Ich verdrehte die Augen. Warum verstand er nicht, wo das Problem lag? »Schon, aber Mama kann die Hotelleitung nicht wieder übernehmen, und der Bankdirektor will nicht, dass Papa weiterhin die Geschäfte führt. Da stimme ich im Übrigen mit Pahl überein, denn Papa könnte das neue Konzept sicher nicht gut umsetzen.«

»Komm zum Punkt, Emmi.«

»Herrgott, Dominik, ist das denn so schwer zu begreifen? Einer von *uns* muss das machen, und ich habe einen Job auf Fuerteventura, falls du dich erinnerst.«

»So wie ich einen Job auf Barbados habe.«

Ich holte erst einmal tief Luft, um nichts Falsches zu sagen. »Das weiß ich natürlich, aber du hast sicher nicht vergessen, dass ich in sehr naher Zukunft zur Hotelmanagerin befördert werden soll. Das ist eine riesige Chance, Dominik, ich habe mein Leben lang darauf hingearbeitet. Mein Chef hat mich schon für diese paar Tage ungern gehen lassen. Er wird mir kaum zugestehen, ein halbes Jahr lang freizunehmen.«

»Ich kann hier auch nicht einfach weg, die haben mich doch für die komplette Saison eingeplant.«

Es kostete mich Mühe, ruhig zu bleiben. »Darf ich dich daran erinnern, dass du immer die Leitung der *Strandperle* übernehmen wolltest? Jetzt ist es so weit. Mama fällt nach wie vor aus, und Papa ist schlicht und ergreifend unfähig. Das hat er in den letzten zwei Jahren bewiesen.«

»Emily, ich sag's noch einmal: Ich kann hier nicht weg. Das ist auch für mich eine große Chance, die ich mir nicht entgehen lassen werde. Außerdem habe ich einen Vertrag unterschrieben.«

Die Wut auf meinen Bruder konnte ich nun nicht mehr länger zurückhalten. »Ernsthaft? Du willst das miteinander vergleichen? Du tingelst seit Jahren durch die Weltgeschichte, du hattest reichlich Chancen. Ich bin stellvertretende Hotelleiterin, Dominik. Du gibst doch auf Barbados nur den Animateur oder Poolboy. Es wird Zeit, dass du endlich erwachsen wirst und Verantwortung übernimmst.«

»Tut mir leid, Emily, aber ich sehe das anders.«

»Verdammt, es geht hier um die Familie, Dominik.«

Doch mein Bruder hatte bereits aufgelegt.

Keine Ahnung, wie lange ich an dem kleinen Tisch saß und ins Leere starrte. Ich hatte in diesem Moment weder ein Auge für die altertümlichen Fachwerkhäuser, deren Anblick mir normalerweise das Herz wärmte, noch für den reichen Blumenschmuck, das Kopfsteinpflaster oder das verklinkerte Rathaus, das zum Kulturdenkmal auf Fehmarn gehörte. Irgendwann zog ich zwei Euro-Münzen aus der Tasche, knallte sie auf den Tisch und verließ das Eiscafé. Während ich noch überlegte, ob ich in dieser Stimmung meinen Vater mit all dem konfrontieren sollte, was er angestellt hatte, stieß ich mit jemandem zusammen.

»Hoppla!« Zwei Arme hielten mich an den Schultern fest.

Hoppla? Ich wollte schon losschimpfen und meine schlechte Laune an dem Fremden auslassen, doch im nächsten Moment schaute ich bereits in Julians blaue Augen. Sein vertrauter Anblick genügte, und meine Wut löste sich in Luft auf. Stattdessen füllten sich meine Augen mit Tränen. Schnell sah ich weg, doch Julian hatte es längst bemerkt. Der Griff um meine Schultern verstärkte sich.

»Was ist los, Emily?« Ich gab keine Antwort, denn dann hätte ich vermutlich ganz die Fassung verloren. »Na komm, ich spendier dir ein Eis. Das hat noch immer geholfen.«

Julian schob mich zurück zur Eisdiele und komplimentierte mich an denselben Tisch, an dem ich erst kurz zuvor gesessen hatte. Der Kellner blickte mich verdutzt an, sagte aber nichts. Julian bestellte zwei Spaghetti-Becher und lehnte sich anschließend in seinem Stuhl zurück. Er stellte mir keine Fragen, und auch ich schwieg, obwohl ich gern gewusst hätte, was er mitten am Tag in Burg machte. Nur wenig später trat der Kellner erneut zu uns an den Tisch und brachte unsere Bestellung. Nach wie vor schweigend löffelten wir unser Eis, doch schließlich begann ich von mir aus zu reden. Es mochte zwar um familieninterne Angelegenheiten gehen, aber Julian konnte ich vertrauen. Er hatte schließlich einmal fast zur Familie gehört, und ich musste einfach mit jemandem reden. »Es geht um das Hotel. Papa … Er scheint nicht zu begreifen, wie dramatisch die Lage ist.«

Julian nickte. Er wusste nur zu gut, wie mein Vater sein konnte. »Steht es wirklich so schlecht?«

Ich nickte ebenfalls. »Papa redet zwar nicht mit mir, aber heute kam ein Brief von der Bank. Wusstest du, dass er seinen Kredit seit Monaten nicht tilgt?«

Julian zog die Augenbrauen hoch. »Das kann nichts Gutes bedeuten.«

»Das kannst du laut sagen. Wir hätten alles verlieren können. Karsten Bergmann hat bereits mit dem Bankdirektor über den Kauf der *Strandperle* verhandelt.« Abrupt drehte ich mich weg. Erst jetzt wurde mir klar, was wirklich auf dem Spiel stand. Es ging um das Hotel meiner Eltern, das meine Großeltern nach dem Krieg aufgebaut hatten und das Dominik und ich eines Tages erben sollten. Ich war in der *Strandperle* aufgewachsen, hatte dort meine komplette Kindheit und Jugend verbracht, und auch wenn ich mir früher nichts sehnlicher gewünscht hatte, als diese Insel endlich verlassen zu können, wollte ich doch nicht den Ort meiner Kindheit verlieren, meine Heimat.

»Scheiße«, entfuhr es Julian leise. »Und was nun?«

»Ich habe die Katastrophe noch rechtzeitig abwenden können. Die Bank gibt uns bis zum Ende der Saison Zeit«, antwortete ich, ohne aufzusehen. »Aber wenn nicht bald frisches Geld in die Kasse gespült wird, war es das. Und dann werden alle sagen, ich sei schuld.«

»Wie kommst du denn darauf? Das ist doch Blödsinn, Emily. Niemand wird dir die Schuld geben. Ein Hotel ruiniert man nicht von heute auf morgen, und außerdem ist gar nicht gesagt, dass es so kommen muss. Die Hauptsaison beginnt erst in einigen Wochen.«

»Das war noch nicht alles. Pahl gewährt uns den Aufschub nur, wenn mein Bruder oder ich die Leitung des Hotels übernehmen.« Nun sah ich doch auf.

»Oh! Ich nehme an, du hast bereits mit Dominik gesprochen?«

Ich nickte. »Er weigert sich.«

»Soll ich mal mit ihm reden?«

Seufzend schüttelte ich den Kopf. »Das wird nichts bringen. Du kennst ihn.«

»Und jetzt?«, fragte Julian erneut. »Wolltest du nicht Ende der Woche zurückfliegen?«

»Das wollte und das sollte ich, ja. Meine Beförderung zur Hotelmanagerin wartet auf mich und …« *Mein Freund.* Aus irgendeinem Grund brachte ich diese Worte nicht über die Lippen. »… und mein Chef wird kaum Verständnis haben. Außerdem ist es generell keine gute Idee. Du weißt, wie das mit Mama und mir damals lief.« Ich zuckte mit den Schultern. »Was habe ich für eine Alternative? Soll ich die *Strandperle* den Bach runtergehen lassen?«

Julian griff vorsichtig nach meiner Hand. »Wenn ich irgendwas tun kann …« Er lächelte. »Falls es dich tröstet: Ich bin fest davon überzeugt, dass du das schaffst.«

»Lieb von dir.« Traurig erwiderte ich sein Lächeln, dabei war ich längst nicht so überzeugt wie er.

Nervös klopfte ich an die Tür des Arbeitszimmers. Erst als ein fragendes »Ja?« ertönte, trat ich ein. Das Arbeitszimmer sah noch genauso aus wie früher: ein wuchtiger Schreibtisch aus Walnussholz, Regale voller Aktenordner und Bücher, Ledersessel. Erinnerungen kamen in mir hoch, wie so oft in den letzten beiden Tagen. Wie viele Stunden unserer Kindheit hatten Dominik und ich hier verbracht, während meine Mutter gearbeitet hatte? Ich sah mich auf einem der Ledersessel sitzen, vielleicht sechs Jahre alt. Immer und immer wieder hatte ich mich im Kreis gedreht, indem ich mich mit der Hand am Schreibtisch abgestoßen hatte, während Dominik auf dem Teppich mit Bauklötzen spielte. Lange Zeit hatte ich geglaubt, dass ich eines Tages selbst hinter diesem Schreibtisch sitzen und telefonieren würde, während meine Kinder nebenher spielten. Doch dann war alles anders gekommen.

Mein Vater saß an seinem Schreibtisch über einem Block und notierte sich etwas. Ich setzte mich ihm gegenüber. Die tief stehende Sonne schien durch die Fenster und ließ alles warm und freundlich wirken.

»Was gibt's denn, Bienchen?«

»Ich muss mit dir reden, Papa.«

Er legte seinen Kugelschreiber beiseite und hob den Kopf. »Oh, so förmlich. Was hab ich verbrochen?« Er meinte es als Scherz, aber leider war die Lage alles andere als lustig.

Lange hatte ich überlegt, wie und wo ich anfangen sollte, doch schließlich hatte ich mich für den direkten Weg entschieden. Es gab keine schonende Art, um die Wahrheit zu sagen. »Heute kam ein Brief von der Bank. Ich habe ihn geöffnet und gelesen.«

»Verstehe.«

»Warum hast du nicht gesagt, dass du einen Kredit aufgenommen hast und die Raten nicht mehr tilgen kannst?«

Geistesabwesend nahm mein Vater den Kugelschreiber in die Hand und ließ ihn zwischen den Fingern hin- und herschnellen. »Das ist nicht deine Sache, Bienchen. Du hättest mir den Brief geben sollen. Ich hab das alles im Griff.«

»Ach ja?« Ich atmete tief aus. »Wir haben heute fast das Hotel verloren, Papa. Ist dir das klar? Die Bank hat eine Mahnung geschickt. In dreißig Tagen wollten sie den kompletten Kredit zurückhaben.«

»Das hätte ich schon geklärt. Schau hier, ich habe bereits jede Menge Ideen.« Er reichte mir seinen Block.

Ich warf nur einen kurzen Blick darauf: ein Vortrag vom örtlichen Zahnarzt über Zahnersatz, eine Rollator-, Stock- und Gehhilfenvorstellung, eine Kompressionsstrümpfe-Modenschau. Absolut nichts Brauchbares. »Das hat sich erledigt, ich habe mit der Bank gesprochen. Sie geben uns bis zum Ende der Saison Zeit, erst dann müssen wir den Kredit weiter tilgen.«

»Sehr gut, Bienchen.« Mein Vater bekam strahlende Augen, offenbar hatte er sich also doch Sorgen gemacht. »Dann kannst du ja jetzt beruhigt wieder abreisen, während ich hier die Stellung halte. Mit ein paar frischen Ideen wird das alles schon. Man könnte zum Beispiel …«

»Auch das hat sich erledigt«, unterbrach ich ihn. »Ich musste der Bank aus dem Stand ein neues Konzept präsentieren, sonst hätte sie sich gar nicht erst auf einen neuen Deal eingelassen.«

Mein Vater nickte. »Okay, gar kein Problem. Dann weihst du mich halt vor deiner Abreise in alles ein. Was genau hast du dir denn überlegt?«

Seufzend schloss ich für einen kurzen Moment die Augen. »Papa, die Bank hat dem Ganzen nur unter einer Bedingung zugestimmt: Dominik oder ich sollen die Leitung der *Strandperle* übernehmen.«

»Was denkt der alte Pahl sich dabei? Du hast nun wirklich nicht die nötige Erfahrung.« Mein Vater winkte ab. »Lass mal, Bienchen. Ich rede mit dem Franz, dann kommt das alles wieder in Ordnung.«

»Ich wünschte, es wäre so, Papa. Du weißt, dass ich eigentlich zurück nach Spanien muss, aber Franz meint es ernst. Ich habe schon alles versucht.«

»Oh!« Mein Vater lehnte sich in seinem Sessel zurück. Bis gerade hatte er einen sehr motivierten Eindruck gemacht, jetzt wirkte er wie ein geprügelter Hund. Fast tat er mir leid. Zwar war er mit seinen Unterstützungsaktionen schon meiner Mutter oft eher in die Quere gekommen, doch ich brauchte jede helfende Hand, die ich kriegen konnte. Sonst würde es mir nicht gelingen, das neue Konzept umzusetzen, bevor die Saison richtig startete.

»Niemand kann uns verbieten, dass du mir im Hintergrund hilfst, Papa. Du musst mich beraten, immerhin hast du in den vergangenen zwei Jahren die *Strandperle* geführt und weißt, wie der Hase läuft.«

Mein Vater nickte zufrieden, seine Motivation war zurück. »Sehr gut, so machen wir das. Und wenn der Franz erst mal sieht, dass ich hier unersetzlich bin, kannst du auch wieder zurück nach Spanien.«

Ich zwang mich zu einem Lächeln. Oje. Ob das wirklich so eine gute Idee war, meinen Vater einzubinden?

Obwohl es weit nach Mitternacht und ich früh aufgestanden war, empfand ich keine Müdigkeit, sondern eher so etwas wie Leere. Ich saß auf dem Sofa, ein Glas Rotwein in der Hand, die Füße auf dem Tisch und starrte an die Wand mir gegenüber. Ich hatte mich bereits an den Businessplan gemacht, der Wohnzimmertisch war übersät mit Papieren, doch ich konnte mich nicht darauf konzentrieren. Im Hintergrund lief leise Musik von Norah Jones, doch auch das nahm ich kaum wahr. Die Lage war ernst, und ich fühlte mich allein. Mein Vater hatte sich nach unserem Gespräch wieder an seine Ideensammlung gesetzt, meine Mutter durfte und wollte ich nicht belasten, Dominik ging nicht mehr an sein Handy, und an das Telefonat mit meinem Chef wollte ich gar nicht erst denken.

»Schön, dass du dich endlich einmal meldest«, hatte Darío mich begrüßt. »Ich hoffe, bei dir zu Hause läuft alles gut. Ich rechne zum Wochenende fest mit dir. Die Domingos sind heute angereist und haben explizit nach dir gefragt.«

So ein Mist. »Ich muss dir etwas sagen, Darío.«

»Emily, nein! Das kannst du mir nicht antun.«

»Es tut mir ehrlich leid, glaub mir. Hier sieht es schlimmer aus, als ich befürchtet hatte. In den vergangenen zwei Jahren hat mein Vater alles falsch gemacht, was man nur falsch machen kann. Die Existenz meiner Familie steht auf dem Spiel.« In wenigen Worten erklärte ich Darío die Lage.

»Und wie stellst du dir das jetzt vor?«, fragte er. »Du sollst demnächst die Hotelleitung übernehmen. Wenn du monatelang fort bist, muss ich einen Ersatz für dich finden.«

Alles, nur das nicht. Ich gab ein gespieltes Lachen von mir. »Wo denkst du hin? Ich bleibe doch nicht bis September hier. Es geht mir lediglich um etwas mehr Zeit, um alles vor Ort zu klären. Außerdem schadet es nicht, sich einmal mit anderen Dingen zu beschäftigen. Ich habe so viele Ideen, die wir später für das *Los Sueños* übernehmen könnten.«

Darío seufzte. »Emily, das hatten wir doch schon. Du weißt, dass das nicht geht. Das Hotel gehört zu einer Kette, da kannst du nicht so einfach neue Ideen ausprobieren. Jede Neuerung zieht einen langen Rattenschwanz hinter sich her.«

Das hatte ich für einen Moment glatt vergessen gehabt. »Stimmt.«

Wenigstens hatte mein Chef schließlich, wenn auch zähneknirschend, zugestimmt, noch eine Weile auf mich zu verzichten. Dennoch drängte die Zeit. Ob ich Dominik doch noch zur Rückkehr überzeugen konnte? Immerhin stand mein Job auf dem Spiel, und für immer hier auf Fehmarn zu bleiben war keine Option. Vielleicht würde die Bank auch einem Geschäftsführer zustimmen? Franz konnte sicher nicht wollen, dass ich meine Stellung auf Fuerteventura verlor. Erst einmal musste ich mir jedoch Gedanken darüber machen, wie genau das neue Konzept für die *Strandperle* aussehen sollte, damit ich einen Geschäftsführer einweisen und Franz Pahl das Gefühl geben konnte, dass ich trotz meiner Abwesenheit alles im Griff hatte. Aber mir wollte einfach nichts einfallen.

Schließlich schaltete ich die Musik aus und brachte das noch halb volle Glas Rotwein in die Küche. Eher zufällig warf ich einen Blick aus dem Fenster – und sah, wie in der *Kombüse* die letzten Lichter ausgingen. Kurz darauf öffnete sich die Tür, und Julian trat zusammen mit Snoopy in die Dunkelheit. Ohne groß darüber nachzudenken, sprintete ich zur Tür. In diesem Moment war es mir völlig egal, dass ich nur eine gestreifte Pyjamahose und einen alten grauen Pullover trug. Ich griff noch nach dem Schlüssel, dann lief ich, wie ich war, nach draußen. Dass ich außerdem barfuß war, merkte ich erst, als der Kies in meine nackten Fußsohlen stach. Ich hatte jedoch keine Zeit, mir noch Schuhe anzuziehen, denn ich hörte bereits eine Autotür ins Schloss fallen.

»Julian!«, rief ich.

Er stand im schwachen Licht seiner Autobeleuchtung, die nun erlosch. Offenbar hatte er Snoopy bereits auf die Rückbank verfrachtet und wollte gerade selbst einsteigen. Als er mich hörte, drehte er sich um. »Emily! Mensch, hast du mich erschreckt. Ist alles in Ordnung?« Etwas außer Atem nickte ich. »Du bist aber noch spät auf.«

»Du auch.«

»Du kennst doch die Arbeitszeiten in der Gastronomie.« Er sah auf die Uhr. »Zugegeben, heute ist es wirklich spät geworden. Einer unserer Stammgäste hat Geburtstag gefeiert. Was gibt's denn? Waren wir zu laut?«

»Nein, ich hab überhaupt nichts von eurer Party mitbekommen. Ich wollte mich wegen vorhin bei dir bedanken.«

»Ach was. Wofür denn?«

»Na ja, du hast mir zugehört. Und du hast mir deine Hilfe angeboten.«

»Ich will ebenso wenig wie du, dass Bergmann die *Strandperle* übernimmt. Das Hotel ist auch für mich ein Zuhause, außerdem kann Karsten mich nicht leiden. Er würde mich garantiert sofort feuern.«

Stimmt, die beiden konnten sich nicht ausstehen. Julian hatte mich damals auf mein erstes Klassentreffen begleitet, und Karsten, der sich schon immer für etwas Besseres gehalten hatte, hatte sich sofort über den »Möchtegernkoch« lustig gemacht. In all der Aufregung hatte ich gar nicht daran gedacht, dass auch Julians Job auf dem Spiel stand.

»Wie kann ich dir denn helfen?«, fragte er nun.

»Nun ja, du hast heute Vormittag diese alte Idee angesprochen. Denkst du wirklich, das würde funktionieren?«

»Du etwa nicht?«

»Die Frage stellt sich gar nicht mehr. Um die Bank zu überzeugen, die Frist zu verlängern, musste ich mir ganz schnell etwas einfallen lassen, und da habe ich eben diese Idee vorgebracht.«

Julians Mund verzog sich amüsiert. Er verschränkte die Arme vor der Brust und lehnte sich gegen seinen Opel, der schon mindestens vierzig Jahre auf dem Buckel hatte. »Ach ja?«

Jetzt musste ich ebenfalls grinsen. »Pahl senior hielt das überraschenderweise sofort für einen guten Plan. Er war tatsächlich der Überzeugung, die Leute würden für so einen Service Geld ausgeben.«

»Emily, die Leute geben für viel unnützere Dinge Geld aus, und damit will ich nicht sagen, dass die Idee nichts taugt. Ich finde sie nach wie vor super. Wer träumt denn nicht davon, seiner Angebeteten im Urlaub am Meer einen Antrag zu machen? Meistens scheitert die Umsetzung nur, weil man keine Ahnung von den Gegebenheiten vor Ort hat oder keine Zeit, etwas zu organisieren, ohne dass der Partner es mitbekommt. Du kennst die Insel, auch wenn du lange nicht hier warst, und kannst als Schnittstelle fungieren. Außerdem kannst du gut einschätzen, welche Frau sich über welche Art Antrag freut. Nicht jede wünscht sich das klassische Abendessen, manch eine würde vielleicht lieber beim Bungee-Springen gefragt werden.«

»Und was hältst du davon, die *Strandperle* zu einem Romantikhotel zu machen?«, hakte ich zögerlich nach. Die Entscheidung war längst gefallen, trotzdem wollte ich Julians Meinung hören.

Er schwieg, während er nachdachte, und für einen Moment war nichts zu hören als der vertraute Klang der Insel: das Rauschen der Wellen, das Rascheln des Windes in den Bäumen. Es knackte im Unterholz, in der Ferne rief ein Kauz. Manch einer würde es als gespenstisch bezeichnen, aber ich mochte diese Geräusche seit meiner Kindheit. »Und?«, fragte ich noch einmal vorsichtig nach.

Er nickte. »Entschuldigung, ich war mit meinen Gedanken kurz woanders. Das klingt gut: Heiratsantrag, Candle-Light-Dinner, Paarmassage … Das lässt sich doch alles prima miteinander verbinden.«

Ja, das klang wirklich gut. Mit einem Mal hatte ich die neuen Anzeigen vor meinen Augen, und meine letzten Zweifel lösten sich wie eine Seifenblase in Luft auf. Daraus konnte man was machen, und vor allem schien die Umsetzung mit vergleichsweise wenig Aufwand und Kosten verbunden zu sein. Man brauchte vor allem das Know-how und Kontakte. Ich würde alles selbst in die Wege leiten und dann jemanden anstellen können, der die Aufgabe übernahm. »Sehr gut.« Ich seufzte. »Dann hab ich mich vor der Bank ja nicht ganz blamiert.«

»Als ob du dich blamieren würdest. Wenn du von einem Ahnung hast, dann vom Hotelgewerbe. Was sagt denn dein Vater dazu?«

»Er kennt noch gar nicht den ganzen Plan. Es hat ihn ziemlich getroffen, dass er ersetzt werden soll, deshalb habe ich ihm gesagt, dass ich seine Erfahrung benötige und er mich im Hintergrund beraten soll.«

Julian schüttelte langsam den Kopf. »Wenn das eine gute Idee war … Na ja, auf jeden Fall können deine Eltern froh sein, dich hierzuhaben.«

Ich verzog den Mund. »Mein Chef ist alles andere als angetan davon, dass ich länger als ursprünglich geplant weg bin.« Und noch wusste er nicht einmal, dass es bisher keinen Ersatz für mich gab.

»Das wird schon.« Julian strich mir kurz über den Arm. »Falls du sonst noch Hilfe brauchst …«

Ich sah ihm in die Augen. »Die bräuchte ich tatsächlich. Meine To-do-Liste ist jetzt schon ellenlang: die Anzeigen, die Homepage, das Personal einweisen, den Businessplan nicht zu vergessen … Mama will ich nicht um Hilfe bitten, damit sie sich nicht unnötig aufregt. Und Papa wird sich zwar sicherlich anbieten, aber wir wissen beide, was dabei herauskommen wird.«

»Keine Sorge, morgen ist mein freier Vormittag. Ich bin gegen halb neun zum Frühstück bei dir, dann besprechen wir alles Weitere.« Er erwiderte meinen Blick, und plötzlich hörte ich das Rauschen der Wellen und der Blätter nicht mehr. Der auffrischende Wind zerzauste Julians Haare und wehte seinen unverwechselbaren Duft zu mir herüber. Doch dann bellte Snoopy, und der Zauber war vorbei.

Ich schob mir eine Haarsträhne hinters Ohr und senkte den Blick. »Danke, dass du deinen freien Vormittag für mich opferst.«

»Jederzeit.« Erneute Stille trat ein, doch dann räusperte Julian sich. »Ich sollte los, wir sehen uns morgen. Schlaf gut, wir haben viel zu tun.«

Von früher wusste ich, dass Julian nach der Arbeit nicht direkt schlafen konnte, auch wenn es noch so spät war. Dafür produzierte sein Körper einfach zu viel Adrenalin, und auch ich war in diesem Moment viel zu aufgekratzt, um schlafen zu können. Trotzdem nickte ich. Es war besser, wenn wir uns jetzt trennten.

Ich hatte gerade die Tür des Appartements hinter mir geschlossen, als mein Telefon klingelte. Überrascht lief ich ins Wohnzimmer und spähte auf das Display. Felipe. *Ach du liebes bisschen!* Wie hatte ich nur schon wieder vergessen können, ihn anzurufen?

»Felipe, entschuldige bitte«, meldete ich mich.

»Ah, du lebst. Sehr schön. Hab ich dich geweckt?«

Unwillkürlich sah ich zur Uhr. Es war bereits eins, auf den Kanaren jedoch erst Mitternacht. »Nein, ich habe gerade nachgedacht. Du glaubst gar nicht, was hier im Moment los ist.«

»Das habe ich mir schon gedacht, nachdem du dich nicht meldest.« Er klang nicht einmal vorwurfsvoll, weshalb ich ein noch schlechteres Gewissen hatte.

»Es tut mir unglaublich leid, Schatz«, wiederholte ich. »Ich weiß gerade echt nicht, wo mir der Kopf steht, aber ich habe immerzu an dich gedacht.« Gut, das entsprach leider nicht ganz der Wahrheit, aber die kleine Notlüge musste erlaubt sein. Schließlich hätte ich Felipe ganz sicher nicht vergessen, wenn ich nicht so viel zu tun gehabt hätte.

»Was ist denn los?«, fragte er mit sanfter Stimme.

»Wir hätten heute beinahe das Hotel verloren.« Und dann erzählte ich auch ihm die ganze Geschichte. »Ich kann nur hoffen, dass mein Bruder noch mal mit sich reden lässt, auch wenn ich das ehrlich gesagt nicht glaube. Dafür kenne ich ihn zu gut.«

»Und was nun?«, wollte Felipe wissen. »Willst du wirklich bis September in Deutschland bleiben?«

Er klang zum ersten Mal ein wenig gereizt, und ich konnte es ihm nicht verdenken. An seiner Stelle wäre ich ebenso wenig begeistert wie er. »Das habe ich nicht vor, Darío würde mir den Kopf abreißen. Es ist ein Wunder, dass er es noch nicht getan hat. Ich mache mir Sorgen um meinen Job, ich habe nicht so hart für diese Beförderung gearbeitet, um sie jetzt leichtfertig aufzugeben. Und …«, fügte ich schnell hinzu, als Felipe mir ins Wort fallen wollte, »… du fehlst mir. Ich will nicht so lange ohne dich sein.«

»Du fehlst mir auch unglaublich.«

Ich unterdrückte ein Seufzen. »Mir fällt das nicht leicht, das darfst du nicht denken. Ich bin in einer echten Zwickmühle: Einerseits würde ich am liebsten morgen wieder ins Flugzeug steigen, andererseits geht es hier um meine Familie. Was soll ich machen, Felipe? Sie hängen lassen? Das Hotel, das meine Großeltern aufgebaut haben, einfach der Konkurrenz überlassen?«

»Natürlich nicht, Emily, aber ich wünschte, du würdest bei deinen Entscheidungen auch an mich denken.«

»Das tue ich.« Nun seufzte ich doch. »Ach, Felipe, was ist los? Bist du sauer auf mich? Irgendwie fühlt es sich so an.«

Auf der anderen Seite der Leitung wurde es still, dann hörte ich Felipe tief Luft holen. »Nein, bin ich nicht. Ich weiß nur nicht, was ich denken soll, nachdem du am Strand vor deiner überstürzten Abreise nichts gesagt hast.«

»Was hätte ich denn sagen sollen?«

»Du bist mir noch eine Antwort schuldig.«

Eine Antwort? Was für eine Antwort? Ich dachte an unser Gespräch am Strand zurück, doch das schien schon ewig her zu sein. »Was meinst du?«

»Emily, ich hab dich gefragt, ob du mich heiraten willst, und ich würde gerne wissen, was du dazu sagst.«

Kapitel 8

Dienstag, 4. April

Geschäftsfrühstück mit Julian
Ideen für Homepage, Anzeigen usw. entwickeln
Businessplan erstellen
Papa beschäftigen, damit er nicht dazwischenfunkt
Dominik in den Hintern treten
Koffer auspacken
Über Felipes Antrag nachdenken

In dieser Nacht bekam ich kein Auge zu. Zu viel geisterte mir durch den Kopf. Ich dachte über die Zukunft des Hotels nach, über die meiner Karriere, aber natürlich auch über die Zukunft mit Felipe. Er hatte mir also tatsächlich einen Antrag gemacht, und ich hatte es nicht einmal mitbekommen. Dunkel erinnerte ich mich an seine Worte am Strand. *Na, dann lass es uns wagen. Oder was meinst du?* Ich verstand, dass Felipe irritiert war, aber ich fand auch, dass er mir keinen Vorwurf machen konnte. Er hatte sich nicht unbedingt deutlich ausgedrückt, und wahrscheinlich wäre alles anders gekommen, hätte meine Mutter uns nicht durch ihren Anruf unterbrochen und alles durcheinandergebracht.

Müde, aber hellwach schlug ich die Bettdecke zurück und ging zum Fenster, um es weit zu öffnen. Die Morgenluft war kalt, trotzdem atmete ich sie tief ein. Felipe wollte mich heiraten. Immer noch.

»Und was sagst du?«, hatte er gestern Abend erneut gefragt, nachdem ich beharrlich geschwiegen hatte.

Du willst mich wirklich heiraten? Wie konnte ich das nicht mitbekommen? Was bin ich nur für eine Freundin? Aber was soll ich jetzt dazu sagen, so auf die Schnelle? Tausend Dinge schwirrten wie emsige Bienen durch meinen Kopf, dennoch schien er aus Watte zu bestehen. Ich schluckte. »Mein Gott, Felipe. Ich weiß gar nicht, was ich sagen soll.«

»Ein einfaches Ja würde reichen.« Er lachte, es klang jedoch unsicher.

Ich musste noch einmal schlucken, mein Hals war plötzlich ganz trocken. *Ja. Nein. Vielleicht.* Ich wusste es wirklich nicht, war in diesem Moment völlig überfordert und sagte daher nur: »Ich liebe dich.«

Felipe atmete erleichtert auf. »Ich liebe dich auch, Emily. Verstehst du jetzt, warum ich so komisch war? Ich stelle dir eine derart wichtige Frage, und du verschwindest einfach so, von jetzt auf gleich und ohne mich und weichst mir jedes Mal aus, wenn ich dich darauf anspreche.«

Ich nickte, auch wenn er es nicht sehen konnte. »Natürlich verstehe ich dich. Es tut mir sehr leid, ich stand total auf dem Schlauch … Du musst aber auch zugeben, dass du dich konkreter hättest ausdrücken können.«

Wieder lachte er, dieses Mal klang er gelöster. »Das stimmt wohl. Schwamm drüber, wir haben ja alles geklärt.«

Ich ließ mich aufs Sofa sinken. Mir wurde heiß und kalt. Hatte ich jetzt auch noch den Antrag angenommen, ohne es zu merken? Was war denn nur los mit mir? »Felipe … Versteh mich nicht falsch, das ist keine Entscheidung gegen uns, aber ich möchte mich nicht am Telefon mit dir verloben.«

»Genau genommen habe ich dich am Strand gefragt.« Seine Stimme klang locker, doch ich konnte die Anspannung darin hören. Er hatte offenbar Angst, ich könnte Nein sagen.

»Das schon, und es ist mein Fehler. Ich war zu blöd, um es mitzubekommen.« Nun lachte ich gezwungen. »Verzeih mir. Wie gesagt, ich kann mir eine Zukunft mit dir sehr gut vorstellen, aber ich fände es schön, wenn unser gemeinsames Leben … romantischer beginnen würde.«

Eine ganze Weile hatte Schweigen am anderen Ende der Leitung geherrscht. Schließlich hatte Felipe erwidert: »Du hast recht. Wenn unsere Kinder uns eines Tages fragen, wie wir uns verlobt haben, würde ich ihnen auch lieber eine andere Geschichte erzählen. Aber bis September möchte ich nur ungern auf eine Antwort von dir warten.«

»So lange wird es ganz sicher nicht dauern, versprochen«, hatte ich gesagt und kurz darauf das Gespräch beendet.

Fröstelnd schloss ich das Fenster und schaute noch einen Augenblick auf die ruhige See hinaus. Dann stieg ich unter die Dusche, um mich für den Vormittag mit Julian fertigzumachen.

»Guten Morgen, Emily«, begrüßte meine Mutter mich. Ich war kurz hinüber ins Hauptgebäude gegangen, um alles für mein Arbeitsfrühstück mit Julian zu holen. Sie wirkte müde und bedrückt, dennoch stand sie perfekt gestylt an der Rezeption und hatte sich gerade mit einer Stammkundin unterhalten, die offensichtlich heute abreisen würde. Wir traten beiseite, damit die ältere Dame in Ruhe auschecken konnte.

»Guten Morgen. Ist alles okay bei dir? Du siehst müde aus«, sagte ich leise.

»Ich hab nur schlecht geschlafen, das ist alles. Was machst du für Fortschritte?«

Ich zögerte, weil ich nicht wusste, was ich ihr sagen sollte. Ob mein Vater sie doch eingeweiht hatte? Ich würde es jedenfalls nicht tun, solange es sich vermeiden ließ. »Wir werden den Wellnessbereich endlich fertigstellen. Papa hat zugestimmt.«

Meine Mutter nickte. »Das hat er erwähnt, richtig. Und sonst? Akzeptiert er endlich, dass du ihm unter die Arme greifst?«

Mich beschlich ein seltsames Gefühl. Irgendetwas stimmte hier nicht. Ich zog sie noch ein Stückchen weiter weg. »Was ist los, Mama?«

»Alles bestens. Was hast du denn heute für Pläne? Du hast dich so hübsch gemacht.«

Sie musterte mich, und ich sah ebenfalls an mir herab. Hatte ich das? Ich trug eine weiße Stoffhose, dazu blaue Wedges und ein blau-weiß gestreiftes Oberteil. »Julian kommt nachher zum Frühstück. Wir hatten noch einige weitere Ideen, und er will mir bei der Organisation helfen.«

»Ach, schau an.« Ihre Miene entspannte sich etwas. »Ihr versteht euch wohl wieder besser, was?«

»Wir haben uns nie nicht verstanden, Mama. Julian ist ein feiner Kerl, ich mag ihn wirklich gerne, aber er und ich … Das passt einfach nicht, hat es noch nie. Dafür sind wir zu unterschiedlich.«

»Ach, Emily, das redest du dir ein. Das hast du schon damals. Julian hat sich verändert.«

»Mama, bitte.« Ich seufzte. »Du weißt, dass ich jetzt mit Felipe zusammen bin. Er …« Ich unterbrach mich. Vielleicht sollte ich seinen Antrag lieber nicht erwähnen, solange ich ihn noch nicht angenommen hatte.

Meine Mutter nickte, nun wirkte sie wieder so traurig und müde wie zuvor. »Ja, das weiß ich.«

»Mama …« Ich wollte sie erneut fragen, was los war, doch

dazu kam ich nicht. Mit ausgestreckten Händen ging sie auf die ältere Dame zu, die inzwischen ausgecheckt und sich ein Taxi bestellt hatte.

»Auf Wiedersehen, Frau Seidel. Schön, dass Sie uns mal wieder beehrt haben.«

Die ältere Frau ergriff die Hand meiner Mutter und schüttelte sie. »Danke, Frau Hansen, sehr nett. Es ist zwar schade, dass die Sauna nicht funktioniert hat – wissen Sie, die Wärme tut meinen alten Knochen ganz gut –, aber ansonsten war es wie immer sehr erholsam bei Ihnen.«

»Das freut mich. Und wegen der Sauna machen Sie sich mal keinen Kopf – die wird bei Ihrem nächsten Besuch voll funktionsfähig sein.«

»Ach, das ist schön zu hören. Da freut man sich doch gleich doppelt auf den nächsten Urlaub.«

»Kommen Sie gut nach Hause, Frau Seidel.«

Ich nickte der alten Dame zu, die mit ihrem Rollköfferchen langsam das Hotel verließ. Ob sie wirklich wiederkommen würde, wenn wir das neue Konzept erst einmal umgesetzt hatten? Es war nicht schön, Stammgäste zu vergraulen, aber es gab keine Alternative.

Meine Mutter wandte sich an mich. »Schön, dass das mit dem Wellnessbereich endlich klappt.« Für einen Augenblick dachte ich, sie wollte noch etwas sagen, doch sie schüttelte kaum merklich den Kopf. »Dann lass ich dich jetzt mal in Ruhe deine Arbeit machen.«

Ich schaute sie an. Hatte sie das gerade wirklich gesagt? Ja, sie hatte sich wirklich verändert. Früher hätte sie mir bereits tausend Ratschläge gegeben oder mich zumindest gefragt, was für den kommenden Arbeitstag geplant war.

Aus dem Frühstücksraum roch es herrlich nach Kaffee,

und ich wollte vor meinem Treffen mit Julian noch etwas fertigmachen. Trotzdem nahm ich meine Mutter am Arm und stieg mit ihr die Stufen zum obersten Stock hinauf. Etwas stimmte nicht mit ihr, und so wollte ich sie nicht gehen lassen. Stress jeder Art war Gift für ihr Herz.

»Emily, du musst doch arbeiten«, protestierte sie.

Aber ich ließ mich nicht beirren. Ich schob sie ins Wohnzimmer und schloss die Tür hinter uns. »So, und nun sagst du mir, was los ist.«

Seufzend setzte sie sich auf das Sofa, auf dem sie schon bei meiner Ankunft gesessen hatte. Ich wollte sie nicht weiter drängen und trat ans Fenster, um hinaus aufs Meer zu blicken. Es schien ein halbwegs schöner Tag zu werden, zumindest hingen keine dunklen Regenwolken am Himmel. Ob es vielleicht sogar endlich zweistellige Temperaturen geben würde?

»Was verheimlicht ihr mir?«, fragte meine Mutter schließlich.

»Wie kommst du darauf, dass wir dir etwas verheimlichen?«, entgegnete ich und setzte mich ihr gegenüber, doch meiner Mutter konnte ich nichts vormachen. Sie hatte schon immer gewusst, wenn ich etwas vor ihr hatte verbergen wollen.

»Emily, sei bitte ehrlich zu mir. Steht es so schlecht um die *Strandperle?*«

»Hat Papa dich eingeweiht?«, fragte ich ungläubig.

Sie schüttelte den Kopf. »Du kennst doch deinen Vater. Er trägt lieber das ganze Gewicht der Welt allein auf seinen Schultern, statt jemand anderen zu belasten. Aber ich bin nicht dumm. Ich spüre, dass etwas nicht stimmt, außerdem hat sich dein Vater gestern Abend ganz merkwürdig verhalten.«

Ich schloss für einen kurzen Moment die Augen und holte tief Luft. Meine Großeltern hatten die *Strandperle* nach dem Zweiten Weltkrieg aus dem Nichts aufgebaut. Damals war sie noch eher ein Gasthof gewesen, doch unter der Leitung meiner Eltern – vor allem unter der meiner Mutter – war ein mittelgroßes Hotel daraus geworden, das lange Zeit gut gelaufen war. Zu erfahren, wie es wirklich um die *Strandperle* stand, würde nicht leicht werden für meine Mutter, doch ich konnte ihr die Wahrheit nicht länger vorenthalten. Besser, sie erfuhr es jetzt und konnte sich langsam an den Gedanken gewöhnen. Selbst wenn wir das Hotel retten konnten, würde sich vieles ändern. »Ich erspare dir die Einzelheiten«, sagte ich also. »Aber du hast die Wahrheit verdient. Papa hat damals, als er das Hotel übernommen hat, einen Kredit beantragt und irgendwann die Raten nicht mehr getilgt.«

»Das mit dem Kredit weiß ich natürlich, den Antrag mussten wir doch damals gemeinsam stellen. Aber dass wir mit der Zahlung im Rückstand sind …« Meine Mutter begann, nervös ihre Hände zu kneten. »Und wie geht es jetzt weiter?«

»Die Bank wollte ihr Geld zurück, aber ich konnte neu verhandeln. Der einzige Wermutstropfen ist, dass Pahl eine neue Hotelleitung zur Bedingung macht. Bis zum Ende der Saison haben wir Zeit, die *Strandperle* ans Laufen zu bringen, damit wir die Raten wieder zahlen können. Wir müssen allerdings einen völlig neuen Weg einschlagen. Das Konzept steht bereits, und ich mache mich gleich mit Julian an die Details.«

Mit brüchiger Stimme und Tränen in den Augen sagte meine Mutter: »Danke, Emily. Ich weiß, die Zusammenarbeit zwischen uns war damals nicht so einfach. Umso dankbarer bin ich dir, dass du gekommen bist.«

Ich legte meine Hand auf ihre. »Das ist selbstverständlich, Mama. Wenn du möchtest, können wir später zusammen mit Papa zu Mittag essen, und ich erzähle euch alles genauer.« Dann musste ich ihr wohl oder übel auch beichten, dass ich die Hotelleitung der *Strandperle* nicht bis zum Ende der Saison würde übernehmen können.

Ich saß gerade über den Entwürfen der neuen Anzeigen, als es an der Wohnungstür klopfte. Meine Glieder waren ganz steif, weil ich auf dem Boden hockte, doch auf dem Tisch war einfach nicht genug Platz gewesen. Während ich zur Tür ging, versuchte ich, Arme und Nacken ein wenig zu lockern.

»Guten Morgen.« Julian hatte noch feuchte Haare und verströmte einen angenehmen Duft nach Aftershave. Felipe bevorzugte kräftige Düfte, was sehr gut zu ihm passte. Allerdings musste ich zugeben, dass ich es manchmal etwas zu intensiv fand.

Snoopy kam zu mir, ich streichelte ihm über den Kopf. »Komm rein«, sagte ich, und schon wackelte der Hund neugierig an mir vorbei ins Wohnzimmer, als hätte ich ihn gemeint.

»Gern. Es riecht auf jeden Fall köstlich.«

»Unser berühmtes Hotelfrühstück, aber das kennst du ja.« Ich ging voraus in die Küche.

Julian blieb im Wohnzimmer stehen und sah sich das Chaos auf dem Boden an. Überall lagen aufgeschlagene Hefte, Broschüren und Flyer herum. »Du hast schon angefangen?«, fragte er, als ich mit zwei Bechern Kaffee in der Hand zu ihm trat.

Ich reichte ihm einen davon und nahm selbst einen Schluck, bevor ich mich wieder auf die Kissen auf dem Fußboden sinken ließ. »Mehr oder weniger, ich konnte nicht schlafen. Die Anzeigen für die Werbebroschüren, Magazine und so weiter müssen nicht nur dem neuen Konzept angepasst werden, sie brauchten auch dringend eine neue Gestaltung. Mein Vater scheint seit Jahren ein und dieselbe Vorlage zu benutzen, und die wirkt inzwischen extrem altbacken, nichtssagend und langweilig.«

»Du konntest nicht schlafen? Zu aufgeregt? Das kenne ich. Geht mir auch immer wieder so, wenn mir spätabends Ideen für neue Rezepte einfallen. Da würde ich am liebsten gleich loslegen.«

Ich nickte nur. In erster Linie war Felipes Antrag schuld an meiner Schlaflosigkeit gewesen, doch es war nicht der passende Moment, um ihn jetzt zu erwähnen.

Julian bückte sich und sah mir über die Schulter. »Zeig mal her.«

Ich stellte die Tasse beiseite und nahm meinen Laptop auf den Schoß. »Und, was meinst du? Ich hab mich mal ein wenig an dem Grafikprogramm versucht.«

Das war untertrieben. Die halbe Nacht hatte ich herumgespielt, verschiedene Schriftarten, Farben und Bilder probiert, doch nun hatte ich mich entschieden. Nur die Überschrift war verschnörkelt, der restliche Text folgte klaren Linien. Das wirkte weniger überladen und war vor allem besser lesbar. Als Grundfarbe hatte ich mich für ein helles Lila entschieden, dazu wollte ich hellrote Akzente setzen. Zuvor hatte ich es mit Gelb und Rot versucht, aber in dem Lila gefiel mir die Anzeige einfach besser – sie wirkte deutlich romantischer. Bilder und Texte waren bisher nur Platzhalter, aber davon abgesehen war die Anzeige aus meiner Sicht fertig.

»Das hast du selbst gemacht?«, fragte Julian und betrachtete die Datei ganz genau. »Ich hab ja keine Ahnung von Grafik, aber das sieht gut aus.«

»Danke, das freut mich. Diese Anzeige hat mich auch schon ganz schön Nerven gekostet.«

»Warum hast du denn niemanden damit beauftragt?«

»Zu teuer«, erklärte ich, »und es ist natürlich auch ein Zeitproblem. Ende der Woche muss alles druckfertig sein, und ich bezweifle, dass eine Werbeagentur mir das von heute auf morgen zu einem günstigen Preis macht.« Ich klappte den Laptop wieder zu und rappelte mich auf. »Na komm, lass uns erst mal frühstücken.«

»Eine gute Idee, ich habe einen Bärenhunger.«

Wir nahmen unsere Kaffeetassen und setzten uns an den bereits gedeckten Esstisch. Snoopy hatte es sich auf dem Teppich vor der Heizung gemütlich gemacht, er wirkte tiefenentspannt.

»Wie geht es Snoopy?«, fragte ich. »Man merkt ihm gar nicht an, dass er schon zwölf Jahre alt ist. In Menschenjahren wäre er doch garantiert schon um die neunzig.«

Julian steckte sich eine Weintraube in den Mund, während er sich ein Brötchen mit Butter und Leberwurst bestrich. »Er hat gute und schlechte Tage, aber an sich ist er noch erstaunlich fit. Er läuft besonders gern hübschen Frauen hinterher.«

»Das ist schön.« Ich räusperte mich. »Also, dass es ihm noch so gut geht.«

Julian grinste. »Und bei dir? Hat sich die Familienkrise etwas gelegt?«

Seufzend griff ich nach dem Honig und träufelte ihn auf mein Brötchen. »Ganz und gar nicht. Dominik redet nicht mehr mit mir, und Mama steht gefühlt vor einem Nervenzusammenbruch. Ich musste sie einweihen«, fügte ich erklärend hinzu. »Sie ist misstrauisch geworden, und vermutlich ist es auch das Beste so. Immerhin besteht tatsächlich die Gefahr, dass wir das Hotel nicht retten können.«

»Nicht so negativ, wir schaffen das schon«, erwiderte Julian und biss herzhaft in sein Brötchen.

»Wir?«, hakte ich nach.

Er nickte. »Klar doch, meine Hilfe ist nicht nur auf heute begrenzt.«

Ich zögerte. Eine helfende Hand konnte ich sehr gut gebrauchen, trotzdem war ich unsicher. Julian war immerhin mein Ex, und wir würden zwangsläufig viel Zeit miteinander verbringen. Das würde Felipe gar nicht gefallen, außerdem hatte ich das Gefühl, Julian auszunutzen. »Julian …«

Doch er winkte ab. »Es steht auch mein Job auf dem Spiel. Wenn Karsten Bergmann das Hotel deiner Eltern kauft, bin ich raus, und das will ich nicht.« Ein Lächeln stahl sich auf sein Gesicht. »In den nächsten Tagen wirst du mich wohl öfter ertragen müssen.«

Ich verdrehte die Augen, aber seltsamerweise missfiel mir der Gedanke überhaupt nicht.

Kapitel 9

Carla anrufen
Anzeigen aufgeben
Sicherstellen, dass Papa beschäftigt ist
Mittagessen mit meinen Eltern überstehen

In der *Kombüse* war es um die Mittagszeit gerammelt voll. Endlich war die Sonne zum Vorschein gekommen, und die Temperaturen wurden milder. So hatten auch die Tische auf der Terrasse eingedeckt werden können, und meine Eltern und ich saßen am Rand neben einer niedrigen Mauer direkt an der Steilküste. Links glitzerte das Meer in der Sonne, Möwen zogen hoch in der Luft ihre Kreise, und die Tulpen blühten herrlicher denn je. Es schien, als habe auch die Natur sehnsüchtig auf diesen ersten warmen Frühlingstag gewartet.

»Ganz schön viel los hier«, sagte ich mit Blick auf die gut belegten Tische. Die Bedienung hatte alle Hände voll damit zu tun, die Bestellungen aufzunehmen und das Essen zu servieren.

»Du solltest das Restaurant mal abends sehen«, bemerkte meine Mutter. »Es ist Wochen im Voraus ausgebucht. Die *Kombüse* läuft ausgesprochen gut, seit Julian sie übernommen hat. Dank ihm hat sie über die Inselgrenzen hinaus einen hervorragenden Ruf.«

»Der Junge macht seine Sache wirklich gut«, fügte mein Vater nicht ohne Stolz in der Stimme hinzu.

Nachdenklich nippte ich an meiner Johannisbeerschorle. Sicher hatte ich mitbekommen, dass das Restaurant immer gut besucht war, aber dass es so gut lief, war mir bisher nicht klar gewesen. Ich musste es Julian zugutehalten, dass er mich nicht längst darauf aufmerksam gemacht hatte. Immerhin war ich vor zwölf Jahren im Unrecht gewesen. Hatte ich ihn damals so falsch eingeschätzt? Der Gedanke gefiel mir gar nicht.

Genau in diesem Moment trat Julian auf die Terrasse. Er wechselte einige Worte mit einem Mann mittleren Alters an einem Tisch ganz vorne, dann kam er zu uns. »Na? Ich hab schon gehört, dass uns heute die ganze Familie Hansen beehrt. Was kann ich euch zu essen bringen?«

Mein Vater winkte ab. »Das lass mal ruhig deine Angestellten machen. Du hast sicher genug zu tun.«

»Ein paar Minuten kommen die in der Küche auch ohne mich zurecht. Also?« Er zückte einen Block, der in seiner weißen Kochschürze steckte.

»Wir nehmen drei Mal das Tagesgericht«, sagte ich. »Die Gnocchi an Salbeibutter mit Kirschtomaten, Feta und gerösteten Pinienkernen, dazu Lachsforelle. Klingt sehr lecker.«

Grinsend steckte Julian den Block wieder weg. »Das kann ich mir gerade noch merken, vielen Dank.« Er schob sich die Haare aus der Stirn. »Wie sieht's aus? Hast du deine Eltern schon eingeweiht?«

»Wir sind noch nicht dazu gekommen.« Ich wandte mich an die beiden. »Julian wird mir bei der Umsetzung des neuen Konzepts helfen.«

Mein Vater spitzte die Lippen, vermutlich weil er sich ausgeschlossen fühlte. Meine Mutter hingegen schien sehr angetan von der Idee zu sein. »Oh, wie lieb, ich danke dir. Magst du dich vielleicht einen Moment zu uns setzen?«

»Uta, der Junge muss arbeiten«, sagte mein Vater.

Julian nickte. »Ein anderes Mal sehr gerne, aber jetzt muss ich leider zurück in die Küche. Lasst es euch schmecken.«

Er warf mir einen letzten Blick zu und verschwand wieder in der *Kombüse.* Meine Eltern schwiegen, und ich trank betreten von meiner Schorle. Innerlich spannte ich mich an, denn jetzt war der Moment der Wahrheit gekommen: Ich musste meine Eltern in die neuen Pläne für das Hotel einweihen – und nicht nur das.

Bevor ich etwas sagen konnte, ergriff mein Vater jedoch das Wort: »Also, wie sieht das neue Konzept aus? Oder willst du es uns nicht verraten?«

»Doch, natürlich, ich wollte vorher nur kurz etwas anderes mit euch besprechen. Es geht um das Gespräch mit dem Bankdirektor. Ihr wisst, dass er eine Bedingung für die Fristverlängerung gestellt hat.«

Mein Vater stellte sein Bierglas beiseite und verschränkte die Arme vor der Brust. Offensichtlich wurde er nicht gern daran erinnert. »Du hast es erwähnt, ja. Hast du jetzt etwa deine Meinung geändert?«

Ich unterdrückte ein Seufzen. »Nein, natürlich brauche ich deine Hilfe, Papa. Für einen allein ist das nicht zu schaffen. Wir müssen jetzt alle zusammenhalten, wir sind ein Team.« Ich hatte allerdings nach wie vor keine Ahnung, wie das funktionieren sollte, denn mein Vater war in seinem Aktionismus manchmal schwer zu bremsen. »Es gibt da allerdings noch ein Problem, oder sagen wir besser eine Hürde, die wir überwinden müssen.« Meine Mutter knetete nervös ihre Hände, und ich holte tief Luft. Jetzt musste es heraus. »Pahl senior möchte, dass ich bis zum Ende der Saison hierbleibe, das wird aber nicht gehen. Ihr wisst, dass ich befördert werden soll, und mein Chef ist schon wenig begeistert davon, dass ich meinen Urlaub noch einmal um einige Tage verlängern muss.«

Meine Eltern sahen sich an, sagten aber nichts. Wortfetzen drangen von den Nachbartischen zu uns herüber, über uns kreiste eine Möwe, und in der Ferne bellte ein Hund. Ich sah hinaus aufs Meer und beobachtete die Fähre, die von Puttgarden nach Dänemark ablegte. Wie oft hatten Julian und ich uns damals vorgenommen, auch eines Tages nach Dänemark überzusetzen.

»Und was nun?«, fragte meine Mutter schließlich zögerlich.

Ich drehte mich zu ihr und setzte ein Lächeln auf, um ihr die Angst zu nehmen. Für sie musste es zusätzlichen Stress bedeuten, nicht zu wissen, wie es mit der *Strandperle* weiterging, und ich wollte auf keinen Fall, dass sich ihr Zustand wieder verschlechterte. »Keine Sorge, wir kriegen das schon irgendwie hin. Dominik ist ja auch noch da, und er wollte das Hotel doch ohnehin eines Tages übernehmen.«

»Ich weiß nicht«, erwiderte meine Mutter. »Lass den Jungen sein Leben leben, er muss noch früh genug Verantwortung übernehmen. Außerdem ist diese Stelle in der Karibik eine tolle Gelegenheit für ihn.«

Ich biss mir auf die Lippe. Dominik hatte schon viele Chancen genutzt, zum Beispiel auf Hawaii oder letztes Jahr in Südafrika, aber ich schluckte meinen Groll hinunter. Auf diesem Ohr waren meine Eltern taub, vor allem meine Mutter. »Mama, wir brauchen ihn; wir müssen nach außen Beständigkeit demonstrieren. Selbst wenn ich bis September auf Fehmarn bleiben könnte, früher oder später muss ich zurück in mein eigentliches Leben. Je eher Dominik die Leitung übernimmt, desto besser.«

»Hast du schon mit ihm gesprochen?«, fragte mein Vater.

Zähneknirschend nickte ich. »Er weigert sich, aber wenn vielleicht einer von euch …«

Meine Mutter schüttelte den Kopf. »Emily, dein Bruder ist vier Jahre jünger als du. Er wird noch früh genug Verantwortung übernehmen müssen, das habe ich gerade schon gesagt. Und solange er die Chance hat, im Ausland zu arbeiten, sollten wir ihm das ermöglichen. Dir haben wir es damals auch ermöglicht.«

»Das kannst du nicht vergleichen«, warf mein Vater ein, immerhin. »Aber ansonsten muss ich dir recht geben, Uta. Wir haben zwei Kinder, beide sind im Hotelgewerbe tätig, und keiner von beiden scheint sich für die *Strandperle* verantwortlich zu fühlen.«

»Anton!«, sagte meine Mutter erschrocken.

Wütend funkelte ich meinen Vater an. »Das ist absolut nicht fair. Im Gegensatz zu meinem Bruder bin *ich* hier, auch wenn ich dadurch meine Karriere aufs Spiel setze. Und was ist mit Dominik? Er hätte schon vor Monaten, wenn nicht gar vor Jahren einspringen und aushelfen sollen. Stattdessen gondelt er in der Weltgeschichte herum und gibt vor, Erfahrungen im Ausland zu sammeln. Dass ich nicht lache. Er hat lange nicht so viel Erfahrung wie ich. Wir wissen alle, was er während seiner Reisen eigentlich treibt.«

»Jetzt ist es aber gut«, sagte meine Mutter ernst. Sie hatte Dominik schon immer in Schutz genommen, während ich als große Schwester seit unserer Kindheit seine Probleme ausbaden durfte. Ein weiterer ständiger Streitpunkt zwischen uns.

»Nein, Mama«, sagte ich ebenso entschlossen, nun aber deutlich ruhiger. »Er muss Verantwortung übernehmen, wenn wir das Hotel retten wollen. Ich wollte dich schonen und in die ganze Sache möglichst nicht mit hineinziehen, aber wir brauchen eine Lösung. Oder wäre es euch lieber, wenn wir einen Fremden für die Leitung ins Team holten?«

Meine Mutter sah hilfesuchend zu meinem Vater. Der nickte. »Schön, ich rede mit dem Jungen. Ganz unrecht hast du nicht mit dem, was du sagst. Und wie sieht es nun mit dem Plan aus? Jetzt mal raus mit der Sprache.«

Ich nahm einen Schluck meiner Schorle und entspannte mich wieder etwas. »Wir hatten doch schon über den Wellnessbereich gesprochen, den wir für die kommende Saison fertigstellen wollen. Das halte ich nach wie vor für dringend notwendig, aber ich denke nicht, dass das ausreichen wird.«

»Und was hast du stattdessen vor?«

»Nicht stattdessen, zusätzlich. Und keine Sorge, es ist kostengünstig und lässt sich schnell umsetzen.«

»Komm zum Punkt, Bienchen«, sagte mein Vater ungeduldig.

»Wellness lässt sich wunderbar mit ein bisschen Romantik verbinden, findet ihr nicht?« Erwartungsvoll sah ich in die Runde.

»Romantik?« Mein Vater zog die Augenbrauen hoch, und auch meine Mutter wirkte skeptisch.

»Nun ja, wir könnten zum Beispiel besondere Pakete anbieten: Paarmassagen und Candle-Light-Dinner. Einen Masseur lassen wir nur kommen, wenn jemand eine Anwendung bucht, dann haben wir keine zusätzlichen Kosten. Und Julian zaubert etwas Spezielles für die Karte.«

»Das macht er ganz sicher für dich«, sagte meine Mutter, die nun schon viel optimistischer klang.

»Und, ganz wichtig«, fuhr ich fort, »wir organisieren ab sofort Verlobungen.«

»Verlobungsplanung?«, fragte sie aufgeregt. »Das klingt aber spannend.«

Ich nickte. »Außerdem ist es etwas völlig Neues. Damit können wir uns von allen anderen Hotels abheben.«

»Und was ist mit unseren Stammgästen?«, fragte mein Vater, der unsere Euphorie nicht zu teilen schien.

Ich seufzte. »Das Ganze ist nicht optimal, das ist mir klar, aber wir müssen es riskieren. Was haben wir schon zu verlieren?«

»Unsere letzten Gäste?«

Er hatte recht. Auch noch die letzten treuen Gäste zu vergraulen und dann womöglich am neuen Konzept zu scheitern war definitiv ein Risiko, das er persönlich niemals eingegangen wäre. Ich wunderte mich selbst ein bisschen, dass ich so schnell dazu bereit gewesen war. »Ich war auch zuerst skeptisch«, gestand ich, »aber ich denke, dass es funktionieren kann. Selbst Pahl war ganz begeistert von der Idee, und sind wir doch mal ehrlich: Die wenigen Stammgäste allein können uns nicht mehr lange über Wasser halten.«

»Ich muss ihr zustimmen, Anton«, mischte meine Mutter sich wieder ins Gespräch. »Außerdem ist Emily ein kluges Mädchen. Wir haben sie ausgebildet, sie hat jahrelange Erfahrung. Sie wird schon das Richtige tun.«

Ihre wohlwollenden Worte und ihr Vertrauen in mich überraschten mich, aber es tat gut, dass sie inzwischen so von mir und meiner Arbeit dachte.

Mein Vater zuckte mit den Schultern. »Na schön, also ein Romantikhotel.«

Ich nickte, und wir hingen einen Moment alle unseren eigenen Gedanken nach. Die Bedienung kam zu uns an den Tisch und servierte unsere Bestellung. »So, drei Mal das Tagesgericht, mit besonderer Empfehlung des Hauses. Einen guten Appetit.«

Hungrig nahm ich den ersten Bissen und war sofort hin und weg von Julians Kochkünsten. Man konnte über den Mann sagen, was man wollte – kochen konnte er. Sofort drehte sich mein Gedankenkarussell erneut. Vielleicht könnte er noch mehr beitragen …

»Und wie geht's jetzt weiter?«, unterbrach mein Vater meine Überlegungen.

»Wir müssen im Hotel für eine romantischere Atmosphäre sorgen«, antwortete ich. »Mit ein wenig passender Dekoration wirkt alles gleich ganz anders.«

»Romantische Deko? Nichts leichter als das.« Mein Vater bemerkte meinen skeptischen Blick. »Du hältst deinen alten Herrn wohl für unromantisch, was? Frag mal deine Mutter.«

Fragend sah ich zu ihr, doch sie lachte nur wie ein junges Mädchen.

»Nun denn, ich kümmere mich darum«, sagte mein Vater.

»Du?« Ich hielt das für einen Witz, doch er schien es völlig ernst zu meinen.

»Ja, ich. Ich werde dir mal zeigen, wie romantisch dein alter Herr noch sein kann.« Zufrieden spießte er eine Gnocchi auf.

Ich hingegen ließ meine Gabel sinken. Mein Vater und romantisch? Hatte ich etwas verpasst?

»Und, hat's geschmeckt?«, fragte Julian, der noch einmal hinaus auf die Terrasse gekommen war.

Inzwischen war es deutlich ruhiger geworden. Das Mittagsgeschäft war vorbei, nur noch wenige Gäste saßen an den Tischen, um ihre Getränke zu leeren. Auch meine Eltern hatten sich längst verabschiedet. Ich hatte allein in der Sonne gesessen und überlegt, was ich machen sollte.

»Es war sehr lecker, danke.«

»Das freut mich.« Aufmerksam betrachtete er mich. »Was ist los? Gefällt deinem Vater das Konzept nicht?«

Dass man ihm auch nichts vormachen konnte. Julian kannte mich immer noch viel zu gut. »Als ob er eine Wahl hätte. Aber nein, das ist es nicht. Er will sich um die romantische Dekoration im Hotel kümmern.«

Julian zog fragend die Augenbrauen hoch. »Und?«

»Und?«, fragte ich zurück. »Ernsthaft? Du kennst ihn. Seit wann ist mein Vater bitte romantisch?«

»Punkt für dich. Aber jetzt mal ehrlich – lass ihn ruhig, da kann er im Grunde nicht so viel falsch machen. Selbst wenn man absolut unromantisch ist, bekommt man das wohl hin. Ein paar Kerzen und Rosen, hübscher Nippes hier und da …«

Warum musste ich jetzt an meine vielen Abende mit Julian zurückdenken? Keine Ahnung, ob ich ihn als romantisch bezeichnen würde, aber im Gegensatz zu Felipe hatte er sich immer viel Mühe gegeben. Wie oft hatte er abends für mich gekocht oder ein entspannendes Bad vorbereitet?

»Weißt du«, unterbrach er meine Gedanken, »irgendeine Aufgabe wirst du deinem Vater geben müssen, und mit der Deko wird er keinen großen Schaden anrichten können.«

Seufzend nickte ich. »Wollen wir es hoffen.«

»Hallo, Carla«, meldete ich mich, als mein Handy klingelte. Ich hatte ein schlechtes Gewissen, denn auch mit meiner Freundin hatte ich seit meiner Ankunft auf Fehmarn bisher kein einziges Mal telefoniert.

»Ich dachte, ich melde mich mal, du treulose Tomate. Wie geht es dir?«

»Ganz okay«, antwortete ich. »Tut mir leid, dass ich noch nicht angerufen habe, aber du stehst auf meiner To-do-Liste ganz oben.«

Sie lachte. »Und? Wie sieht's aus? Felipe hat erwähnt, dass du länger als geplant in Deutschland bleiben musst.«

Ich nahm das Telefon in die andere Hand und ging hinüber zum Fenster. Eine Gruppe neuer Gäste kam gerade an, alle um die siebzig Jahre, kaum Gepäck. »Ja, leider. Lange Geschichte.«

»Ich hab Zeit«, erwiderte Carla. »Die Floristin kommt erst in einer Stunde.«

Ich sah auf die Uhr. Auch mir blieb noch etwas Zeit bis zu meinem Treffen mit Julian. Wir hatten uns verabredet, um uns um den Text für die neuen Anzeigen zu kümmern. »Die Angelegenheit hier hat sich leider in eine unvorhergesehene Richtung entwickelt«, begann ich und weihte Carla in alles ein.

»Ist das dein Ernst?«, fragte sie am Ende. »Du willst jetzt anderen bei der Organisation ihrer Verlobung helfen, anstatt mir bei den Hochzeitsvorbereitungen zur Seite zu stehen?«

»Es tut mir leid, Carla«, erwiderte ich zerknirscht. »Wirklich, ich –«

»War doch nur Spaß«, lenkte sie ein. »Natürlich verstehe ich das, deine Familie braucht dich schließlich. Aber schade ist es trotzdem. Ich hoffe nur, du bist zu meiner Hochzeit hier.«

»Selbstverständlich, die werde ich mir um nichts in der Welt entgehen lassen. Außerdem sind es bis dahin auch noch ein paar Wochen.« Ich zögerte einen Moment, doch ich musste einfach mit jemandem darüber reden. »Sag mal, hat Felipe dir eigentlich noch mehr erzählt?«

»Was hätte er mir denn erzählen sollen?«

»Nun ja, er hat … Nein, lass mich so anfangen«, unterbrach ich mich selbst. »Du hattest recht: Kurz vor meiner Abreise hat er mir einen Antrag gemacht, und ich hab es tatsächlich nicht mitbekommen.«

»Nein! Oh, Emily, das ist toll. Wir werden endlich Schwägerinnen.« Ich musste das Telefon ein Stück von meinem Ohr weghalten, weil sie vor Begeisterung so laut schrie. Dann verstummte sie, sie wartete offensichtlich auf eine Reaktion von mir. »Was ist los?«, fragte sie. »Du hast doch Ja gesagt, oder?«

»Noch nicht«, antwortete ich ehrlich.

»Aber warum denn nicht?«

Wieder schwieg ich einen Moment. Ja, warum eigentlich nicht? Lag es wirklich nur daran, dass ich mir Felipes Antrag anders vorgestellt hatte? *Natürlich ist das der Grund,* beantwortete ich mir die Frage selbst. »Es ist einfach blöd gelaufen, Carla«, sagte ich. »Ich hab seinen Antrag, wie gesagt, gar nicht mitbekommen. Dein Bruder hat mich mehr oder weniger im Streit am Telefon darauf angesprochen.«

»Aber du willst meinen Bruder heiraten, oder?«

»Schon.«

»Aber?«

Kapitel 10

Montag, 10. April

Noch mal mit Papa über die Deko reden
Die Angestellten in das neue Konzept einweisen und offiziell die Leitung übernehmen (zumindest vorerst)
Businessplan endlich fertigstellen
Netzwerken
Schlafen

Nachdem Julian und ich Tag und Nacht an der Gestaltung der neuen Anzeigen und der Hotel-Homepage gesessen hatten, konnte ich diese Punkte endlich von meiner To-do-Liste streichen. Wir schafften die Deadline knapp, aber rechtzeitig, und die fertigen Druckdateien gingen pünktlich an Pahl junior raus. Noch am selben Tag schrieb er mir per Mail zurück, wie vielversprechend er das neue Konzept fände. Sein Vater hatte ihn mit Sicherheit trotz des Bankgeheimnisses in unsere Situation eingeweiht, aber das war in Ordnung. Oliver stand ohne Zweifel auf unserer Seite.

Julian entwickelte drei mögliche Menüfolgen für ein romantisches Candle-Light-Dinner, und ich sprach mit Floristen und Konditoren, Event-Veranstaltern und Juwelieren, um auszuloten, wie und wo wir kooperieren konnten. Überraschenderweise fiel die Resonanz positiv aus: Sobald die ersten Gäste unser Verlobungsspecial buchen würden, stand einer Zusammenarbeit nichts mehr im Wege. Ich bangte und hoffte inständig, dass unser neues Angebot entdeckt und angenommen werden würde.

Drei Tage später saß ich im Arbeitszimmer und war gerade dabei, das Papierchaos der letzten zwei Jahre zu sortieren, als das Telefon klingelte. Die Nummer der Rezeption wurde angezeigt.

»Emily, ich hab hier einen Herrn aus Hamburg in der Leitung«, meldete Hanni sich. »Er will nur mit der Chefin sprechen, und das bist ja jetzt du.«

»Stell ihn durch«, bat ich und wappnete mich innerlich. Das konnte eigentlich nur eine Beschwerde sein. »Hotel *Strandperle*, Emily Hansen am Apparat. Wie kann ich Ihnen helfen?«

»Guten Tag, Frau Hansen. Frederik Lohmann hier. Ich bin heute ganz zufällig im Internet auf Ihren Verlobungsservice gestoßen und wollte mal fragen, ob Sie eventuell von Gründonnerstag bis Ostermontag noch ein Doppelzimmer frei hätten. Das ist ziemlich kurzfristig, ich weiß, aber …«

»Warten Sie, ich schau gleich mal nach«, sagte ich und hoffte, dass man mir die Freude und Aufregung nicht allzu sehr anhörte, während ich so tat, als würde ich etwas in den Computer eingeben. »Sie haben Glück, Herr Lohmann, das lässt sich einrichten.«

»Ach, wunderbar, Jasmina liebt das Meer. Ich hatte schon befürchtet, ihr doch in Hamburg den Antrag machen zu müssen. Dann hätte ich gerne ein Doppelzimmer und eventuell noch Zimmer für die ganze Familie von Sonntag auf Montag. Das wären um die dreißig Personen.«

Ich konnte es kaum glauben. Hatte er eben dreißig Personen gesagt? Mit zitternden Fingern öffnete ich das Buchungssystem und gab die Daten ein. Über Ostern hatten wir nach wie vor kaum Reservierungen. »Sehr gerne. Lassen Sie uns die Details zu den Zimmern später besprechen. Haben Sie bereits eine Vorstellung, wie die Verlobung ablaufen soll?«

»Ich dachte an eine Kite-Buggy-Tour am Strand oder etwas in der Art. Das wollten wir schon immer mal machen. Es soll etwas Unvergessliches sein, und danach würde ich Jasmina den Antrag beim Essen machen. Das darf dann ruhig etwas romantisch sein, sie steht auf so kitschige Sachen. Oder was meinen Sie? Zu langweilig?«

»Ganz und gar nicht«, erwiderte ich schnell, um ihn nicht zu demotivieren. Allerdings war ich nicht sicher, ob es die richtige Art von Antrag für seine Freundin war. Deshalb bat ich: »Erzählen Sie mir doch ein bisschen von Ihrer Jasmina. Was ist sie für ein Mensch? Was ist ihre Lieblingsfarbe, welche Filme schaut sie gerne?«

Frederik Lohmann überlegte eine ganze Weile. »Jasmina ist ein Familienmensch«, antwortete er schließlich. »Sie isst kein Fleisch, weil sie Tiere über alles liebt, vor allem Schwäne. Sie hasst Tierquälerei und weint bei der Weihnachtswerbung von *Merci*. Ihre Lieblingsfarbe weiß ich jetzt gar nicht, aber sie trägt oft Rosa und Pink, manchmal auch Rot. Und ihr Lieblingsfilm ist, seit ich sie kenne, *Pretty Woman*.«

Hatte ich es mir doch gedacht, eine Romantikerin. »Verstehe. Herr Lohmann, darf ich ehrlich sein?«

»Ja?«

Nun klang er wirklich verunsichert. Ich musste behutsam vorgehen. Auf keinen Fall wollte ich ihm das Gefühl geben, seine Freundin nicht wirklich zu kennen. »Eine Kite-Buggy-Tour würde ihr ganz sicher gefallen, das kann ich gerne für Sie organisieren. Vielleicht sogar mit der ganzen Familie? Das wäre doch ein krönender Abschluss für ein unvergessliches Wochenende.«

»Die Idee gefällt mir, das machen wir.«

»Sehr schön, ist bereits notiert. Ich frage mich bloß, ob

Ihre Freundin sich für den Antrag nicht vielleicht etwas anderes wünschen würde. Sie hatten eingangs erwähnt, dass sie das Meer und kitschige Momente liebt. Außerdem scheint sie ein sehr romantischer Mensch zu sein.«

»Das stimmt«, gab mein Anrufer zu. »Aber ich dachte, ein romantisches Essen mit Meerblick ist zu langweilig für einen Heiratsantrag.«

»Es kommt immer darauf an, wie man es aufzieht. Was halten Sie denn davon, wenn Sie zwei kurz vor Sonnenuntergang einen Strandspaziergang machen? Und dann überraschen Sie Ihre Freundin. Wir bauen einen kleinen Pavillon direkt am Strand auf, mit Blumenschmuck und Kerzenschein, und unser Koch zaubert ein Drei-Gänge-Menü, das wir Ihnen vor Ort servieren. Oder ist Ihnen das zu kitschig?«

»Mir schon«, erwiderte Lohmann prompt. Ich befürchtete bereits, meinen ersten und bislang einzigen Kunden vergrault zu haben, da fügte er hinzu: »Aber Jasmina wird es lieben.«

»Wir haben unseren ersten Auftrag.« Völlig außer Atem stürmte ich in die Küche der *Kombüse*, wo reger Betrieb herrschte. Um diese Uhrzeit wurde alles für das Mittagsgeschäft vorbereitet. Warum hatte ich die gute Nachricht nicht zuerst meinen Eltern oder Felipe überbracht, anstatt direkt hierherzukommen? Die Köche und Jungköche schauten etwas irritiert in meine Richtung, und sofort war mir mein kleiner Gefühlsausbruch unangenehm.

Julian wischte sich die Hände an einem Geschirrtuch ab und kam zu mir. »Großartig, ich gratuliere. Auch wenn ich mir diesbezüglich keine Sorgen gemacht habe. Weißt du schon Einzelheiten?«

Ich nickte und weihte ihn ein. »Jetzt muss alles organisiert werden, aber es bleiben noch ein paar Tage, bevor die beiden anreisen. Ich wollte gleich zum Strand fahren und mir einen ersten Eindruck verschaffen.«

»Südstrand?«

Ich schüttelte den Kopf. »Dort ist es immer so voll, und die drei großen Hotels sind nun auch nicht gerade eine Augenweide. Ich hatte eher an den Strand bei Meeschendorf gedacht. Vielleicht …« Ich brach ab. Julian war beschäftigt, außerdem konnte man fast meinen, dass ich nicht allein zurechtkam. Und das war ganz und gar nicht der Fall. Normalerweise holte ich mir nur selten Hilfe. Keine Ahnung, warum ich plötzlich ohne Julian nicht mehr zurechtzukommen schien.

»Leute, ich mach mal Pause«, rief Julian in die Runde und band sich die Schürze ab. Mit der Hand deutete er in Richtung Gastraum.

Ich ging voraus, drehte mich aber zu ihm um. »Du musst mich nicht begleiten, ihr habt doch sicher viel zu tun.«

»Ich hab gleich ohnehin Pause, und für Snoopy sind die Spaziergänge mit dir die Höhepunkte seines Tages. Du willst ihn doch nicht enttäuschen.« Er grinste, und Snoopy kam wie aufs Stichwort zu uns.

Ich kraulte ihn zwischen den Ohren. »Hast recht, das kann ich auf keinen Fall verantworten.«

Eine Viertelstunde später parkte Julian seinen alten Opel Diplomat am Strand von Meeschendorf. Ich nahm Snoopy an die Leine, und wir überquerten den gekiesten Parkplatz. Direkt vor uns lag der Strandkorbverleih, von wo aus man sowohl rechts als auch links entlanglaufen konnte. Ich entschied mich für die rechte Seite. Ein Weg für Fahrradfahrer oder Spaziergänger führte oberhalb des Strandes Richtung

Burgtiefe, in der Ferne konnte man sogar den Südstrand erkennen. Rechter Hand säumten Bäume den Weg, linker Hand ging es über eine mit Wildrosen gesäumte Wiese in regelmäßigen Abständen hinunter zum Strand. Der war in Abschnitte unterteilt, sodass man sogar im Sommer trotz der vielen Touristen das Gefühl haben konnte, halbwegs ungestört zu sein. Auch heute war das Wetter mild, und so war einiges los am Strand. Die Erwachsenen hatten es sich in den Strandkörben gemütlich gemacht und lasen, die Kinder spielten Ball oder buddelten im Sand. Am Hundestrand tummelten sich hauptsächlich die Einheimischen. Bis auf die Vierbeiner traute sich um diese Jahreszeit allerdings so gut wie niemand ins Meer.

»Und, was meinst du?«, fragte Julian.

»Also ich finde diesen Strand ideal, zumindest für unseren Zweck.« Für längere Strandspaziergänge eignete er sich weniger, da man immer wieder die Steine überqueren musste, die zur Abtrennung der einzelnen Abschnitte benutzt wurden. Aber da würde mir für unser Paar auch noch etwas einfallen, und schlussendlich ging es in erster Linie um den Antrag bei einem romantischen Essen.

»Das denke ich auch«, stimmte Julian mir zu. »Wenn wir einen dieser Abschnitte weiter hinten irgendwie reservieren könnten, kann dein Pärchen ungestört seine Verlobung feiern.«

»Lass das mal meine Sorge sein.«

»Kommst du noch kurz mit zum Hundestrand?«, fragte Julian. Er wies auf Snoopy, der schon die ganze Zeit aufgeregt seine Artgenossen beobachtete. Er konnte es offensichtlich kaum erwarten.

»Sicher.«

Ich befreite den Hund von der Leine, zog meine Ballerinas aus und folgte Julian und Snoopy die Böschung hinunter. Während Snoopy in einem Labrador sofort einen Spielkameraden fand, setzten Julian und ich uns auf die Steine, die ein ganzes Stück ins Wasser führten. Vorsichtig hielt ich meine Füße in die kühle Ostsee. Im ersten Moment blieb mir die Luft weg, doch mit der Zeit gewöhnte ich mich an die Kälte. Mit der Hand schirmte ich meine Augen ab. Irgendwie war es doch schön, einmal wieder zu Hause zu sein. Das Rauschen der Wellen, der Queller, der zwischen den Steinen im Sand wuchs, der Strandhafer, der sich sachte im Wind bewegte, und im Hintergrund die Kitesurfer: Hier auf Fehmarn war es so ganz anders als auf Fuerteventura – und dennoch wunderschön.

»Wie lange bleibst du jetzt eigentlich?«, fragte Julian irgendwann.

Seufzend zuckte ich mit den Schultern. »Wenn ich das wüsste. Erst heute Morgen haben meine Eltern mir offenbart, dass Dominik seine Stelle auf Barbados nicht früher als geplant kündigen will – und dass sie in dieser Hinsicht ganz und gar hinter seiner Entscheidung stehen.«

»Er ist ein Idiot.«

Überrascht wandte ich mich ihm zu. Tatsächlich stahl sich ein Lächeln auf mein Gesicht, und die trübe Stimmung konnte gar nicht erst Besitz von mir ergreifen. »Du sagst es, aber natürlich ist er nach wie vor Mamas und Papas Liebling: der kleine Junge, der sich nur selbst verwirklichen will. Ich verstehe sie einfach nicht und meinen Bruder sowieso nicht. Es kann ihm doch nicht völlig egal sein, was aus der *Strandperle* wird.«

»Das ist es garantiert auch nicht, aber er verlässt sich auf dich, so wie er das immer getan hat. Die große Schwester wird schon alles richten.«

Ich nickte. »Am liebsten würde ich das Handtuch werfen und zurück auf die Kanaren fliegen, um Dominik zu zeigen, dass er mit dieser Masche nicht ewig durchkommt. Aber ich fürchte, dass schlussendlich doch nur wieder alles an Mama hängen bleiben würde.«

»Soll ich mal mit Dominik reden?«, bot Julian ein zweites Mal an. »Glaub mir, dem würde ich die Meinung geigen.«

Ich lächelte traurig. »Das würde ich zu gerne sehen, aber ändern wird es trotzdem nichts. Wenn Mama ihn schon nicht überzeugen konnte …«

»Deine Entscheidung. Dann wirst du uns wohl doch bis September erhalten bleiben.« Er betrachtete mich von der Seite, und ich wurde das Gefühl nicht los, dass ihm der Gedanke gefiel.

Eine Gänsehaut überzog meine Arme, aber das kam sicher von dem eisigen Meerwasser. Ich zog meine Füße auf den Stein unter mir und umklammerte meine Beine. »Wenn ich das mache, bin ich meinen Job auf Fuerteventura garantiert los.« Und Felipe vielleicht gleich dazu.

»Meinst du nicht, dein Chef versteht deine Lage?«

Mein Blick war auf den Horizont gerichtet. »Selbst wenn, es spielt keine Rolle. Ich bin stellvertretende Leiterin des *Los Sueños*, soll demnächst die Leitung komplett übernehmen. Darío kann nicht mal eben ein halbes Jahr auf mich verzichten. Das ist einfach unmöglich, und das verstehe ich auch.«

Vor uns bellten Hunde, hinter uns lachten Kinder, und über uns kreischte eine Möwe, doch Julian und ich schwiegen. Es tat ihm leid, das war mehr als offensichtlich. Ob er überlegte, wie er mir helfen konnte? Aber in diesem Fall konnte er wirklich nichts ausrichten. Ich musste möglichst rasch einen Geschäftsführer finden und hoffen, dass die Bank damit einverstanden sein würde – und meine Eltern. Diese Lösung war zwar nicht optimal, aber es war die einzige, die mir einfiel.

»Du könntest hierbleiben«, sagte Julian leise. »Also … für immer.«

»Warum?«, fragte ich, auch wenn diese Frage vermutlich mehr als dumm war, doch Julian sagte nichts dergleichen.

»Fehmarn ist deine Heimat, du hättest deine Familie in der Nähe. Und ein Hotel könntest du ebenso gut hier leiten, du müsstest bezüglich deiner Karriere also nicht einmal einen Kompromiss eingehen.« Ich warf ihm einen Seitenblick zu, und er hob abwehrend die Hände. »Gut, Fehmarn ist nicht Fuerteventura und die *Strandperle* nicht das *Hotel de los Sueños*, aber was soll's? Auch hier warten Herausforderungen auf dich.«

»Dominik soll das Hotel eines Tages übernehmen.«

Julian schnaubte. »Als ob das ein Hindernis wäre. Du weißt genauso gut wie ich, dass er dir die Leitung mit Kusshand überlassen würde.«

»Ja, ich weiß«, gestand ich. So oder so gab es keine Garantie, dass Dominik sein Wort tatsächlich halten würde, wenn er eines Tages an der Reihe war. Und dieser Tag würde eher früher als später kommen.

»Also, was hält dich auf den Kanaren?«

Julian sah mich an, während ich über seine Frage nachdachte. Inzwischen lebte ich seit zwölf Jahren auf Fuerteventura, und keinen einzigen Tag hatte ich darüber nachgedacht, der Insel den Rücken zu kehren. Dort war nun mein Zuhause. Ich hatte mir ein neues Leben aufgebaut, hatte Freunde, einen tollen Job, nicht zu vergessen Felipe. Warum sollte ich das jetzt aufgeben? Für ein altes, längst hinter mir gelassenes Leben, das zugegebenermaßen schön gewesen war, so aber nicht mehr existierte? Die Zeiten hatten sich geändert, und außer Abenteuer in der Ferne wollte ich inzwischen auch Sicherheit. Niemand wusste, wie es mit der *Strandperle* weitergehen würde. Im Moment sah es vielleicht gar nicht schlecht aus, aber das konnte sich jederzeit wieder ändern. Und dann hätte ich meinen Job und meinen Verlobten aufgegeben und wäre wie damals auf Fehmarn gefangen. Nein, eine nicht einmal zweihundert Quadratkilometer große Insel war mir zu klein, auch wenn sie noch so idyllisch sein konnte.

»Ist es unseretwegen?«, fragte Julian vorsichtig nach.

Ich wollte wegschauen, doch ich konnte nicht. »Julian, das ist schon ewig her. Ich trage dir nichts nach und du mir hoffentlich auch nicht.«

»Das nicht, sonst wäre ich jetzt nicht hier. Aber ich fand es wirklich hart, dass du damals einfach so abgehauen bist. Du hast uns überhaupt keine Chance gegeben. Weder auf eine Versöhnung noch auf eine Freundschaft.«

Ich senkte den Blick. »Ich bin nicht nach Spanien gegangen, um dir eins reinzuwürgen.« Wobei unsere Trennung meinen Weggang tatsächlich begünstigt hatte. Wer wusste schon, ob ich das unter anderen Umständen wirklich durchgezogen hätte? Julian hatte nicht ganz unrecht: Fehmarn war meine Heimat, meine Familie war hier. »Ich wollte etwas erleben«, erklärte ich ihm und auch mir. »Fehmarn hat mir einfach zu wenig Möglichkeiten geboten.«

Julian nickte. »Das hast du oft gesagt.« Er dachte vermutlich ebenso wie ich an unsere vielen Streitereien zurück. »Du warst mir damals genug, ich dir offensichtlich nicht.«

»Julian ...«

»Schon gut.« Er hob erneut abwehrend die Hände und setzte ein Lächeln auf, das seine Augen jedoch nicht erreichte. »Das ist wirklich lange her, lass uns die Geschichte nicht wieder aufwärmen. Ich bin froh, dass keiner von uns nachtragend ist und wir uns jetzt so gut verstehen. Du möchtest es vielleicht nicht hören, aber du hast mir gefehlt.«

Mein Herz schlug schneller. Seltsamerweise hatte ich ihn auch vermisst. Und dabei hatte ich es nicht einmal gemerkt.

Kapitel 11

Mittwoch, 12. April

Noch mal prüfen, ob für den Antrag alles bereit ist
Papas Deko begutachten
Eine neue Beschäftigung für ihn finden
Stelle für Geschäftsführer ausschreiben
Felipe anrufen
Schlafen (mehr als drei Stunden)

Seufzend setzte ich mich auf die Bank, lehnte mich nach hinten und schloss die Augen. Der warme Duft von Holz hüllte mich ein, und meine Glieder entspannten sich allmählich. Die letzten Tage waren anstrengend gewesen, doch dafür hatte ich weitere Punkte von meiner To-do-Liste streichen können. Wir waren für das erste Verlobungspärchen gerüstet. Für den Heiratsantrag am Samstag und die anschließende Familienfeier von Sonntag auf Montag war alles organisiert. Auch wenn ich versuchte, zuversichtlich zu sein, hatte ich ein wenig Bammel, dass etwas schiefging. Nur wenn alles glattlief, konnte ich ohne schlechtes Gewissen zurück auf die Kanaren fliegen, sobald wir einen Geschäftsführer für die *Strandperle* gefunden hatten. In all der Aufregung hatte ich bisher gar keine Zeit gehabt, die Stelle auszuschreiben. Aber morgen war auch noch ein Tag. Es war schon spät, heute würde ich ohnehin nichts mehr erreichen, und ich tröstete mich damit, dass ich im Moment quasi auch arbeitete. Immerhin musste irgendjemand die Sauna für die morgen eintrudelnden Gäste testen.

Auf dem Gang vor der Kabine waren Schritte zu hören, und ich zog rasch das Handtuch um mich. Ob das meine Mutter war? Sie war ganz angetan davon gewesen, dass die Sauna nun endlich wieder funktionstüchtig war. Allerdings bezweifelte ich, dass sie dieses Angebot nach zehn Uhr noch nutzen würde.

Die holzumrahmte Glastür ging auf, und Julian trat herein, lediglich ein blaues Handtuch locker um die Hüften geschlungen. Ich schluckte, und einen Moment starrten wir uns gegenseitig an. Was hatte er hier verloren? Nicht, dass er nicht hier sein durfte, aber ausgerechnet jetzt? Das war schon ein seltsamer Zufall.

Sein Blick glitt an mir hinab, und ich konnte nicht anders, als ihn ebenfalls zu mustern. Wir hatten uns schon oft nackt gesehen, aber das letzte Mal war viele Jahre her. Julians Bauchansatz war tatsächlich komplett verschwunden, und auch wenn er kein Sixpack besaß, so hatte er doch eine unglaublich gute Figur bekommen. Ich beobachtete einen Wassertropfen, der von seiner Brust seinen Bauch hinabrollte und vom Saum seines Handtuchs aufgefangen wurde.

Julian fuhr sich ein wenig verlegen durch die nassen Haare. »Tut mir leid, ich wusste nicht, dass du auch hier bist. Deine Mutter hat heute Mittag ganz nebenbei erwähnt, dass die Sauna heute Abend für einen Testlauf eingeschaltet werden würde.«

Ah ja, meine Mutter. Sie konnte es einfach nicht lassen. Julian war für sie schon immer der perfekte Schwiegersohn gewesen. Es wurde langsam Zeit, ihr zu offenbaren, dass sie sich mit Felipe als Schwiegersohn würde arrangieren müssen.

Julian deutete mit der Hand hinter sich. »Soll ich wieder gehen?«

»Quatsch, natürlich nicht«, erwiderte ich schnell. »Mach es dir bequem.«

Julian zögerte, doch dann setzte er sich auf die Bank mir schräg gegenüber. Ich zog das Handtuch noch etwas fester um meinen Körper und sah auf meine Füße, doch das hielt ich nicht lange aus. Irgendwann trafen sich unsere Blicke erneut. Wir lächelten beide verlegen.

»Ist schon irgendwie seltsam, oder?«, fragte Julian.

Ich wollte lügen, aber dann nickte ich. »Ein wenig.« Was Felipe wohl davon halten würde, dass ich zusammen mit meinem Ex in der Sauna saß, ob nun freiwillig oder nicht? Im umgekehrten Fall fände ich das sicher nicht so lustig.

»Vielleicht sollte ich doch …«, setzte Julian an.

Ich schüttelte den Kopf. »Ach was, wir sind zwei erwachsene Menschen, und das zwischen uns ist lange her. Außerdem sind wir ja nicht nackt.« Das hätte ich nicht sagen sollen, denn es entspannte die Lage nicht wirklich. Wir mochten tatsächlich nicht nackt sein, aber wir waren beide nur mit einem Handtuch bekleidet. Eine falsche Bewegung, und man gab womöglich mehr von sich preis, als einem lieb war. Ich räusperte mich. »Und du hast schon Feierabend?«

»Heute Abend ist nicht viel los. Lars kümmert sich um die letzten Gäste.«

»Dein Auszubildender?«

»Warum nicht? Irgendwann muss er lernen, Verantwortung zu übernehmen, und er kann mich jederzeit anrufen, wenn was ist.«

»Und dann gehst du so, wie du bist, in die *Kombüse?*«, fragte ich und musste lachen. »Das will ich sehen.«

»Sei vorsichtig, was du dir wünschst«, erwiderte Julian. »Es könnte in Erfüllung gehen.«

Er lehnte sich nach hinten und schloss die Augen, und ich konnte nicht anders, als ihn erneut zu betrachten. Irgendwie wirkte er auf mich gleichermaßen vertraut und fremd. Er war derselbe Mann wie damals, weniger jungenhaft vielleicht, und doch schien er ein ganz anderer zu sein. Wie war das möglich?

»Bist du aufgeregt wegen morgen?«, fragte er in die Stille hinein.

Ich sah schnell weg, damit er mich nicht ertappte, doch er hielt die Augen weiterhin geschlossen. »Etwas. Ich hoffe nur, es klappt alles. Gerade beim ersten Auftrag dürfen keine größeren Fehler passieren.«

»Das wird schon«, antwortete Julian.

Er klang überzeugt. Woher nahm er nur immer seine unerschütterliche Ruhe? Manchmal wünschte ich, ich könnte auch so gelassen in die Zukunft schauen. Ich wollte immer alles richtig machen, und das konnte ganz schön an den Nerven zehren. Plötzlich öffnete Julian die Augen und lächelte mir zu. Ich schluckte und stand auf, mir wurde es auf einmal zu heiß und zu eng in dem kleinen Raum.

»Ich brauche eine Pause«, sagte ich und verließ die Sauna.

Julian folgte mir nicht, und so sprang ich kurz unter die Dusche und setzte mich anschließend in einen Bademantel gehüllt auf eine der Ruheliegen im Entspannungsraum. Dieser Raum war wirklich schön geworden: Weiße Vorhänge, Orchideen in Pink und Weiß, kleine Buddha-Figuren und Bilder mit Stein- und Wassermotiven sorgten dafür, dass man den Kopf freibekam. Es roch dezent nach Jasmin. Ich holte einige Male tief Luft und wurde auf der Stelle ruhiger.

Warum nur hatte Julian mich dermaßen aus dem Konzept gebracht? Es war wirklich an der Zeit, Fehmarn wieder den Rücken zu kehren. Ich war bereits seit eineinhalb Wochen hier, also schon viel länger als geplant. Gestern hatte ich noch einmal mit Darío telefoniert, um ihn auf dem Laufenden zu halten. Er wurde schon ungeduldig, obwohl es sich zum Glück noch in Grenzen hielt. Aber ich würde auch nicht von heute auf morgen einen geeigneten Geschäftsführer finden, ganz zu schweigen davon, dass ich ihn noch würde einarbeiten müssen. Wie so oft in letzter Zeit spürte ich Wut auf meinen Bruder in mir aufsteigen. Ich zwang mich erneut, tief durchzuatmen.

»Darf ich?«, fragte Julian, der ebenfalls frisch geduscht den Entspannungsraum betrat. Er verströmte einen angenehm herben Duft.

»Sicher.«

Er machte es sich auf der Liege neben mir gemütlich. »Was ist los? Du wirkst schon wieder so angespannt.«

»Ich hab nur an meinen Bruder gedacht.«

Julian stieß ein Seufzen aus. »Deine Wut auf ihn ist nur allzu verständlich, aber es ändert nichts. Je eher du dich mit der Situation abfindest, desto besser.«

»Was meinst du?«, hakte ich nach.

»Na, ich weiß, dass du am liebsten nächste Woche wieder abreisen würdest, aber das wird sicher noch einige Wochen dauern. Besser, du arrangierst dich mit dem Gedanken. Oder glaubst du, du findest innerhalb von ein paar Tagen einen Geschäftsführer, der dir, deiner Familie und der Bank zusagt?«

Sprachlos starrte ich an die Decke. Natürlich hatte er nicht ganz unrecht, aber ich wollte es nicht wahrhaben. »Es muss eine andere Lösung geben«, sagte ich mehr zu mir selbst. Julian schmunzelte und brachte mich damit endgültig auf die Palme. »Klar, für dich ist das alles immer so einfach«, brach es aus mir heraus, »aber das ist es nicht, Julian. Es gibt Leute, die haben Ziele, wollen etwas erreichen in ihrem Leben.«

Er verdrehte die Augen. »Sind wir jetzt wieder bei dem Thema? Nur weil es einen nicht auf die Kanaren zieht, heißt das nicht, dass man keine Ziele hat.«

»Wie dem auch sei«, sagte ich und stand auf, denn ich hatte absolut keine Lust auf einen Streit. »Es ist schon spät, und die nächsten Tage werden anstrengend.«

Am nächsten Vormittag stand ich im Eingangsbereich der *Strandperle* und sah mich entsetzt um. Hanni hatte sich neben mir positioniert, die Hände in die Hüften gestemmt. Im Hintergrund dudelte Schlagermusik der Sechziger- und Siebzigerjahre, momentan lief *Rote Lippen soll man küssen.*

»Man hätt's kommen sehen müssen«, war ihr Kommentar, dann verschwand sie wieder hinter der Rezeption.

Wie hatte das nur passieren können? Ich erinnerte mich an das kurze Gespräch heute Morgen mit meinem Vater.

»Papa, ich hab jetzt noch einen Termin, aber wir müssen mit der Deko fertig werden«, hatte ich angesetzt, doch er hatte mich sofort unterbrochen.

»Mach dir mal keinen Kopf, Bienchen, ich hab das im Griff. Wenn du nachher wiederkommst, ist alles erledigt. Versprochen.« Sein Versprechen hatte er tatsächlich gehalten, doch das Ganze grenzte an eine Katastrophe. In diesem Moment schlenderte er die Treppe hinunter. Er war sichtlich gut gelaunt und summte *Eine neue Liebe ist wie ein neues Leben.* »Ach, Bienchen, da bist du ja. Und, was sagst du? Ist es nicht toll geworden?« Stolz betrachtete er sein Werk. Meine entsetzte Miene schien ihm nicht einmal aufzufallen.

»Papa, hier sieht es aus wie in einem Puff.«

Er schnalzte mit der Zunge. »Na, das will ich aber nicht gehört haben. Außerdem – woher weißt *du* bitte schön, wie es in einem Puff aussieht?«

Wenn ich nicht so verzweifelt gewesen wäre, hätte ich glatt gelacht. »*Plüsch*herzen? *Plastik*blumen? Papa, das hat doch nichts mit Romantik zu tun. Das ist Kitsch vom Allerfeinsten.«

»Alles Geschmackssache. Und was hast du gegen Plastikblumen? Die sind praktisch, man kann sie immer wieder verwenden, und es merkt ohnehin niemand, dass die nicht echt sind.«

Das bezweifelte ich. Den Dingern sah man ihre künstliche Herkunft von Weitem an, zudem fehlte der bezaubernde Blütenduft, der ebenfalls zu einer romantischen Atmosphäre beitragen sollte. Aber es brachte nichts, meinen Vater darauf anzusprechen. Ich ließ den Blick erneut durch den weiten Raum schweifen, doch es wurde nicht besser. Mein Vater hatte mit viel Gold und Samt gearbeitet und jedes Klischee bedient. Überall hingen Herzen aus rotem Plüsch, die Raffael-Engel der Sixtina und Amor samt Pfeil und Bogen. Das Einzige, was man noch würde verwenden können, waren die weißen Vorhänge mit Rosenmotiv, aber in Kombination mit der restlichen Deko wirkten selbst sie billig.

Ich schüttelte den Kopf. »Was soll ich denn jetzt machen? Heute Nachmittag reist unser erstes Verlobungspärchen an.«

»Ich weiß gar nicht, was du hast, Bienchen. Es ist doch alles fertig. Um das Zimmer der beiden habe ich mich auch bereits gekümmert.« Zufrieden schlenderte mein Vater weiter Richtung Frühstücksraum, um sich wie jeden Tag ein zweites Frühstück zu gönnen.

Ach du liebes bisschen, daran hatte ich gar nicht gedacht!

Einen Moment lang überlegte ich, mir das Zimmer anzusehen, doch ich wusste auch so, dass die Dekoration dort genauso inakzeptabel sein würde wie hier. Ohne weiter nachzudenken, stürmte ich aus dem Hotel, über den Kiesparkplatz und direkt auf die *Kombüse* zu.

Julian war gerade im Gastraum und damit beschäftigt, sich etwas zu notieren. Er sah auf. »Emily, alles okay?« Wortlos packte ich ihn am Arm und zog ihn hinter mir her zum Hauptgebäude. »Was ist denn los?«, fragte er, doch ich antwortete nicht.

Erst im Eingangsbereich der *Strandperle* warf ich die Arme in die Luft und zeigte in sämtliche Richtungen gleichzeitig. *»Lass ihn ruhig? Da kann er nicht so viel falsch machen?«*, zitierte ich ihn. Meine Stimme klang ein wenig schrill, doch das war mir egal. Nur gut, dass gerade keine Gäste in der Nähe waren.

Julian sah sich um und begann mit einem Mal zu lachen.

»Findest du das etwa lustig?«, fragte ich. »Heute Nachmittag kommen die ersten Gäste, du erinnerst dich? Die kann ich doch nicht so empfangen. Die kommen nie im Leben wieder und werden überall herumerzählen, wie fürchterlich es bei uns ist.«

»Tief durchatmen, Emily. Das kriegen wir schon hin.« Während ich mich auf das Atmen konzentrierte, ging Julian hinüber zu Hanni. »Hanni, sorgst du bitte dafür, dass die Zimmermädchen das grässliche Zeug wieder abnehmen?«

»Nichts lieber als das«, antwortete sie.

Ich stellte mich zu den beiden, denn inzwischen hatte ich mich wieder halbwegs gefangen. Mein Gefühlsausbruch war mir peinlich. Die *Strandperle* und mein Vater machten mich noch zum nervlichen Wrack, das war gar nicht gut. »Die Vorhänge können bleiben«, sagte ich, »aber das ganze andere Zeug muss so schnell wie möglich entfernt werden, auch aus den Zimmern. Und eins der Mädchen soll bitte frische Blumen in sämtlichen Farben besorgen. Rosen, Tulpen, Lilien, so etwas. Und wir organisieren neue Deko.«

»Wir?«, fragte Julian, doch sein Schmunzeln zeigte mir, dass es eine rhetorische Frage war. Unsere kleine Auseinandersetzung vom Vortag schien vergessen zu sein.

Erneut packte ich ihn am Arm. »Na komm, wir haben viel zu tun.« Im Gehen drehte ich mich noch einmal um. »Ach, und Hanni? Mach bitte diese Musik aus.«

»Was hast du gegen *Die Liebe ist ein seltsames Spiel?*«, fragte Julian grinsend.

»Herr Lohmann, Frau Graf, wie schön, Sie in unserem Haus begrüßen zu dürfen.« Ich ließ es mir nicht nehmen, unser erstes Verlobungspärchen persönlich zu empfangen. Die Dose Reißzwecken, die ich gerade noch gebraucht hatte, um letzte Änderungen an der Dekoration vorzunehmen, ließ ich schnell hinter meinem Rücken verschwinden, wo Hanni sie mir unauffällig aus der Hand nahm. Wir hatten es tatsächlich geschafft. Mit einigen einfachen Mitteln – Blumen, Kerzen, hübsch bedruckte Kissen, Bilder mit Vintagemotiven und einige nostalgische Vogelkäfige – strahlte die *Strandperle* nun neben Gemütlichkeit auch eine romantische Atmosphäre aus. Ich hoffte nur, wir konnten das unsägliche Zeug zurückgeben, das mein Vater angeschleppt hatte.

Unsere neuen Gäste gaben mir nacheinander die Hand, dann blickte vor allem sie sich entzückt um. »Was für ein wunderschönes Hotel Sie haben. Hier werden wir uns sicher wohlfühlen.«

»Das hoffe ich. Sagen Sie Bescheid, falls wir irgendetwas für Sie tun können, wenn Sie zum Beispiel unsere Sauna nutzen möchten. Ein Anruf an der Rezeption genügt, und eine halbe Stunde später ist alles für Sie bereit.«

»Was meinst du?«, fragte sie und sah ihren zukünftigen Verlobten von der Seite an.

Er nahm ihre Hand und nickte. »Heute Abend so gegen 20 Uhr?«

»Gerne. Ich wünsche Ihnen einen schönen Aufenthalt«, erwiderte ich und überließ die beiden Hanni.

Es fühlte sich großartig an. Was für ein tolles Gefühl, in so kurzer Zeit mit vergleichsweise geringen Mitteln etwas erreicht zu haben, das die Gäste begeisterte. Gerne hätte ich Julian für seine Hilfe gedankt, auch wegen unserer kleinen Auseinandersetzung vom Vortag, doch das musste warten. Er war sicherlich längst in der *Kombüse* verschwunden, um alles für das Abendgeschäft vorzubereiten. Da konnte ich ihn nicht schon wieder von der Arbeit abhalten. Stattdessen machte ich mich auf den Weg zum Arbeitszimmer, um mich erneut den Papieren meines Vaters zu widmen. Vielleicht würde ich es ja doch noch schaffen, vor meiner Abreise Ordnung in das Chaos zu bringen.

Meine Mutter kam mir entgegen. Ich war kurz versucht, sie wegen der gestrigen Aktion mit Julian zur Rede zu stellen, aber sie drückte mich ohne jede Vorwarnung fest an sich. »Emily. Das ist wunderschön geworden. Ich danke dir. Danke, dass du hier bist. Und danke, dass du es mit deinem Vater aushältst. Ich weiß, das ist nicht immer leicht.« Ihre Stimme zitterte ein wenig, sie kämpfte mit den Tränen, doch dieses Mal nicht vor Traurigkeit oder Enttäuschung.

Ich strich ihr über den Rücken. Vielleicht setzte ich tatsächlich meine Karriere aufs Spiel, verärgerte meinen Chef und Felipe, aber in diesem Moment war ich froh, meine Mutter endlich mal wieder zuversichtlich zu sehen.

»Emily, *cariña*. Schön, deine Stimme zu hören. Wie läuft es bisher?«

»Bestens«, antwortete ich, das Handy zwischen Schulter und Ohr eingeklemmt, während ich die Lieferung des Blumenhändlers quittierte. Ich warf einen Blick in den Karton. Die weißen und roten Rosen dufteten herrlich und sahen frisch aus. Hanni nahm sie mir ab, und ich lächelte ihr dankbar zu, bevor ich mich wieder ganz Felipe widmete. »Muss nur noch heute Abend alles glatt über die Bühne gehen«, sagte ich. »Wenigstens das Wetter spielt mit. Es könnte zwar etwas wärmer sein, aber die Sonne scheint.«

»Hier hättest du solche Probleme nicht, die Sonne brennt ganz schön vom Himmel. Ich fürchte, ich hab mir heute Morgen beim Joggen den Rücken verbrannt.«

Ich setzte mich in die kleine Nische am Fenster, wo ich ungestört war. »Du Armer, ich hätte ihn dir gerne eingecremt. Ich sag dir, es ist ziemlich kräftezehrend, ein Hotel retten zu wollen. Dieses ewige Auf und Ab. Im einen Moment freut man sich noch, weil etwas wie geplant funktioniert, aber im nächsten macht man sich schon wieder Sorgen.«

»Kann ich dir helfen?«, fragte Felipe.

»Das ist lieb, danke, aber ich wüsste nicht, wie.«

»Nun, ich könnte dich zum Beispiel besuchen. Du fehlst mir.«

Mir verschlug es die Sprache. Felipe wollte mich in Deutschland besuchen? »Ich weiß nicht, du bekommst doch bestimmt nicht so schnell Urlaub«, antwortete ich.

Die Wahrheit ist: Ich war nicht sicher, ob das so eine gute Idee war. Bisher hatte ich niemandem von Felipes Heiratsantrag erzählt. Julian wusste nicht einmal, dass es Felipe gab. Bei unserem ersten Wiedersehen hatte ich nicht direkt mit der Tür ins Haus fallen wollen, und dann war die passende Gelegenheit verstrichen. Inzwischen würde es sehr merkwürdig wirken, wenn ich ganz nebenbei erwähnen würde: *Ach übrigens, hab ich dir erzählt, dass es da in Spanien jemanden gibt, der mich eher früher als später heiraten will?*

»Das wird sich schon irgendwie regeln lassen«, fuhr Felipe fort. »Immerhin hat sich bei mir wie bei dir einiges an Urlaub angesammelt. Und es wäre wirklich schade, wenn du jetzt deinen ganzen Urlaub aufbrauchst, ohne dass wir miteinander Zeit verbringen können.« Er machte eine Pause, wartete auf eine Antwort. »Fehle ich dir denn gar nicht?«, fragte er schließlich.

»Doch, natürlich. Sehr sogar.« Mir wurde heiß. »Ich weiß nur nicht, wie viel Zeit ich für dich hätte. Ich bin rund um die Uhr beschäftigt, komme nicht einmal dazu, etwas Richtiges zu essen. Und wegen meines Urlaubs brauchst du dir keinen Kopf zu machen, das Ganze ist mit Darío geklärt. Ich nehme nur für einen Teil meiner Abwesenheit Urlaub, die anderen Tage zieht er mir vom Gehalt ab.«

»Wenigstens etwas. Ich habe mir schon Sorgen um unsere Flitterwochen gemacht.«

Flitterwochen. Ich schluckte. Wir waren noch nicht einmal verlobt, aber wenn ich das jetzt sagen würde, würde Felipe das mit Sicherheit falsch verstehen.

»Emily?«

»Ich bin noch da.«

Felipe seufzte. »Ich hab das Gefühl, du hältst mich absichtlich hin. Du sagst nichts zu meinem Antrag, willst mich nicht deinen Eltern vorstellen, geschweige denn, dass ich zu dir komme. Glaub mir, ich würde meinen Urlaub auch lieber in der Karibik verbringen als an der Ostsee, aber du bist zurzeit nun mal auf Fehmarn. Und ich glaube nicht, dass du so schnell wieder zurückkommst.«

Nun stieß auch ich ein Seufzen aus. »Du weißt doch, dass ich keine Wahl habe. Es geht um das Hotel meiner Eltern, um ihre Existenzgrundlage. Ich würde das wirklich gerne so schnell wie möglich hinter mich bringen und zurück nach Fuerteventura kommen, zurück zu dir, aber das geht nun mal nicht. Erst muss ich einen Ersatz für mich finden.«

»Hast du denn schon eine Anzeige aufgegeben?«, fragte Felipe.

»Natürlich habe ich das«, log ich. Tatsächlich war ich immer noch nicht dazu gekommen, aber gleich Montag, wenn die komplette Familie Lohmann/Graf wieder abgereist war, würde ich das in Angriff nehmen.

Felipe schien zumindest ein wenig besänftigt zu sein. »Das ist doch schon mal was. Trotzdem wird es sicher noch eine Weile dauern, bis du wieder hier bei mir bist. Dabei kann ich es kaum erwarten, endlich deine Antwort zu hören.«

Ein junges Pärchen betrat die Lobby, einen Koffer hinter sich herziehend. Das Hotel war immer noch weit davon entfernt, über die Osterfeiertage ausgebucht zu sein, aber immerhin hatten wir eine Handvoll Gäste gewinnen können. Ich lächelte dem Paar freundlich zu und senkte die Stimme. »Wenn ich Ja sage, soll es etwas Besonderes sein. Das verstehst du doch, oder?« Die Tür zur Lobby öffnete sich erneut, und Julian trat herein. Auf der Suche nach mir sah er sich um, denn wir hatten uns hier verabredet, um alles für den großen

Auftritt heute Abend vorzubereiten. »Hör zu, ich muss leider los. Die Arbeit ruft. Ich melde mich später noch mal bei dir und erzähle dir, wie es gelaufen ist, okay?«

»Klar. Dann viel Erfolg.«

Den würde ich hoffentlich haben.

Kapitel 12

Samstag, 15. April

Papa von allem fernhalten, was wichtig ist
Perfekte Verlobung über die Bühne bringen
Felipe noch mal anrufen
Geschäftsführer-Anzeige aufgeben

Inzwischen war das Wetter für April nahezu ideal. Der Wind hatte etwas nachgelassen, sodass es wärmer war als noch vor zwei Stunden. Dabei stand die Sonne nicht mehr ganz so hoch am Himmel, in etwa einer Stunde würde sie bereits untergehen.

Zufrieden betrachtete ich unser Werk, es war perfekt geworden. Der weiße Pavillon, den wir später an drei Seiten schließen konnten, um ein wenig Privatsphäre zu schaffen, war mit Lichterketten dekoriert. Außerdem hatten wir ihn mit den weißen und roten Rosen geschmückt, die kurz zuvor ins Hotel geliefert worden waren. In der Mitte standen ein runder Tisch und zwei Stühle, alle mit weißen Hussen oder Leintüchern bedeckt. Und natürlich befand sich auch auf dem Tisch neben den silbernen Kerzenleuchtern und dem Porzellan ein Blumenstrauß. Jetzt mussten wir nur noch die Kerzen anzünden und das Essen servieren, das Julian in einer Box warm hielt.

Ich blickte erst den Strand entlang und dann auf meine Uhr. »Wir liegen hervorragend in der Zeit. In etwa zehn Minuten müssten sie kommen.«

Julian nickte. »Sehen wir zu, dass wir fertig werden.«

Ich beobachtete ihn dabei, wie er den Rechaud mit dem Hauptgericht aus der Box holte und auf den Tisch stellte. Die Salatteller stellte er unter die Servierglocken, ebenso das Dessert – Käsekuchen im Glas mit einem Maracujaspiegel.

»Der Nachtisch sieht verdammt lecker aus.«

»Wie gut, dass ich mehr als nötig vorbereitet habe«, erwiderte er schmunzelnd. »Kannst du dir nachher in der Küche abholen.«

»Julian, wegen der Sache in der Sauna … Es tut mir leid, ich wollte dich nicht blöd anmachen. Du hilfst mir, wo du kannst, und ich …«

Er sah auf. »Schon gut. Wenn man so viel aufeinanderhockt wie wir zwei im Moment, streitet man sich auch mal. Das ist völlig normal. Aber ich muss zugeben …«

»Ja?« Mein Herz schlug aus unerfindlichen Gründen auf einmal schneller.

»Es verletzt mich, dass du mir nach all den Jahren immer noch vorwirfst, dass ich nichts aus mir hätte machen wollen.«

Ich schluckte. »Du hast recht, und es tut mir wirklich leid. Das Hotelrestaurant läuft super, und ich weiß, dass wir das nur dir zu verdanken haben. Es ist nur … Ich hab das Gefühl, dich immer noch zu kennen – und dann wieder nicht.«

»Tja, zwölf Jahre sind eine lange Zeit. Da verändert man sich«, bemerkte Julian.

»Scheint so.« Einen Moment sah ich hinaus aufs Meer, das in der Abendsonne glitzerte. Ich konnte es nicht länger leugnen. Julian war tatsächlich nicht mehr derselbe wie damals, auch wenn er all seine guten Eigenschaften behalten hatte. Er war immer noch gutherzig, charmant und hilfsbereit, ohne eine Gegenleistung zu verlangen.

»Na komm«, sagte er. »Lass uns die Kerzen anzünden und verschwinden. Nicht, dass wir noch den Überraschungsantrag sprengen.«

»Schwäne marsch«, gab ich eine Dreiviertelstunde später den Befehl über das Headset.

Aus meinem Versteck hinter einem Wildrosenstrauch beobachtete ich mit dem Fernglas, wie Jörg seine drei Tiere mit einem Stock die Böschung hinunter zum Strand scheuchte. Jörg war ein alter Schulfreund von mir und hatte inzwischen den Bauernhof seines Vaters übernommen – mitsamt freilaufenden Schwänen. Die dachten allerdings nicht im Entferntesten daran, wie von meinem Kunden gewünscht in Richtung Meer zu laufen und an ihm und seiner Freundin vorbeizuschwimmen. Nur eines der Tiere schaffte es bis zum Wasser, wo es sich träge von den Wellen schaukeln ließ, eines lief nach rechts, obwohl es nach links hätte laufen sollen, und das dritte interessierte sich vor allem für den Queller.

Oh Mann! Ich hatte gleich versucht, Frederik Lohmann diese spontane Idee wieder auszureden, aber Jasmina liebte nun einmal Schwäne, weshalb ihr zukünftiger Verlobter darauf bestanden hatte. Und natürlich tat ich alles, um die Wünsche meiner Kunden zu erfüllen.

»Sie müssen sich darüber im Klaren sein, dass es schiefgehen kann«, hatte ich Frederik gewarnt. »Tiere, und vor allem Schwäne, kann man nicht wirklich dressieren.«

»Das Risiko gehe ich ein«, hatte er geantwortet. Nun zeigte Frederik aufs Meer, sodass Jasmina den Schwan entdeckte. Sie strahlte vor Freude, wie schon die ganze Zeit. Die beiden verspeisten gerade ihr Dessert. Jasmina war angesichts des spontanen Dinners direkt am Strand sehr überrascht gewesen, doch sie genoss es sichtlich. Nun griff sie nach ihrem Champagnerglas und prostete Frederik zu.

Erst als ein Hund bellte, fiel mir auf, dass der zweite Schwan Richtung Hundestrand gelaufen war. Bevor ich weiter darüber nachdenken konnte, jagte ein schwarz-weiß gescheckter Jack-Russell-Terrier das arme Tier auch schon über den Strand. Es flatterte wild mit den Flügeln und rannte, so schnell es konnte. Der dritte Schwan, der bisher mit dem Queller beschäftigt war, schloss sich der wilden Flucht an. Was für ein Bild. Zwei aufgeregte Schwäne, gejagt von einem Hund, und hintendran Jörg, der seinen Tieren sofort zu Hilfe eilte und versuchte, den Hund mit seinem Stock zu verscheuchen. Während Frederik sich hilfesuchend umsah, hatte ich alle Mühe, mir ein Lachen zu verkneifen. Die Situation war einfach nicht mehr zu retten. Wenn ich mich jetzt einmischte, würde es nur noch schlimmer werden.

Einen Augenblick später schien Frederik zu akzeptieren, dass die Schwäne heute nicht mehr in aller Seelenruhe an ihm vorbeischwimmen würden, und ergriff Jasminas Hand. Gleich würde er ihr den Antrag machen. Ich konnte nicht hören, was er sagte, doch Jasmina wirkte glücklich. Wenigstens jetzt schien alles nach Plan zu verlaufen.

Ein älteres Ehepaar spazierte oberhalb des Strandes entlang und blieb nicht weit von mir entfernt stehen. Skeptisch musterten sie mich. Hoffentlich riefen sie nicht die Polizei. Mit meinem Versteck hinter dem Rosenstrauch und dem Fernglas musste ich wie ein Spanner oder Privatdetektiv aussehen. Ich lächelte entschuldigend und wandte mich wieder meinem Verlobungspaar zu. Frederik tastete gerade sämtliche Taschen ab, die er besaß, und sah sich erneut hilfesuchend um. So ein Mist, er musste den Ring im Hotelsafe vergessen haben! Ich zog mein Handy aus der Tasche und wählte Julians Nummer. Er war inzwischen in die *Kombüse* zurückgekehrt und ging sicherlich längst wieder seinem Tagesgeschäft nach.

Schon nach dem dritten Freizeichen nahm er ab. »Und, läuft alles nach Plan?«, fragte er. Im Hintergrund hörte ich das Klappern von Töpfen.

»Der Ring. Jemand muss ihn aus dem Hotelsafe holen und so schnell wie möglich herbringen. Und eine Platte mit Käse oder Obst wäre nicht schlecht, damit ich einen Grund habe, ins Date zu platzen.«

»Ich schicke Lars.«

Noch während ich mich bedankte, schrieb ich eine kurze Nachricht für Frederik auf einen Zettel. Jetzt musste ich sie ihm nur noch unauffällig übermitteln. Ich eilte zu Julians Kühltasche, die er hiergelassen hatte, und holte eine zweite Flasche Champagner heraus. Damit machte ich mich auf den Weg zu meinem Kunden. Mit meiner weißen Bluse und der schwarzen Hose ging ich immerhin ansatzweise als Kellnerin durch.

»Einen schönen guten Abend«, begrüßte ich das sichtlich irritierte Paar. »Ich hoffe, das Essen hat Ihnen geschmeckt.«

»Frau Hansen.« Jasmina musterte mich überrascht. »Ja, es war alles sehr lecker.«

»Darf es vielleicht etwas Champagner sein?« Angesichts der noch halb vollen Flasche auf dem Tisch eine seltsame Frage, aber auf die Schnelle fiel mir nichts Besseres ein.

»Ein kleiner Schluck.« Frederik hielt mir sein Glas entgegen, und ich tauschte die volle Flasche mit der angebrochenen, um ihm nachzuschenken. Währenddessen drückte ich ihm unter dem Tisch den Zettel in die Hand. Er warf einen schnellen Blick darauf und ließ ihn in seiner Hosentasche verschwinden. Jasmina schien von alledem nichts mitbekommen zu haben. »Vielen Dank«, sagte er erleichtert, und ich wusste, dass er sich nicht auf den Champagner bezog.

»Sehr gern, Herr Lohmann.« So, und nun musste ich mich um Jörg kümmern, der lag nämlich im Clinch mit dem Besitzer des Jack-Russell-Terriers.

Zum Glück gab es keine weiteren Probleme bei unserer ersten organisierten Verlobung. Das Brautpaar in spe war mehr als begeistert und strahlte auch am nächsten Tag noch über das ganze Gesicht. *So kann es weitergehen,* dachte ich, doch natürlich tat es das nicht.

Als die Familien der frisch Verlobten am Ostersonntag anreisten, war noch alles in Ordnung. Am Abend sollte die Feier im großen Saal der *Strandperle* stattfinden, und das Personal war den halben Nachmittag damit beschäftigt gewesen, alles vorzubereiten. Etwa eine Dreiviertelstunde vor Beginn kam ich die Treppe nach unten, weil ich nach dem Rechten schauen wollte, da schlug mir bereits ein unangenehmer, beißender Geruch entgegen, der mich an meine Großeltern erinnerte.

»Was ist das?«, fragte ich Hanni, entdeckte aber im selben Moment das Schild im Eingangsbereich. Warum hatte das vorhin noch nicht hier gestanden?

GROSSES RHEUMA-ÖL-TESTEN
16. April, 18 Uhr
Im Frühstücksraum der *Strandperle*
Kaufen Sie drei, zahlen Sie zwei.

»Das darf doch nicht wahr sein. Na, der kriegt was von mir zu hören.«

»Der Anton ist im Frühstücksraum«, half Hanni mir.

Im gleichen Moment trat er aus besagtem Raum, ein Tablett leerer Schnapsgläser in den Händen. Sein Glück, denn in meiner Stimmung wäre ich fähig gewesen, ihn vor versammelter Mannschaft zur Schnecke zu machen. So wurde nur Hanni Zeugin der Auseinandersetzung.

»Was denkst du dir eigentlich dabei?«, fuhr ich ihn an und zeigte auf das Schild.

»Was? Ach das. Ein Wahnsinnserfolg, sage ich dir. Das Rheuma-Öl geht weg wie warme Semmeln, und dabei haben wir gerade erst angefangen.«

Ich verdrehte die Augen. »Papa, wir sind jetzt ein *Romantik*hotel. Solche Aktionen passen nicht mehr zu unserem neuen Konzept, außerdem solltest du so etwas vorher mit mir absprechen.«

»Darf ich dir das mal geben?« Mein Vater drückte Hanni das Tablett mit den benutzten Schnapsgläsern in die Hand, bevor er sich wieder mir zuwandte. »Ach, Bienchen, jetzt sei doch nicht so. Das Rheuma-Öl-Testen ist schon seit Wochen geplant und vor allem ausgebucht. So ein Geschäft darf man sich nicht entgehen lassen.«

Ich fragte lieber nicht, wie viel von dem Umsatz tatsächlich als Gewinn in unserer Kasse bleiben würde. »Schön und gut, trotzdem musst du das vorher mit mir besprechen«, sagte ich stattdessen. »Das gesamte Erdgeschoss stinkt jetzt nach diesem grässlichen Teebaumzeug. Hast du vergessen, dass hier gleich die große Verlobungsfeier samt Essen stattfinden soll?«

»Wo ist das Problem, Bienchen? Es ist Platz genug, und wir kommen euch doch nicht in die Quere.«

Ich warf die Hände in die Luft. »Mensch, Papa. Hättest *du* Lust, bei diesem Gestank eine Party zu feiern und ein Drei-Gänge-Menü zu genießen?«

Mein Vater zog eine Grimasse. »Ist ja mal wieder typisch, jetzt bin ich der Dumme. Dass ich für zahlende Gäste gesorgt habe, interessiert wohl gar nicht.«

Ich seufzte. Vermutlich saßen im Frühstücksraum gerade einmal zehn bis fünfzehn Leute, die vielleicht viel trinken, aber weder hier übernachten noch sich verpflegen würden. Und so, wie ich meinen Vater kannte, hatte er auch mit Sicherheit kein gutes Geschäft gemacht, was die Raummiete oder die Beteiligung am Verkauf anging. Aber es war zwecklos, ihn darauf hinzuweisen, und er verschwand bereits beleidigt in Richtung Frühstücksraum. Ich sah hinüber zu Hanni, doch sie zuckte nur mit den Schultern.

»Ich brauche deine Hilfe«, sagte ich zu Julian, der hinter dem Herd der *Kombüse* stand und schwer damit beschäftigt war, das Drei-Gänge-Menü für unsere dreißig Gäste zuzubereiten.

Er sah nur kurz auf. »Ich kann jetzt nicht, wenn du das Essen pünktlich serviert haben willst. Wir haben alle Hände voll zu tun, und Lars hat sich auch noch krankgemeldet.«

»Keine Sorge, das war nicht wörtlich gemeint. Ich brauche euren Gastraum.«

Nun hielt Julian doch in seiner Arbeit inne. »Unseren Gastraum? Was ist denn jetzt schon wieder passiert?«

Genervt schüttelte ich den Kopf. »Papa veranstaltet im Hotel einen Rheuma-Öl-Test, und jetzt stinkt es überall nach diesem grauenhaften Zeug. Das kann ich unserem Verlobungspärchen nicht antun.« Ich sah mich um. »Habt ihr heute viele Reservierungen?«

Julian machte sich wieder daran, das mediterrane Gemüse in der Pfanne zu schwenken. »Wir haben nicht so viele angenommen, um nicht in einen Engpass zu kommen.«

»Sehr gut. Dann nutzen wir doch den Gastraum für die geschlossene Gesellschaft und bitten die anderen Gäste, auf der Terrasse zu essen. Als Entschädigung bietet ihr ihnen auf Kosten des Hotels ein Dessert an.«

Julian zuckte mit den Schultern. »Wie du meinst, du bist der Chef.«

»Super, ich bin dir was schuldig«, sagte ich schon im Hinausgehen, um das Hotelpersonal über die Planänderung zu informieren.

Mit einem Cappuccino saß ich in einer Nische der Hotellobby und arbeitete gerade an der Anzeige für die Stelle des Geschäftsführers, als Julian ins Hauptgebäude eilte und direkt auf mich zusteuerte. Ich ahnte nichts Gutes.

»Bitte nicht«, murmelte ich. »Was ist los?«

»Der Musiker, den ihr engagiert habt …«

Ich seufzte. Den *mein Vater* engagiert hatte. »Lass mich das machen, Bienchen. Ich kenne da jemanden«, hatte er gesagt. Warum hatte ich mich nur darauf eingelassen? Inzwischen sollte ich doch wissen, dass mein Vater einen recht speziellen Geschmack hatte.

»Was ist mit ihm?«, fragte ich.

»Er ist … Nun ja, wie soll ich es sagen? Er ist eine Katastrophe.«

»So schlimm, ja?«

»Kennst du *Das alte Haus von Rocky Docky?*«

»Ähm, nein«, antwortete ich zögerlich, weil ich nicht sicher war, ob es sich um eine Fangfrage handelte.

»Deine Gäste auch nicht. Die langweilen sich da drüben zu Tode, und der Musiker erwartet auch noch, dass alle mitsingen. Auf Wünsche reagiert er ablehnend, nach dem Motto *Hier wird gesungen, was auf den Tisch kommt.*«

»Wenn man sich nicht um alles selbst kümmert«, sagte ich mehr zu mir selbst als zu ihm. »Gut, ich komme.«

Ich schob meine Unterlagen zusammen und begleitete Julian durch die anbrechende Nacht hinüber zum Restaurant. Es herrschte tatsächlich schlechte Stimmung: Die Musik war grauenhaft und viel zu laut, und die Gäste wirkten entweder gereizt oder gelangweilt. Ich fing den Blick der zukünftigen Frau Lohmann auf und nickte ihr aufmunternd zu. Dann ging ich direkt zu dem älteren Mann mit den grau-weißen Haaren und wartete, bis er den letzten Akkord auf seiner Gitarre spielte. Auf die Schnelle fiel mir sein Name nicht ein, trotzdem zog ich ihn ein Stückchen beiseite, sodass niemand unser Gespräch mithören konnte.

»Guten Abend, ich bin Emily Hansen, Chefin der *Strandperle.*«

»Antons Tochter. Na, das erkenne ich doch sofort. Ganz der Papa.«

Eigentlich sagte man mir eher nach, dass ich wie meine Großmutter aussah. Mit meinem Vater hatte ich kaum etwas gemein, äußerlich nicht und charakterlich ebenfalls wenig. Während er sich Hals über Kopf spontan von einem Abenteuer ins nächste stürzte und es immer wieder in Kauf nahm, damit kräftig auf die Nase zu fallen, überlegte ich in der Regel erst und erstellte einen Plan. Während er das Ungeordnete, Chaotische liebte und gerne einmal improvisierte, organisierte ich meine Arbeit mit System und To-do-Listen. Man mag darüber streiten, was besser ist. Allerdings zeigte sich gerade jetzt einmal wieder, wohin uns seine Unüberlegtheit gebracht hatte.

»Ich möchte nur kurz mit Ihnen über die Musikauswahl sprechen«, begann ich vorsichtig. Er schien ein Freund meines Vaters zu sein, deshalb wollte ich so diplomatisch wie möglich vorgehen. »Das klingt alles sehr schön und professionell, allerdings denke ich, dass unsere Gäste die Klassiker bevorzugen würden. Sie wissen schon, die Beatles oder Abba. Etwas, das gute Laune verbreitet und wo die Melodie bekannt ist.«

»Tut mir leid, aber so etwas habe ich nicht in meinem Repertoire. Wissen Sie, ich habe diesen Auftritt gründlich vorbereitet. Die sogenannten Klassiker habe ich bewusst vermieden, das wird doch auf Dauer langweilig.«

Ich verkniff mir jeden Kommentar. »Und Sie können nicht improvisieren?«

»Nein.«

Nun gut, immerhin hatte ich es versucht. »Tut mir leid, aber dann müssen wir uns an dieser Stelle leider voneinander trennen.«

»Wie bitte?« Seine Augenbrauen wanderten fast bis zu seinem Stirnansatz.

»Unseren Gästen sind die langweiligen Klassiker nun einmal lieber, und wenn Sie die nicht liefern können oder wollen, kann ich Sie nicht weiter beschäftigen. Das verstehen Sie sicher.«

»Aber der Anton hat gesagt …«

»Mein Vater hat sich offenbar nicht klar ausgedrückt. Morgen melde ich mich wegen der Rechnung bei Ihnen, aber jetzt entschuldigen Sie mich bitte. Ich muss mich leider schnellstens um einen Ersatz kümmern.« Die Frage war nur, wo ich diesen so schnell herbekommen sollte. Die Zeit drängte, denn die Gäste wurden allmählich unruhig.

Frederik Lohmann wechselte ein paar Worte mit seiner Verlobten, bevor er aufstand und auf mich zukam. »Hören Sie, Frau Hansen, bisher hat es uns bei Ihnen wirklich sehr gut gefallen, aber diese Livemusik-Veranstaltung ist leider gar nicht so, wie wir sie uns vorgestellt haben.«

»Das habe ich mir schon gedacht, und es tut mir wirklich außerordentlich leid. Es gab anscheinend ein Missverständnis zwischen dem Künstler und meinem Vater, der ihn beauftragt hat.« Natürlich war es nicht nett, meinem Vater alles in die Schuhe zu schieben, doch an dieser Stelle erschien es mir wichtiger, dass kein schlechtes Licht auf das Hotel an sich fiel. »Wenn Sie ein wenig Geduld haben, kümmere ich mich schnellstmöglich um Ersatz.«

Da die einzige Alternative darin bestand, die Party mit Musik vom Band weiterlaufen zu lassen, nickte Frederik. »Nun gut, tun Sie das.«

Um die Zeit ein wenig zu überbrücken, suchte ich aus Julians Sammlung hinter dem Empfang eine CD mit Roadmusik aus und legte sie in die Stereoanlage. Dann machte ich mich auf den Weg in die Küche, wo Julian gerade kleine Schokoladenkuchen mit Puderzucker bestäubte.

»Na, Katastrophe abgewendet?«, fragte er, ohne aufzusehen.

Ich lehnte mich an die Wand neben der Tür. »Wie man's nimmt. Der Künstler ist gefeuert, jetzt muss Ersatz her.«

»Und wo willst du den so schnell hernehmen?«

»Ich habe keine Ahnung. Ist das das Dessert für unsere Gäste?«, fragte ich.

Julian verzierte die Kuchenteller nun mit roter Grütze und

einzelnen roten Beeren. Er nickte. »Das wird in etwa einer halben Stunde serviert.«

»Könnt ihr es vielleicht jetzt schon rausbringen? Dann sind die Gäste wenigstens eine Weile beschäftigt, während ich mir was überlege.«

Er zuckte mit den Schultern. »Meinetwegen.«

Ich beobachtete ihn, während er zusammen mit einer Kollegin sämtliche Dessertteller vorbereitete, war mit meinen Gedanken aber weit weg. Wo sollte ich so schnell Ersatz finden? Wir hatten Ostersonntag, noch dazu war es relativ spät. Das Ganze wäre bereits in Hamburg ein fast unmögliches Unterfangen gewesen, aber auf Fehmarn?

Julian schnippte mit den Fingern, und eine zweite Kollegin eilte herbei. »Bringt die bitte zu den Gästen«, bat er und wischte sich die Hände an seiner Schürze sauber.

Die beiden Frauen nickten und trugen die Teller hinaus in den Gastraum. Durch die aufschwingende Tür drang Steppenwolfs *Born to be wild* in die Küche, Julian summte mit. Mir kamen die seltenen lauwarmen Sommernächte in den Sinn, die wir vor vielen Jahren am Lagerfeuer verbracht hatten, und in meinem Kopf formte sich eine Idee.

»Spielst du noch Gitarre?«, fragte ich Julian.

»Warum willst du das wissen?«, setzte er an, doch dann fiel der Groschen, und er hob abwehrend die Hände. »Denk nicht mal dran.«

»Aber …«

»Nein, Emily, keine Chance. Ich mache wirklich viel für dich, aber irgendwo hat alles seine Grenzen.«

»Julian, bitte, ich weiß echt nicht weiter. Wo soll ich an einem Ostersonntag um diese Uhrzeit eine Live-Band herbekommen?«

»Ich hab ewig nicht gespielt, und ich kann auch nicht singen. Hast du das vergessen?«

Ich stieß mich von der Wand ab und ging auf ihn zu. »Natürlich kannst du singen. Gut, du bist vielleicht kein Robbie Williams, aber dann wärst du vermutlich auch nicht Koch geworden. Außerdem ist das völlig unwichtig. Die Gäste werden selbst so laut singen, dass man dich gar nicht hören wird.«

»Dann sing du doch.« Auf Julians Mund stahl sich ein Lächeln. »Das ist überhaupt die Idee. Deine Stimme ist viel schöner als meine.«

Nein. Auf keinen Fall. Ich dachte an die beinahe misslungene Aufführung in der sechsten Klasse zurück. Ich hätte damals die Annie, ein amerikanisches Waisenmädchen, spielen und singen sollen, hatte vor lauter Nervosität aber keinen Ton herausbekommen, sodass die Zweitbesetzung hatte einspringen müssen. »Tu mir das nicht an, bitte. Du weißt, dass ich Lampenfieber habe.«

»Das ist Jahre her«, erwiderte Julian. »Du schaffst das.«

»Und was, wenn ich wie damals nur stumm dastehe?«

»Ich denke, es geht hier um das Ansehen des Hotels«, erwiderte Julian und betrachtete mich einen Moment. »Ich spiele Gitarre, wenn du singst. Deine Entscheidung.«

»Entschuldigen Sie bitte die Verzögerung«, sagte ich ins Mikrofon. Allmählich kehrte Ruhe ein, alle Augen waren auf mich gerichtet. Meine Hände wurden feucht, und mein Herz schlug sofort schneller, dabei hatte ich noch gar nicht angefangen zu singen. »Es gab leider erneut eine kleine Planänderung, aber jetzt kann es endlich mit dem vergnüglichen Teil weitergehen. Bitte einen Applaus für Julian Petersen, der Sie auf seiner Gitarre durch den Abend begleiten wird.« Ich sah neben mich, wo er ganz locker auf einem Barhocker saß, einen Fuß auf dem Boden, den anderen auf einer Sprosse des Hockers abgestellt. Die Gitarre hatte er sich bereits umgehängt.

»Und einen Applaus für Hotelleiterin Emily Hansen, die heute Abend nur für Sie zum Mikrofon greift«, fügte Julian hinzu.

Die Gäste applaudierten, hörten für meinen Geschmack aber viel zu schnell wieder damit auf. Nun war die Stunde der Wahrheit gekommen. Schon startete Julian mit dem Gitarrenintro von *These boots are made for walking*. Ich versuchte, nicht an die vielen Menschen zu denken, die mir zuhören würden. *Es sind zwar Hotelgäste, aber trotzdem Fremde*, redete ich mir stumm Mut zu. *Die meisten von ihnen werde ich vermutlich nie wiedersehen, wenn sie morgen abgereist sind. Ich kann mich also gar nicht blamieren.* Doch es nützte wenig, denn auf der anderen Seite musste dieser Abend ein voller Erfolg werden. Es war bereits so viel schiefgegangen, noch mehr Pannen konnten wir uns wirklich nicht leisten.

Mein Einsatz kam, und ich bekam keinen Ton heraus. Julian spielte das Intro einfach noch mal, was nicht weiter auffiel. Mein Einsatz rückte erneut näher, dieses Mal sah er zu mir. Ich schluckte und wusste, dass ich wieder versagen würde. Doch dann tat Julian etwas, mit dem ich nie gerechnet hätte: Er begann, selbst zu singen, während er mich weiterhin aufmunternd ansah. Ich zögerte, schluckte – und setzte schließlich mit ein. Erst leise, dann lauter, und als ich merkte, dass das Publikum mit dem Kopf im Takt zur Musik mitwippte, war es plötzlich ganz einfach. Julian zwinkerte mir zu. In diesem Moment hätte ich ihn vor lauter Dankbarkeit am liebsten geküsst.

Zum Glück hatten wir keine Gelegenheit dazu.

Kapitel 13

Dienstag, 30. Mai

Ideen für den perfekten Heiratsantrag sammeln und eine Sammelmappe erstellen
Gute Musiker organisieren, die zukünftig engagiert werden können
Endlich einen Geschäftsführer finden!!!

»Wo haben Sie denn bisher gearbeitet?«, fragte ich mein Gegenüber.

Der junge Mann strich sich durch die dunklen Haare, in die er für meinen Geschmack viel zu viel Gel geschmiert hatte. »Ich war bereits in sehr vielen Hotels tätig, zuletzt im *Fehmarn Inn.*«

»Und warum haben Sie so oft die Stelle gewechselt?«

»Ich wollte Erfahrungen sammeln, mich weiterentwickeln.«

Ein kurzer Blick auf seinen Lebenslauf zeigte mir, dass er innerhalb von fünf Jahren in drei verschiedenen Hotels gearbeitet hatte. Er schien das für einen Pluspunkt zu halten, mir sagte es jedoch etwas ganz anderes: Entweder er war sprunghaft, oder aber seine Arbeitgeber waren mit seiner Leistung unzufrieden gewesen. Beides wenig vorteilhaft. »In einer leitenden Position haben Sie aber bisher keine Erfahrung?«, fragte ich, obwohl ich die Antwort ebenfalls an seinem Lebenslauf ablesen konnte.

»Leider nein, aber das ist eine Herausforderung, der ich mich sehr gerne stellen würde. Die *Strandperle* hat einen hervorragenden Ruf, und das neue Konzept gefällt mir überaus gut.«

»Wie sieht es denn mit Ihrer Erfahrung im Bereich Eventmanagement aus?«

»Auch hier muss ich leider passen, aber ich arbeite organisiert und strukturiert. Es sollte also kein Problem für mich darstellen, Verlobungen zu planen. Grundsätzlich ist es ja ohnehin immer derselbe Ablauf.«

Er lachte, und ich setzte der Form halber ebenfalls ein Lächeln auf, doch spätestens jetzt hatte er sich selbst ins Aus katapultiert. Ich arbeitete hier nicht Tag und Nacht und steckte all meine Energie in die *Strandperle* und das neue Konzept, damit es nun der Nächste gegen die Wand fuhr. Dann hätte das Hotel genauso gut mein Vater weiterleiten können.

Meine Entscheidung stand fest, dieser Bewerber war absolut unbrauchbar. Ich würde wohl oder übel weitersuchen müssen.

Inzwischen saß der dritte Kandidat vor mir und prahlte mit seinem Wirtschaftswissen. Vielleicht war ich zu wählerisch, doch auch jetzt war mir sofort klar, dass er ebenso ungeeignet war wie die ersten beiden. Seine einzige Stärke lag darin, sich selbst vollkommen zu überschätzen.

»Mit meiner organisatorischen Stärke und meinem Kommunikationstalent habe ich bereits meine vorherigen Arbeitgeber von mir überzeugt. Ich stelle mir für die *Strandmuschel …*«

»PERLE!«

»Jedenfalls stelle ich mir für das Hotel vor, dass wir die Stakeholder zufriedenstellen und uns mittelfristig der Maximierung des Shareholder Values annehmen. Mit einem IPO könnten wir unsere Liquid Assets leicht der neuen Corporate Strategy anpassen, um langfristig unsere Market Position mit den Customer Requirements zu alignen. Zudem sollten wir den Fokus erweitern, ich dachte hierbei an einen Glocal-Approach. Sie wissen schon: global und local. Ein neuer Name könnte auch nicht schaden, denn *Strandmuschel* …«

»PERLE!«

»Wie auch immer, das klingt doch etwas provinziell. Ich sehe den Schriftzug bereits vor meinen Augen: *Fehmarn International Beach Resort and Spa* …«

Ich war fast dankbar, als das Telefon klingelte, auch wenn ich mich gleichzeitig ein wenig darüber ärgerte, es nicht stumm gestellt zu haben. Das war ziemlich unprofessionell. So überlegte ich einen Moment, ob ich wirklich drangehen sollte. Vermutlich war es Felipe, der fragen wollte, wie es lief. Seit unserem letzten Gespräch hatten wir noch einige Male telefoniert, waren aber auf keinen grünen Zweig gekommen. Ich wollte mich nicht am Telefon verloben, und er wollte so bald wie möglich eine Antwort. Ein Blick aufs Display zeigte mir jedoch, dass es Julian war. Es musste wichtig sein, denn er wusste, dass ich heute einige Bewerbungsgespräche führen wollte. Wegen einer Lappalie würde er mich niemals stören.

»Entschuldigen Sie bitte einen Moment«, sagte ich also zu meinem Bewerber und nahm das Gespräch entgegen. »Hallo, Julian. Ist alles in Ordnung?« Noch während ich fragte, wusste ich, dass es das nicht war.

»Kannst du herkommen?« Seine Stimme klang gepresst.

»Was ist passiert?« Ich stand auf und stellte mich ans Fenster, wohl wissend, dass der Bewerber auch so jedes Wort verstehen konnte, aber es fühlte sich zumindest ein kleines bisschen privater an.

»Snoopy wurde angefahren«, antwortete Julian leise.

Mein Herz begann sofort zu rasen. Mühsam schluckte ich den Kloß in meinem Hals hinunter. »Geht es ihm gut?« *Bitte, lieber Gott, lass nichts Schlimmes passiert sein.*

»Ich weiß es nicht, er wird gerade operiert.«

Er lebte, dem Himmel sei Dank! »Wo bist du? Ich fahre sofort los.«

Die einzige Tierarztpraxis lag am anderen Ende von Fehmarn. In diesem Fall war es ein Segen, dass die Insel nicht so groß war. Schon etwa zwanzig Minuten später stieg ich aus dem Auto und eilte auf das Fachwerkhaus zu.

»Kann ich Ihnen helfen?«, fragte die Frau am Empfang, aber ich nickte ihr nur freundlich zu, da ich Julian bereits entdeckt hatte.

Die Praxis war nicht sehr groß und das Wartezimmer voll, doch Julian lief vor drei unbequem aussehenden Plastikstühlen außerhalb des Wartezimmers auf und ab. Er blieb stehen, als er mich erblickte. »Emily, danke. Ich werd hier noch verrückt.«

»Weißt du schon etwas Neues?«

Frustriert schüttelte er den Kopf. »Sie operieren bereits seit über einer Stunde. Die Tierarzthelferin kam vor einer Weile kurz heraus, aber sie sah so konzentriert aus, dass ich sie nicht ansprechen wollte.«

Ich drückte Julian auf einen der Stühle und setzte mich neben ihn, dann holte ich eine Flasche Wasser und einen Schokoladenriegel aus meiner Tasche und reichte ihm beides. »Hier, trink erst mal was.«

»Danke.« Nachdem er einen großen Schluck genommen hatte, lehnte er sich kopfschüttelnd nach vorne und legte seinen Kopf in die Hände. »Ich hätte besser aufpassen müssen.«

»Was genau ist denn passiert?«, fragte ich vorsichtig. »Du hast etwas von einem Auto erzählt.«

Er deutete ein Nicken an, ohne aufzusehen. »Ein dämlicher Tourist. Snoopy und ich haben unsere übliche Runde gedreht, als es passiert ist. Genau kann ich es dir aber nicht sagen, es ging alles so schnell. Der Autofahrer raste um die Ecke, wo es weiter Richtung Steilküste geht, und plötzlich höre ich dieses Jaulen …«

»Scheiße.« Ich mochte mir gar nicht vorstellen, was Julian in den letzten eineinhalb Stunden durchgemacht hatte. »Warum hast du denn nicht gleich angerufen?«

»Wenn Snoopy das nicht überlebt …«, murmelte er, ohne auf meine Frage einzugehen. »Das werde ich mir nie verzeihen.«

Sanft strich ich ihm über den Rücken. »Es ist nicht deine Schuld. Sag so etwas nicht. Snoopy ist stark, er wird das schon schaffen. Ganz sicher sogar.«

Erst jetzt sah Julian auf. »Woher willst du das wissen?« Er weinte nicht, seine Augen waren nicht einmal feucht, aber die Verzweiflung stand ihm deutlich ins Gesicht geschrieben.

Nun füllten sich meine Augen mit Tränen. »Es tut mir so leid.«

»Das weiß ich doch.«

Ich wischte mir die Tränen von den Wangen, doch es kamen immer mehr. »Nein, du weißt gar nichts. Ich meine, als du auf einmal mit dem Welpen auf dem Arm vor der Tür standst.«

»Das ist schon ewig her, Emmi«, setzte Julian an, aber ich ließ ihn nicht zu Wort kommen.

»Ich weiß nicht, was damals in mich gefahren ist. Snoopy ist so ein toller Hund, ich habe mich sofort in ihn verliebt. Es ist nur … Du hättest mich nicht vor vollendete Tatsachen stellen dürfen. Du weißt, wie sehr ich das hasse, damals wie heute.«

»Aber ich hätte es ewig bereut, Snoopy nicht in meinem Leben gehabt zu haben.«

Ich schluchzte noch lauter. Die Dame am Empfang sah besorgt in meine Richtung, doch das bekam ich nur am Rande mit. »Es tut mir leid«, wiederholte ich.

»Schon gut, Emily. Das ist ewig her, und wir wissen beide, dass du vermutlich so oder so gegangen wärst. Du hattest andere Ziele als ich, zumindest hast du dir das eingeredet.«

»Julian …«

Er nickte, als ich nichts weiter sagte, und reichte mir ein Taschentuch.

Ich seufzte, nachdem ich mir die Nase geputzt hatte. »Ich hab alles falsch gemacht«, murmelte ich.

»Hast du?«, fragte Julian leise. »Glaubst du denn, du hättest glücklich werden können, wenn du hiergeblieben wärst?«

Noch vor wenigen Wochen hätte ich ganz klar Nein gesagt, aber jetzt war ich mir da nicht mehr so sicher.

Schweigend saßen Julian und ich auf unseren Stühlen und warteten. Minute um Minute verging, neue Patienten kamen und wurden wieder nach Hause geschickt, ebenso die Wartenden, doch im Operationssaal blieb es ruhig. Das Warten machte mich nervös, ich war angespannt wie ein zu prall aufgeblasener Luftballon. Ich hoffte so sehr, dass es Snoopy gut ging, gleichzeitig malte ich mir die schlimmsten Szenarien aus. Immer wieder warf ich Julian einen Seitenblick zu, aber er war wie erstarrt. Er hatte den Schokoriegel nicht angerührt, und ich drängte ihn nicht zu essen. Ich hätte selbst keinen Bissen hinunterbekommen.

Endlich, nach einer Ewigkeit, öffnete sich die Tür zum Operationssaal, und die Tierärztin trat heraus. Julian und ich sprangen sofort auf. Sie wirkte erschöpft, aber sie hatte nicht diesen Blick, der einem sofort verriet, dass ihr Bestes nicht gut genug gewesen war.

»Wie geht es ihm?«, fragte Julian, bevor sie etwas sagen konnte.

»Er hat die Operation den Umständen entsprechend gut überstanden.«

»Gott sei Dank.« Ich atmete auf, und auch Julian war die Erleichterung deutlich anzusehen.

»Aber ich kann leider noch keine Entwarnung geben«, fuhr die Tierärztin fort. »Wir müssen schauen, wie Snoopy die nächsten Stunden übersteht. Er ist nicht mehr der Jüngste und hat sehr viel Blut verloren. Wir behalten ihn über Nacht hier, auch wenn wir das normalerweise nicht machen, aber Snoopy ist zu schwach, um ihn in die Tierklinik nach Neustadt zu verlegen. Und dann sehen wir weiter.«

»Darf ich zu ihm?«, bat Julian.

Er wollte seinen Hund noch einmal sehen, sollte er die Nacht nicht überstehen. Mein Hals fühlte sich an, als hätte ich Sandpapier geschluckt, meine Augen brannten. Die Tierärztin warf mir einen Blick zu. »Ich warte hier«, sagte ich mit erstickter Stimme. Gerne hätte auch ich Snoopy gesehen, aber so viel Aufregung war sicherlich nicht gut für ihn.

Die Tierärztin nickte. »Gut, ganz kurz. Und danach gehen Sie nach Hause und ruhen sich aus. So hart es klingt: Sie können hier nichts weiter tun. Kommen Sie.« Sie legte Julian eine Hand auf die Schulter und schob ihn zum Operationssaal.

Ich setzte mich erneut auf einen der unbequemen Plastikstühle und kämpfte mit den Tränen. Es war so unfair. Snoopy mochte nicht mehr der Jüngste sein, aber auf diese Weise sollte er nun wirklich nicht gehen.

Wenig später öffnete sich die Tür erneut, und Julian kam wieder heraus. Er war keine drei Minuten weg gewesen. Die Tierärztin versprach, sich zu melden, sobald sie mehr wüsste. Wir bedankten und verabschiedeten uns, dann standen wir uns draußen in der untergehenden Sonne unschlüssig gegenüber.

»Danke, dass du mit mir gewartet hast«, sagte Julian. Seine Stimme klang kraftlos, als hätte er längst resigniert, dabei war Aufgeben überhaupt nicht seine Art.

»Snoopy wird das schaffen«, sagte ich erneut und hoffte sehr, dass sich diese Worte nicht als falsch herausstellen würden. »Wenn du möchtest, begleite ich dich nach Hause.«

»Das ist lieb von dir, aber nicht nötig. Vielleicht fahre ich noch ins Restaurant, die können meine Hilfe sicher gut gebrauchen. Lars hat Urlaub, und zu Hause fällt mir nur die Decke auf den Kopf.«

»Du hast gehört, was die Tierärztin gesagt hat: Ruh dich aus. Im Restaurant kommen sie auch mal einen Tag ohne dich aus.« Ich ging zu meinem Auto. »Na komm, du fährst voraus.«

»Emily …«

»Keine Widerrede, ich komme mit. In dieser Situation wäre ich froh, wenn ich nicht allein sein müsste, und deshalb werde ich dich auch nicht allein lassen.«

Das Telefon klingelte, und ich schreckte hoch. Jetzt war ich tatsächlich an Julians Schulter eingeschlafen, dabei hatte ich ihm doch in dieser schweren Stunde Gesellschaft leisten wollen.

Es war das erste Mal, dass ich in Julians Wohnung war. Damals hatte er in einer WG gewohnt, bevor er zu mir in die kleine Einliegerwohnung gezogen war, und seit unserer Trennung hatte es keinen Grund gegeben, ihn in seinen eigenen vier Wänden aufzusuchen. Zwar hatten wir bei meinen Besuchen in die Heimat relativ bald wieder normal miteinander umgehen können, aber so nah wie damals waren wir uns nie wieder gewesen. Ich wusste auch nicht recht, wie ich unser Verhältnis beschreiben sollte. *Alte Freunde* traf es vielleicht noch am ehesten, aber stimmte das noch?

»Mach es dir bequem«, hatte Julian gesagt, nachdem er die Tür aufgeschlossen hatte. »Magst du was essen oder trinken?«

»Ehrlich gesagt habe ich keinen großen Appetit, aber du solltest unbedingt etwas essen. Hast du was im Haus?« Ich zog meine Schuhe aus und ging ungefragt in die Küche, die überhaupt nicht so aussah, wie ich mir die private Küche eines Chefkochs vorgestellt hatte. Sie wirkte gemütlich und auch gut ausgestattet, aber alles andere als professionell.

Julian folgte mir. »Ich bin Koch, ich hab immer was im Haus, mit dem ich schnell was zaubern kann.«

»Na, dann zauber doch mal was«, bat ich. Zwar verspürte ich wirklich keinen Hunger, aber ich wollte Julian von seinen Sorgen ablenken.

Er öffnete die Tür zu einem der Schränke. »Hier sind die Getränke, bedien dich.«

Während ich mir eine Holunderbrause nahm, suchte er sich alles zusammen, was er brauchte: Paprika in den verschiedensten Farben, Zucchini, Pilze und Auberginen, außerdem eine Zwiebel. »Wie kann ich dir helfen?«, fragte ich.

»Gar nicht, du bist mein Gast«, erwiderte er und begann bereits, das Gemüse zu waschen und zu schnippeln. Dafür nahm er das Santokumesser, das ich ihm am Tag unserer Verlobung geschenkt hatte. Dass er es all die Jahre behalten hatte …

Ich setzte mich an den Küchentisch und beobachtete ihn eine Weile bei der Arbeit. Ewig hatte ich ihn nicht mehr richtig kochen sehen. Selbst bei den einfachsten Aufgaben legte er eine Leidenschaft für seine Arbeit an den Tag, die alles andere wieder wettmachte. Vielleicht war Leidenschaft auch eine Art von Ehrgeiz? Auf jeden Fall hatte sie Julian weit gebracht. Zum ersten Mal sah ich unsere Trennung mit seinen Augen: Er war von Hamburg nach Fehmarn gezogen und hatte hier seine Kochausbildung angetreten, weil er sowohl die Ostsee als auch das Kochen liebte. Außerdem hatte er mich geliebt. Wir waren so unzertrennlich gewesen, dass Hanni uns damals als Traumpaar betrachtet hatte, das ein Leben lang glücklich miteinander sein würde, und meine Mutter hatte uns ohnehin immer vor dem Traualtar gesehen. Julian war glücklich gewesen, hatte seinen Traum wahr gemacht, im Hier und Jetzt gelebt, während ich damals wie heute immer nur die Zukunft im Kopf gehabt hatte. Wenn ich an Snoopy dachte, war Julians Weg sicher nicht der schlechteste. Nur zu mir hatte dieser Weg nicht gepasst. Fehmarn war mir spätestens mit sechzehn zu klein geworden; ich hatte hinausgewollt in die weite Welt, etwas erleben, und das hatte nicht nur mit meiner Mutter zu tun gehabt, die mir keinen Raum gelassen hatte, mich zu entwickeln. *Selbstständigkeit um jeden Preis* war damals meine Devise gewesen. Dabei hatte ich völlig übersehen, dass Julian längst selbstständig war. Man konnte es überall zu etwas bringen, wenn man nur wollte, er war der beste Beweis dafür, doch das hatte ich damals in meiner Engstirnigkeit nicht sehen wollen. Stattdessen hatte ich Julian vor vollendete Tatsachen gestellt und Fehmarn verlassen. Nie hatte ich den Blick vergessen, den er mir zuwarf, als mein Vater mich zum Flughafen brachte.

Ich schluckte. So erwachsen, wie ich mich damals gefühlt hatte, war ich wohl nicht gewesen. »Es tut mir leid, Julian.«

»Schon wieder die Sache mit Snoopy? Das ist okay, ehrlich.« Er warf das Gemüse in die Pfanne und drehte sich zu mir um. Als er meinen Gesichtsausdruck bemerkte, stutzte er. »Du meinst etwas anderes, oder?«

Ich nickte. »Ich habe damals nur an mich gedacht und dir keine Chance gegeben. Hätte ich das nur eher gesehen.«

»Hauptsache, du siehst es jetzt.«

»Und du warst trotzdem immer so nett zu mir, wenn ich zu Besuch war. Das habe ich überhaupt nicht verdient.«

»Sei nicht so hart mit dir, Emily. Du bist kein schlechter Mensch, und es ist ja auch nicht so, dass ich dich nie verstanden hätte. Die Situation mit deiner Mutter war damals nicht leicht, und gegen Fernweh ist kein Kraut gewachsen.«

»Gegen Liebeskummer«, korrigierte ich ihn.

»Das sowieso.«

Wie recht er hatte. Traurig sahen wir uns einen Moment lang an. »Verzeihst du mir?«, fragte ich schließlich.

»Das habe ich längst getan«, antwortete er sanft. »Nachtragend zu sein ist nicht meine Art, das weißt du.«

Ich nickte. Meine Augen wurden schon wieder feucht, was mir ein wenig peinlich war. Normalerweise war ich nicht so gefühlsduselig.

»Ach, Emmi.« Julian kam zu mir und schloss mich in seine Arme.

Ich lehnte meinen Kopf gegen seine Schulter und sog tief seinen unverwechselbaren Duft ein, der mich sofort beruhigte. Er löste sich ein Stückchen von mir und sah mich zärtlich an, strich mir eine Haarsträhne aus dem Gesicht. Ich wusste nicht, was passiert wäre, hätten wir nicht beide in diesem Moment den leicht verbrannten Geruch wahrgenommen. »Du bist mir vielleicht ein Koch«, sagte ich verlegen.

Julian wandte sich lachend wieder der Pfanne zu. »Stimmt, das ist eigentlich dein Part.«

»Hey!« Doch wir hatten beide lachen müssen. Im Kochen war ich wirklich eine absolute Niete, alle Versuche von Julian, es mir beizubringen, waren grandios gescheitert.

Das immer noch klingelnde Telefon holte mich zurück in die Gegenwart. Mein Blick glitt zu Julian, der das auf dem Tisch liegende Handy anstarrte, als wäre es eine Bombe, die jeden Moment explodieren konnte. Im Grunde war das gar nicht so abwegig. Von jetzt auf gleich konnte sich alles ändern.

»Soll ich drangehen?«, fragte ich, doch Julian gab keine Antwort. Also nahm ich das Gespräch entgegen. »Emily Hansen hier, Apparat von Julian Petersen.«

Ich lauschte den Worten der Tierärztin, die sich dafür entschuldigte, so früh am Morgen zu stören. Julian knetete seine Hände, und ich legte meine freie Hand auf seine, um ihn zu beruhigen. Keine Ahnung, ob es funktionierte, zumindest wirkte er ein wenig ruhiger als zuvor.

»Vielen Dank, dass Sie sofort angerufen haben«, sagte ich schließlich und legte wieder auf.

Julian sah ganz langsam zu mir. »Und? Er ist tot, oder?«

Es zerriss mir fast das Herz, ihn so zu sehen. »Er hat sich über Nacht gut erholt. Die Tierärztin ist zuversichtlich, dass er es packen wird.«

Julian stand auf, ging zum Fenster. Er fuhr sich mit beiden Händen durch die Haare und blieb einen Moment lang so stehen. »Es geht ihm wirklich gut?«, fragte er und drehte sich wieder zu mir um.

Ich stand ebenfalls auf und nickte. »Snoopy geht es gut. Du darfst ihn sehen, wenn du magst.«

Julian ließ die Schultern sinken. »Gott, du glaubst gar nicht, wie erleichtert ich bin.«

»Oh doch. Snoopy steht dir viel näher als mir, aber er hängt mir ebenfalls am Herzen. Und ich hätte es nicht ertragen, dich weiterhin so traurig zu sehen und nichts dagegen tun zu können.«

Julian schüttelte den Kopf. »Es geht ihm gut.« Der Glanz kehrte in seine blauen Augen zurück, er strahlte regelrecht. Mit wenigen Schritten war er bei mir, dann hob er mich ohne jede Vorwarnung hoch und wirbelte mich durch die Luft. Beinahe hätte ich mit meinen Beinen die Wasserflasche vom Wohnzimmertisch gefegt. »Danke, dass du hier warst und das zusammen mit mir durchgestanden hast«, sagte Julian, als er mich schließlich wieder auf dem Boden abstellte.

Meine Hände lagen immer noch auf seinen Hüften, und obwohl mir die Haare wirr ins Gesicht hingen, ließ ich sie, wo sie waren. »Das ist doch selbstverständlich. Du tust so viel für mich. Ich bin froh, dass ich dir endlich etwas zurückgeben kann, auch wenn es kaum der Rede wert ist.«

»Sag so was nicht. Ohne dich hätte ich diese Nacht nicht überstanden.«

»Das hättest du, du bist stark.«

»Emily.« Sein Mund verzog sich zu einem Lächeln. »Lass mich einfach Danke sagen.«

»Also gut.«

Julian legte beide Hände auf meine Schultern. »Danke!«

Nun lächelten wir beide, doch die Stimmung veränderte sich wie das Wetter kurz vor einem Gewitter. Ich wusste, was gleich passieren würde, ich dachte an Felipe, und trotzdem tat ich nichts, um es aufzuhalten.

Kapitel 14

Mittwoch, 31. Mai

Nichts Unüberlegtes tun
Gedanken sortieren
Die Arbeit nicht vergessen
Mich auf den Termin mit potenziellem Kunden vorbereiten

Julians Hände wanderten weiter nach oben, in meinen Nacken, an meine Wangen. Das Lächeln verschwand nicht aus seinem Gesicht, doch sein Blick wurde intensiver. Ich stand einfach nur still da, war völlig überwältigt von den widersprüchlichen Gefühlen, die in diesem Moment in mir tobten. Dann beugte Julian sich zu mir hinunter. Er zögerte nicht, er presste seine Lippen einfach auf meine, als wäre es das Selbstverständlichste der Welt.

Seine Hände. Seine Zärtlichkeit. Der Duft seines dezenten Aftershaves, das er seit Jahren benutzte. Sofort brachen Erinnerungen vergangener Tage über mich herein, und ich gab mich ihnen hin. Ich rückte näher an Julian heran, stellte mich auf die Zehenspitzen und umschlang seinen Nacken mit meinen Händen. Er presste mich noch enger an sich, legte seine Hände auf meine Schulterblätter und vertiefte den Kuss. Es fühlte sich großartig an – bis er sich von mir löste. Wir traten beide einen Schritt zurück, abwartend, prüfend. Julian fuhr sich verlegen mit einer Hand durch die Haare, doch er war lange nicht so verlegen wie ich. Wie hatte ich Julian einfach so küssen können? Ich hätte es verhindern müssen, schließlich war ich in einer festen Beziehung. Seltsamerweise schien er mir meine Anspannung nicht anzumerken, wahrscheinlich war er zu sehr mit seinen eigenen Gefühlen beschäftigt. Ich warf einen Blick zur Uhr an der Wand, es war bereits sieben.

»Du musst ins Hotel«, stellte Julian fest. »Geh ruhig. Ich fahre zum Tierarzt und melde mich nachher wegen Snoopy.«

»Auf jeden Fall«, erwiderte ich. »Gib ihm ein Leckerli von mir.«

Julian lächelte und begleitete mich zur Haustür. Zögerlich standen wir uns gegenüber. Keiner von uns beiden schien zu wissen, inwiefern dieser Kuss unsere Beziehung zueinander verändert hatte. Klar war nur, dass wir beide Zeit brauchten, um darüber nachzudenken.

Schließlich beugte Julian sich erneut zu mir, um mir einen Kuss auf die Wange zu geben. »Danke noch mal.«

»Keine Ursache.« Ich setzte ein Lächeln auf und schloss leise die Tür hinter mir. Seufzend lehnte ich mich für einen Moment gegen den Rahmen. Wie konnte ich mich gleichzeitig so großartig und so schäbig fühlen? Was tat ich hier eigentlich?

Müde und nach wie vor völlig verwirrt parkte ich meinen Wagen auf dem Parkplatz vor dem Hotel. Es war noch kühl, aber die Sonne schien bereits von einem wolkenlosen Himmel. Vögel zwitscherten, und die Nachbarskatze streifte durch die Büsche, ansonsten lag das Hotel wie ausgestorben da. Drinnen wurde jedoch sicher schon das Frühstück für die Frühaufsteher serviert. Kurz überlegte ich, mir den ersten Kaffee des Tages zu holen, als sich die Eingangstür des Hotels öffnete und meine Mutter hinaustrat.

»Du bist schon auf?«, fragte ich, obwohl es inzwischen sicher halb acht sein musste.

»Emily, wo warst du denn die ganze Nacht?«, fragte sie. »Wir haben uns Sorgen gemacht.«

Überrascht erwiderte ich ihren Blick. Mir war nicht klar gewesen, dass ich mich mit zweiunddreißig Jahren noch bei meinen Eltern abmelden musste, wenn ich mal die Nacht woanders verbringen wollte. Doch statt eine schnippische Bemerkung zu machen, wie ich es früher getan hätte, sagte ich ihr die Wahrheit. »Ich war bei Julian.« Meine Mutter zog die Augenbrauen hoch. Mist, vielleicht hätte ich diesen Satz lieber anders anfangen sollen … »Nicht, was du denkst«, sagte ich schnell. »Snoopy ist gestern angefahren worden und hat um sein Leben gekämpft.«

Der fragende Ausdruck wich sofort vom Gesicht meiner Mutter. »Oh Gott, wie geht es ihm?«

»Den Umständen entsprechend gut. Die Tierärztin ist zuversichtlich, dass er durchkommen wird.«

»Sehr gut. Nicht auszudenken, wenn dem Hund etwas passiert wäre. Julian hängt doch so an ihm.«

»Und warum habt ihr euch jetzt Sorgen um mich gemacht?«, wollte ich wissen.

»Ach, richtig.« Sie hakte die Tür ein und kam zu mir. »Dein Vater und ich haben die halbe Nacht versucht, dich anzurufen. Natürlich hat niemand von uns daran gedacht, es mal bei Julian zu versuchen.«

Ich öffnete meine Tasche und kramte darin herum. »Oh, ich hab das Handy wohl vor lauter Aufregung im Arbeitszimmer liegen lassen. Mir ist aber immer noch nicht klar, warum ihr mich unbedingt erreichen wolltet.«

»Na, weil du sehnsüchtig erwartet wurdest. Du hast gestern Abend überraschend Besuch bekommen.«

»Besuch?« Ich verstand nicht recht. Meine Mutter sprach

in Rätseln. Dass man ihr auch jedes Detail einzeln aus der Nase ziehen musste. Doch bevor ich genauer nachhaken konnte, hörte ich knirschende Schritte hinter mir.

»Emily!«, rief eine vertraute Stimme.

Ich drehte mich um. Nein, das konnte nicht sein, das war völlig unmöglich! Aber ich irrte mich nicht: Es war Felipe, und er kam über den Kies direkt auf mich zu.

»Felipe?« Nun war mein Gefühlschaos komplett und ich vollends verwirrt.

»Na, was sagst du?«, fragte er.

»Wow!« Ich lief zu ihm und fiel ihm in die Arme. »Es ist so schön, dich zu sehen.« Das war nicht gelogen, auch wenn mein schlechtes Gewissen wegen des Kusses immer größer wurde. Vor lauter Arbeit war mir gar nicht klar gewesen, wie sehr ich Felipe vermisst hatte. »Was machst du hier? Konntest du dir so einfach freinehmen?«

»Alles kein Problem. Ich bin ja nicht umsonst der Sohn des Chefs. Wenn der Prophet nicht zum Berg kommt, muss der Berg eben zum Propheten kommen.« Er drückte mir einen Kuss auf die Lippen.

Ich nahm ihn bei der Hand und drehte mich um. »Mama, das ist Felipe.«

»Wir haben uns einander schon vorgestellt«, erklärte meine Mutter. »Irgendwer musste sich ja um deinen Felipe kümmern, er ist doch schon gestern Abend angekommen.«

»Wo warst du eigentlich?«, fragte Felipe. In seiner Freude, mich wiederzusehen, schwang ein wenig Misstrauen mit.

Ich atmete tief aus. »Lange Geschichte, die ich dir gleich gerne beim Frühstück erzähle. Aber vorher brauche ich dringend eine Dusche.« *Und etwas Zeit, um nachzudenken.*

»Was dagegen, wenn ich dich begleite?«, fragte er.

Ich wurde rot. Meine Mutter lächelte und ersparte mir eine Antwort. »Mach dich nur in Ruhe fertig«, sagte sie. »Wenn ihr mögt, können wir gleich zusammen frühstücken. So in einer Stunde?«

Ich sah zu Felipe, der nickte. »Gern, dann bis gleich.«

»Du scheinst dich prima mit meiner Mutter zu verstehen«, sagte ich überrascht, als ich gemeinsam mit ihm zur Einliegerwohnung ging. Damit hätte ich im Leben nicht gerechnet, schließlich hatte sie all die Jahre an der Vorstellung gehangen, aus Julian und mir könnte vielleicht doch noch etwas werden.

»Deine Eltern sind wirklich nett«, erwiderte Felipe und legte einen Arm um mich. »Sie haben mir das Hotel gezeigt und beim Abendessen Gesellschaft geleistet.«

»Tut mir echt leid«, murmelte ich. »Ich hab mein Handy hier im Hotel liegen lassen, als ich gestern auf einmal wegmusste. Wenn ich gewusst hätte, dass du kommst ...«

»Das habe ich bewusst für mich behalten, es sollte doch eine Überraschung werden. Willst du mir jetzt auch verraten, wo du warst?«

Ich zog den Schlüssel aus der Tasche und schloss die Tür zu meinem Reich auf. Der Duft von Felipes Duschgel schlug mir entgegen, das Bett war ungemacht, und er hatte bereits in der halben Wohnung seine Sachen verteilt. Auch wenn es paradox klingen mag: Diese Unordentlichkeit liebte ich an ihm. Ansonsten war er nämlich eher der perfekte, durchorganisierte Typ Mann.

»Ich hab dir doch mal von Julian erzählt«, begann ich zögerlich, weil ich nicht wusste, wie Felipe auf seinen Namen reagieren würde. »Meinem Ex-Freund.«

»Du meinst wohl deinen Ex-*Verlobten*.«

Ich nickte zerknirscht. Richtig, manchmal vergaß ich das gern. Oder, um ehrlich zu sein: Ich dachte nicht gerne daran. Die Tatsache, dass wir hatten heiraten wollen, hatte meinen Weggang noch schwerer für alle gemacht. »Sein Golden Retriever wurde letzte Nacht angefahren. Ich bin bei Julian geblieben, bis der Hund außer Lebensgefahr war.« Felipe nickte ebenfalls, sagte aber nichts. »Bist du sauer?«, fragte ich. Ich war nervös. Das Wichtigste wusste er ja noch gar nicht.

»Nein, bin ich nicht.« Er zog mich in seine Arme und küsste mich auf den Hals. »Auch wenn ich es sehr schade finde, dass du nicht hier warst. Ich hatte mich schon so auf die erste Nacht mit dir gefreut.«

»Das kann man nachholen«, sagte ich und küsste ihn.

Ich wusste selbst nicht, warum ich es tat. Weil ich ihn in den letzten Wochen vermisst hatte? Weil ich mein schlechtes Gewissen beruhigen wollte? Natürlich traf beides zu. Trotzdem hätte ich gerne erst einmal meine Gedanken sortiert. Tatsache war: Ich fühlte mich schrecklich, weil ich Julian geküsst hatte, und ich wollte es unbedingt wiedergutmachen. Aber wie konnte man so etwas wiedergutmachen? Es war nun einmal geschehen. Wenn ich mir vorstellte, Felipe würde eine andere Frau küssen … Ich durfte gar nicht daran denken. Sicher, es wäre aufrichtiger gewesen, ihm alles zu beichten. Doch was hätte es gebracht, außer ihn zu verletzen? Der Kuss hatte schließlich rein gar nichts zu bedeuten und war nur aufgrund Julians und meiner emotionalen Anspannung geschehen.

»Warte, ich hab noch was für dich.« Felipe zog mich hinter sich her ins Wohnzimmer.

Mir stockte der Atem, denn ich ahnte sofort, was Felipe gestern vorgehabt hatte: Auf dem Wohnzimmertisch stand ein großer Strauß roter Rosen neben halb abgebrannten Kerzen und zwei Weingläsern, von denen eines noch voll war. Auf dem Boden lagen Rosenblätter verstreut. »Rosen?«, flüsterte ich.

Felipe lächelte. »Ich weiß doch, dass du traditionelle Blumen magst.« Er holte ein schwarzes Samtkästchen aus seiner Reisetasche, dann kam er zu mir, griff nach meiner zitternden Hand und kniete sich vor mich. »Emily, *cariña,* ich habe dir vor Kurzem eine Frage gestellt. Vielleicht habe ich mich damals ungeschickt ausgedrückt, aber das ändert nichts an meinen Gefühlen für dich. Ich liebe dich, und ich finde, wir passen perfekt zueinander. Willst du meine Frau werden?«

Ich starrte ihn an, unfähig, etwas zu sagen. Warum heute? Warum ausgerechnet jetzt, kurz nachdem ich einen anderen Mann geküsst hatte? Hätte ich doch einfach am Telefon Ja gesagt. Wie konnte ich Felipes Antrag jetzt noch ohne schlechtes Gewissen annehmen? Ich musste ihm die Wahrheit sagen, aber ich konnte es nicht.

»Emily?«, fragte er zögerlich. Selten hatte ich ihn so unsicher erlebt, normalerweise strotzte er vor Selbstbewusstsein.

»Ja«, sagte ich, bevor ich noch länger darüber nachdenken konnte. Wegen eines einzigen schwachen Moments würde ich mir nicht meine Zukunft kaputtmachen. Ich liebte Felipe, natürlich würde ich ihn heiraten.

»Ja?« Nun strahlte er übers ganze Gesicht. Er öffnete das Kästchen und steckte mir einen Verlobungsring an den Finger, der auf den ersten Blick schlicht aussah, aber ein Vermögen gekostet haben musste: ein Platinring ohne jeden Schnickschnack, gekrönt von einem großen Diamanten. Ein Traumstück von Tiffany.

»Du bist ja verrückt«, sagte ich leise und betrachtete den funkelnden Stein an meinem linken Ringfinger.

»Für meine *cariña* nur das Beste.« Er stand auf, hob mich hoch und küsste mich.

Und endlich konnte ich den Kuss mit Julian aus meinem Gedächtnis verbannen. Zumindest für einen Moment.

Meine Eltern saßen bereits beim Kaffee am Frühstückstisch, als Felipe und ich dazustießen. Meine Mutter hatte wie am Tag nach meiner Ankunft groß aufgefahren. Von Croissants über Rührei bis hin zu frischem Obst war alles dabei.

»Setzt euch«, bat mein Vater, als würde er Felipe schon ewig kennen. Er schien gute Laune zu haben. »Bienchen, du hast uns verschwiegen, dass deinem Felipe das Hotel auf Fuerteventura gehört, das du leiten sollst.«

»Von Verschweigen kann nicht die Rede sein, ihr habt nie danach gefragt. Außerdem gehört das Hotel nicht Felipe, sondern seinen Eltern.« Genau genommen gehörte seiner Familie nicht nur das Hotel in Jandía, sondern die ganze Hotelkette mit insgesamt zehn Dependancen auf den Kanaren. Ertappt häufte ich mir Erdbeer- und Melonenstückchen auf den Teller. Natürlich hatte ich es meinen Eltern nicht erzählt, denn ich hatte immer Angst davor gehabt, sie könnten mir vorwerfen, ich hätte meine Beförderung nur diesem Umstand zu verdanken. Tatsache war, dass Felipe und ich uns über Carla und nicht durch die Arbeit kennengelernt hatten.

»Papperlapapp, das ist doch quasi dasselbe«, meinte mein Vater. »Jedenfalls hatte Felipe gestern einige gute Ideen, wie man die *Strandperle* aufmöbeln könnte.«

»Ach ja?«, fragte ich skeptisch und nickte meiner Mutter kurz zu, die mir daraufhin Kaffee eingoss.

Felipe ließ sich ebenfalls Kaffee einschenken. »Ja, ich finde eure *Strandperle* echt niedlich, so rustikal und gemütlich. Wenn man das Ganze mit ein bisschen Luxus aufpeppen würde …«

»Inwiefern?«, hakte ich nach. »Meinst du teure Möbel?«

»Gar nicht mal. Ich dachte zum Beispiel an ein spezielles Champagnerfrühstück oder ein Gläschen Champagner zum Empfang der Gäste.«

»Für unsere verliebten Gäste bieten wir das bereits an.«

»Aber warum konzentriert ihr euch nur darauf?«, fragte Felipe. »Vielleicht solltet ihr in größeren Dimensionen denken.«

»Das meine ich aber auch«, stimmte mein Vater ihm zu. »Ich wurde inzwischen mehrfach gefragt, wann wir endlich mal wieder einen Dia-Abend anbieten.«

Felipe bekam große Augen. Das hatte er mit Sicherheit nicht mit *größeren Dimensionen* im Sinn gehabt, aber er war gut genug erzogen, um sich einen Kommentar zu verkneifen.

Ich räusperte mich. »Falls ich euer Brainstorming unterbrechen darf: Das Hotel hat bereits eine neue Richtung eingeschlagen, und dabei sollten wir es vorerst belassen.«

»Warum engt ihr euch denn in eurer Zielgruppe selbst so stark ein?«

Mein Vater nickte nachdrücklich. »Hör auf deinen Felipe, der Mann hat Ahnung.«

Ich unterdrückte den Drang, die Augen zu verdrehen. »Als Einengung empfinde ich das gar nicht, außerdem haben wir es vorher mit einer sehr weit gefassten Zielgruppe versucht, was gescheitert ist, wenn ich dich daran erinnern darf.« Ich warf meinem Vater einen entsprechenden Blick zu. »Wie dem auch sei, wir stechen jetzt mit unserem neuen Konzept aus der Masse hervor. Das scheint mir viel wichtiger zu sein als eine weit gefasste Zielgruppe.«

Schulterzuckend nahm Felipe sich ein Brötchen. »Ich wollte dir auch gar nicht in deine Arbeit reinreden. Das waren nur ein paar Überlegungen.«

»Die du nicht so weit wegschieben solltest«, betonte mein Vater. »Immerhin gehört Felipe ein erfolgreiches Hotel.«

Ich verkniff es mir, ihn darauf hinzuweisen, dass er bei meiner Ankunft noch gefunden hatte, auf den Kanaren sei alles viel einfacher. Mein Vater vertrat seine Meinung, auch wenn die sich von Tag zu Tag ändern konnte.

»Wie läuft es denn mit der Suche nach einem Geschäftsführer?«, fragte meine Mutter, um das Gespräch wieder in ruhigere Bahnen zu lenken.

Für mich war das allerdings das nächste Minenfeld. Nicht nur, dass es alles andere als gut lief; meine Eltern waren nach wie vor wenig begeistert von meinem Vorschlag. Ein Fremder, der die *Strandperle* leiten sollte – wann hatte es so etwas schon mal gegeben? Wir waren nicht umsonst ein Familienunternehmen und so weiter und so fort. Mir gefiel der Gedanke auch nicht besonders, aber ich hatte keine Wahl: Meine Eltern waren raus, Dominik wollte die Leitung nach wie vor nicht zu diesem Zeitpunkt übernehmen, und ich selbst konnte es nicht machen, wenn ich mir meine Zukunft auf den Kanaren nicht komplett verbauen wollte. Felipe mochte jetzt mein Verlobter sein, aber das sollte keinen Einfluss auf meinen Job haben.

»Nicht so gut«, antwortete ich. »Die gestrigen Kandidaten waren leider allesamt unbrauchbar.«

Meine Mutter blickte zu Felipe, der sich seine beiden Brötchenhälften gerade mit Serrano-Schinken belegte. »Kannst du denn da nichts machen?«

Irritiert erwiderte er ihren Blick. »Wie bitte?«

Ich seufzte leise. »Meine Mutter bezieht sich auf die Hotelleitung auf Fuerteventura.«

»Ja, genau.« Meine Mutter nickte. »Kann Emily damit nicht später anfangen, wenn hier so weit alles in trockenen Tüchern ist? Mein Sohn wird ja bald zurückkehren und dann die Leitung übernehmen.«

»Ach so.« Betreten legte Felipe sein Brötchen wieder beiseite. Er wollte mich so schnell wie möglich bei sich in Spanien haben, das wusste ich, vor allem jetzt, wo wir verlobt waren, aber das war es nicht allein.

»Damit würden wir das Problem nur aufschieben, Mama. Wer weiß, was Dominik sich nach Barbados einfallen lässt, um sich vor der Verantwortung zu drücken. Und es geht auch nicht. Darío ist mein Chef. Weder Felipe noch seine Eltern werden etwas an Daríos Entscheidungen ändern. Das wäre höchst unprofessionell und würde auf keinen von uns ein gutes Licht werfen.«

Meine Mutter nickte erneut. »Verstehe. Da gehört einem ein Hotel, und man hat trotzdem keine Entscheidungsfreiheit. Eigentlich traurig.«

»Tja, so ist das, wenn man es zu etwas bringen will.« Ich wollte mir auch noch ein Brötchen nehmen, als meine Mutter plötzlich nach meiner Hand griff. Neugierig betrachtete sie den Ring, in dem sich das hereinfallende Sonnenlicht brach.

»Emily?«

Verlegen zog ich meine Hand zurück und lächelte Felipe kurz zu. »Wir haben uns verlobt.«

»Verlobt? Aber … Anton, hast du das gehört?« Die Trübsal

meiner Mutter war wie weggeblasen. Sie sprang auf, um mich und danach ihren zukünftigen Schwiegersohn in die Arme zu schließen. »Das ist fantastisch, ich freue mich so für euch.«

»Glückwunsch, Bienchen. Endlich läuft es mal bei dir, so ist's richtig.« Mein Vater nahm mich ebenfalls in den Arm und klopfte Felipe wohlwollend auf die Schulter. »Willkommen in der Familie. Dann wird es hoffentlich bald das erste Enkelkind geben. Hat ja lange genug gedauert.«

Felipe lachte, während ich rot anlief und schwieg. Natürlich wollte ich eines Tages Kinder haben, ebenso wie Felipe, allerdings würden wir uns erst einmal über den Zeitpunkt einigen müssen. Als frischgebackene Hotelleiterin würde ich wohl vorerst keine Zeit für eine Babypause haben.

»Das muss gefeiert werden«, sagte meine Mutter. »Heute Abend in der *Kombüse?* Bestellst du einen Tisch, Emily?«

Meine Freude und Verwunderung darüber, dass meine Eltern Felipe sofort als neues Familienmitglied akzeptierten, wich Panik. *Julian … Unser Kuss …* Wie würde er reagieren, wenn er erfuhr, dass ich mich verlobt hatte? Er wusste ja nicht einmal, dass ich in einer festen Beziehung steckte.

»Deine Eltern haben wirklich cool reagiert«, sagte Felipe, als wir aus dem Hauptgebäude in die Sonne traten.

Ich nickte geistesabwesend, denn ich war selbst noch überrascht. Ich hatte immer geglaubt, sie würden Julian hinterhertrauern, und meine Mutter hatte erst vor Kurzem noch versucht, Julian und mich wieder miteinander zu verkuppeln, denn nichts anderes konnte sie mit ihrer Aktion in der Sauna bezweckt haben. Aber ich war froh, dass sie mir meine eigenen Entscheidungen zutrauten.

»Wie sieht dein Tagesplan aus?«, fragte Felipe.

»Oh, meine To-do-Liste ist mal wieder voll.« Ich sah auf die Uhr. »In einer knappen Stunde habe ich einen Termin mit einem potenziellen Kunden aus Kiel. Er will seiner Freundin hier auf Fehmarn den Antrag machen.«

»Und bis dahin?« Er beugte sich ein Stückchen zu mir herüber und küsste mich auf den Hals.

Mir war klar, worauf er hinauswollte, aber ich ging nicht darauf ein. Im Moment stand mir nicht der Sinn danach. »Ein wenig Zeit kann ich erübrigen. Wir könnten zum Strand spazieren, was meinst du?« Eigentlich hatte ich jede Menge Arbeit, und ich brauchte dringend ein paar ruhige Minuten, um meine Gedanken zu sortieren. Beides schien mir in diesem Moment jedoch wenig angebracht.

Felipe zog mich in seine Arme. »Könnten wir, wobei ich bezweifle, dass der Strand so viel schöner als der auf Fuerteventura ist.«

»Schöner vielleicht nicht, anders. Na komm, du kannst mich nicht auf Fehmarn besuchen und wieder abreisen, ohne den Strand gesehen zu haben.«

»Eigentlich bin ich nicht wegen des Strandes hier, aber meinetwegen«, gab Felipe sich geschlagen und löste sich wieder von mir.

»Sehr schön, du wirst es nicht bereuen.« Im selben Augenblick entdeckte ich Julian am anderen Ende des Parkplatzes. Mein Herz klopfte schneller. Seit wann stand er dort? Die Frage erübrigte sich, als ich seinen Gesichtsausdruck sah. Er wusste es.

Kapitel 15

Julian alles erklären
Nicht an den Kuss denken
Mich freuen (immerhin bin ich jetzt verlobt)
Gespräch mit neuem Kunden
Mich wieder auf die Arbeit konzentrieren

»Wer ist das?«, raunte Felipe mir zu, der Julian und seinen Blick nun ebenfalls entdeckt hatte.

»Das ist Julian«, erklärte ich.

»Verstehe.«

Felipe legte besitzergreifend einen Arm um mich, während wir weiter über den Kies auf Julian zuliefen. Fast erwartete ich, er würde Richtung Restaurant flüchten, aber er blieb wie angewurzelt stehen und starrte uns entgegen. *So ein verdammter Mist.* Was sollte ich jetzt nur machen? So gerne ich Julian aus dem Weg gegangen wäre: Ich konnte nicht einfach umkehren, ich war ihm eine Erklärung oder eine Entschuldigung schuldig. Oder beides.

»Emily.« Er nickte mir kühl zu, als wir vor ihm stehen blieben.

»Hallo, Julian. Wie geht es Snoopy?«

»Ganz okay. Die Ärztin ist überrascht, wie schnell er sich erholt.«

»Das ist schön. Er hat sich sicher gefreut, dich zu sehen.«

Julian erwiderte nichts, stattdessen wanderte sein Blick kurz zu Felipe, dessen Arm immer noch um meine Schultern lag. Unbeholfen versteckte ich die linke Hand mit dem Verlobungsring hinter meinem Rücken, wohl wissend, dass es ohnehin nichts brachte. Es war mehr als offensichtlich, dass Felipe mein Freund war.

»Willst du uns einander nicht vorstellen?«, fragte Julian irgendwann. Nahezu feindselig musterte er Felipe von oben bis unten, doch Felipe ließ sich davon nicht einschüchtern. Beide wirkten angespannt, wie zwei Hähne, die kurz davor waren, sich einen erbitterten Kampf zu liefern.

»Ach, richtig.« Ich lachte, doch es klang gekünstelt. »Julian ist Chefkoch in der *Kombüse* und ein alter Freund. Und das ist Felipe.« Ich suchte nach den richtigen Worten, um ihn zu beschreiben, doch er übernahm es bereits selbst.

»Emilys Verlobter. Hallo.«

»Verlobter?« Julians Blick schnellte zurück zu mir. Die Feindseligkeit war blankem Entsetzen gewichen. »Du bist verlobt?«

Ich nickte und senkte den Blick, denn ich konnte Julian in diesem Moment nicht in die Augen schauen. Ich fühlte mich schrecklich. Normalerweise hatte ich mein Leben im Griff, doch derzeit schien es mir immer mehr zu entgleiten. Das war so alles nicht geplant gewesen.

»Aber … Seit wann? Warum weiß ich nichts davon?«

»Wir haben uns erst heute Morgen verlobt«, erklärte Felipe, der Julians Verfassung entweder nicht mitbekam oder dem sie schlichtweg egal war. »Ich habe sie mit meinem Besuch überrascht und sie gefragt, und sie hat Ja gesagt.« Er drückte mir einen Kuss auf die Wange.

»Seit heute Morgen«, murmelte Julian. Er konnte es offensichtlich immer noch nicht glauben. Entsetzen und Fassungslosigkeit hatten ihn gepackt, und bald würden diese Gefühle Wut weichen.

Er hatte allen Grund, wütend auf mich zu sein. Ich hätte ihn nicht küssen dürfen. Ich hätte ihm sagen müssen, dass ich einen Freund hatte. Warum hatte ich es so weit kommen lassen? Ich wollte etwas sagen, irgendetwas, aber es kam kein Wort über meine Lippen. Unbeholfen standen wir uns gegenüber.

»Jetzt muss Emily nur wieder zurück nach Fuerteventura kommen, aber es scheint hier zum Glück ja ganz gut zu laufen«, fuhr Felipe ungerührt fort.

Ich fand es beinahe ein bisschen herzlos von ihm. Er musste Julian doch ansehen, wie sehr ihm die Begegnung zusetzte, aber ich konnte nichts machen. Schließlich war ich schuld an alledem.

Julian schüttelte den Kopf. Es war, als würde er aus einer Trance erwachen. »Entschuldigung, wo bleiben meine guten Manieren? Gratuliere euch beiden.« Er reichte erst Felipe, dann mir die Hand. Sein Blick war eiskalt.

»Danke, danke«, erwiderte Felipe. »Ach, und bevor wir das vergessen …« Er sah zu mir. »Deine Mutter wollte doch heute Abend in der *Kombüse* unsere Verlobung feiern.«

»Kein Problem«, antwortete Julian. »Ich reserviere euch einen Tisch für vier Personen.« Er warf mir noch einen kühlen Blick zu und steckte die Hände in die Taschen seiner Jeans, bevor er sich über den Kies von uns entfernte.

»Julian!«, rief ich ihm hinterher, doch er drehte sich nicht mehr um.

»Was sollte das denn?«, blaffte ich Felipe an.

Er zog die Augenbrauen hoch. »Bitte?«

»Musste das sein?«, fuhr ich fort, obwohl ich wusste, dass ich es dadurch nicht besser machte.

Felipe verschränkte die Arme vor der Brust. »Der Knabe ist noch in dich verliebt. Oder wieder, wie man's nimmt.«

»Was? Nein!«

»Oh doch. Warum sonst hätte er so reagieren sollen?«

»Das ist er nicht«, antwortete ich nun deutlich ruhiger.

»Was ist es dann?«, wollte Felipe wissen, aber ich konnte ihm keine Antwort geben.

Julians Verhalten war mehr als verständlich. Nun war ich seit fast zwei Monaten wieder da und hatte ihm gegenüber in all den Wochen mit keinem Sterbenswörtchen erwähnt, dass es in meinem Leben wieder jemanden gab. Stattdessen hatten wir viel Zeit miteinander verbracht; ich hatte Julian um Rat gefragt, ihn um Hilfe gebeten, und er war immer für mich da gewesen. Wir waren uns nähergekommen. Und dann präsentierte ich ihm plötzlich aus dem Nichts einen Mann. Einen Mann, mit dem ich mich verlobt hatte, direkt nachdem ich Julian geküsst hatte. An Julians Stelle hätte ich mich auch gehasst. Er hatte geglaubt, wir könnten wieder so etwas wie Freunde werden, vielleicht sogar mehr, aber Freunde taten einander so etwas nicht an.

»Glaub mir, der ist in dich verliebt«, wiederholte Felipe.

Ich schüttelte den Kopf. Julian war ganz sicher nicht in mich verliebt.

»Frau Hansen?«

Erst jetzt fiel mir auf, dass ich den Mann mir gegenüber ansah, ohne ihn zu sehen. »Oh, entschuldigen Sie bitte, Herr Moosbach.« Seit wann war ich so zerstreut? Auch wenn Julian und Felipe mir immer noch im Kopf herumspukten, musste ich mich jetzt wirklich zusammenreißen. Schließlich war unser Kunde die weite Strecke extra gefahren, um mit mir seine bevorstehende Verlobung zu planen. »Fahren Sie bitte fort.«

»Also, ich dachte an eine Verlobung am Strand. Das bietet sich ja an, wenn man schon mal auf einer Insel ist.«

Ich nickte eifrig, um meine vorherige gedankliche Abwesenheit ein wenig auszugleichen. »Absolut. Haben Sie denn schon eine genauere Vorstellung?«

»Die habe ich. Monika und ich sind Mitte Juni seit fünf Jahren zusammen, und an unserem Jahrestag möchte ich ihr endlich den Antrag machen. Die Sonne sollte scheinen, die Frage würde ich im Vorfeld mit Muscheln in den Sand schreiben, und dann wäre es toll, wenn im Hintergrund drei Delfine aus dem Meer springen könnten.«

»Drei Delfine?«, fragte ich. Ich hatte keine Ahnung, was ich zu diesem Wunsch sonst sagen sollte.

»Genau. Im Notfall gehen auch Wale, aber meine Freundin steht schon mehr auf Delfine.«

Ich räusperte mich. »Ähm, Herr Moosbach, das klingt wirklich nach einer hinreißenden Idee, aber ich fürchte, der Teil mit den Delfinen lässt sich nicht so einfach umsetzen. Delfine verirren sich höchstens mal in die Ostsee, und Schweinswale springen nur sehr selten aus dem Wasser. Es wird unmöglich sein, sie entsprechend zu positionieren, geschweige denn zu dressieren.«

Moosbach machte ein enttäuschtes Gesicht. »Das ist aber schade. Monika liebt das Meer und seine Bewohner. Ich wollte ihr damit eine Freude machen.«

Fieberhaft überlegte ich, wie ich meinen Kunden und seine Zukünftige zufriedenstellen konnte. Ich sah bereits Julian, Felipe und meinen Vater mit Delfinflossen auf dem Rücken vor mir, doch da kam mir glücklicherweise eine bessere Idee. »Sie könnten Ihrer Freundin den Antrag im Meereszentrum machen.«

»In einer Art Museum? Ich weiß nicht. Das erscheint mir wenig romantisch.«

Ich zog einen Flyer aus der Schublade und reichte ihn meinem Kunden. »Das klingt im ersten Augenblick wenig romantisch, das gebe ich zu, aber man könnte es richtig schön aufziehen. Im Meereszentrum gibt es zum Beispiel einen Rochentunnel. Wenn Sie oder Ihre Freundin nicht unter Klaustrophobie leiden, könnten wir Ihnen den Tunnel für einen Abend reservieren. Stellen Sie sich vor, wie Sie mit Ihrer Freundin die ganz normale Tour mitmachen, und dann wartet im Rochentunnel ein zauberhaft gedeckter Tisch auf Sie. Wir sorgen für das Essen, die Beleuchtung, die Musik, wenn Sie mögen.«

Moosbach legte den Flyer, in dem er geblättert hatte, beiseite. Der skeptische Ausdruck war von seinem Gesicht gewichen. »Die Idee gefällt mir, Frau Hansen. Sie gefällt mir sogar ausgesprochen gut. Das machen wir. Arrangieren Sie bitte alles für den 17. Juni, und natürlich würden wir an dem Wochenende dann auch gerne hier übernachten. Sagen wir von Freitag bis Sonntag mit Option auf einige Tage Verlängerung. Ich muss erst mal schauen, wie Monika Urlaub nehmen kann.«

»Sehr gerne.« Ich rief das Buchungssystem des Hotels auf. »Wenn Sie möchten, können Sie sich das Meereszentrum vorher einmal ansehen. Ich kann gleich einen Termin für Sie vereinbaren.«

Herr Moosbach schüttelte den Kopf. »Das wird nicht nötig sein, aber wo ich schon mal hier bin, würde ich gerne mit Ihrem Caterer wegen des Menüs sprechen. Monika ist etwas pingelig, was das Essen angeht, deshalb muss wirklich alles passen.«

Ich schluckte. Auch das noch, ausgerechnet heute. Hoffentlich war Julian professionell genug, um sich nichts anmerken zu lassen.

»Julian?« Ich klopfte an die Tür zur Küche und stieß sie auf.

»Jetzt nicht, Emily. Ich hab zu tun.« Julian würdigte mich keines Blickes, sondern schrubbte weiter wie besessen den Herd.

Ich zwang mich zu einem Lächeln. »Den Gefallen werde ich dir nicht tun können. Das ist Herr Moosbach, er möchte unseren Verlobungsservice in Anspruch nehmen. Julian Petersen, unser Chefkoch.«

Julian legte den Putzlappen beiseite, wischte sich die Hände an einem Handtuch trocken und kam zu uns, um Moosbach die Hand zu reichen. »Verzeihen Sie, natürlich hab ich kurz Zeit für Sie. Was kann ich für Sie tun?« Sein Groll gegen mich war zumindest für Außenstehende nicht mehr spürbar.

»Herr Moosbach möchte seiner Freundin Mitte Juni einen Antrag im Meereszentrum machen«, erklärte ich.

»Genau, mit einem Dinner und allem, was dazugehört. Ich würde gerne das Essen mit Ihnen durchsprechen, da meine Freundin diesbezüglich sehr anspruchsvoll ist.«

»Kein Problem. Ich kümmere mich darum, Emily. Danke.« Er lächelte kurz in meine Richtung, doch das Lächeln erreichte seine Augen nicht.

Ich nickte den beiden zu und ging zurück in den Gastraum, wo ich mich nach kurzem Zögern an einen Tisch am Fenster setzte und wartete. Tränen stiegen in mir auf, ich schaffte es kaum, sie zurückzudrängen. So wütend war Julian nicht einmal auf mich gewesen, als ich unsere Verlobung gelöst und mich von ihm getrennt hatte. Traurig, enttäuscht, verletzt, aber nicht wütend. Was sollte ich jetzt machen? Wie sollte ich das je wieder geradebiegen? Ich war mit Felipe zusammen, wir hatten uns verlobt, und ich bereute meine Entscheidung nicht, aber mir war auch Julian wichtig. All die Jahre hatte ich kaum an ihn gedacht, aber nun war er wieder in mein Leben getreten, und ich wollte, dass er ein Teil davon blieb. Dass ich mich damals von ihm getrennt hatte, hieß nicht, dass mir nichts an ihm lag. Ganz im Gegenteil. Nur hatte ich aus irgendeinem unerfindlichen Grund fast vergessen gehabt, wie wichtig er immer für mich gewesen war.

Ich sah aus dem Fenster und beobachtete das Spiel der Wellen. Aus der Küche waren Männerstimmen und hin und wieder ein Lachen zu hören, aber ich verstand kein Wort. Normalerweise hätte Julian mich nicht fortgeschickt, dessen war ich mir sicher. Ich konnte nachvollziehen, dass er mich im Moment nicht sehen wollte, aber ich würde ihm nicht den Gefallen tun, mich von ihm fernzuhalten. Wenn man einmal davon absah, dass ich unseren Kunden noch verabschieden musste, drängte es mich auch, das Ganze aus der Welt zu schaffen – obwohl ich keine Ahnung hatte, wie ich das anstellen sollte.

Die Stimmen wurden lauter. Schnell wischte ich mir eine Träne aus dem Augenwinkel und stand auf. Im nächsten Moment schwang die Küchentür auf, und beide Männer traten heraus. Julians Blick nach zu urteilen, hatte er damit gerechnet, dass ich längst zurück ins Hauptgebäude gegangen war.

»Konnten Sie alles klären?«, fragte ich.

Moosbach nickte. »Ich bin sehr zufrieden und freue mich

schon auf Monikas Gesicht. Die Details besprechen wir am Telefon?«

»Sicher, das ist gar kein Problem. Ich habe vorerst alle Informationen, die ich brauche, und wenn ich noch Fragen haben sollte, melde ich mich bei Ihnen.«

»Sehr gut.« Moosbach reichte erst mir, dann Julian die Hand. »Vielen Dank für Ihre Hilfe.«

»Warten Sie, ich begleite Sie noch nach draußen«, bot ich an, auch, um nicht mit Julian allein zu sein. Denn plötzlich hatte ich Angst vor genau diesem Augenblick.

Doch Moosbach winkte ab. »Nicht nötig. Ich sehe Sie spätestens Mitte Juni.«

Nur wenige Sekunden später waren Julian und ich alleine. Ich rechnete damit, dass er mich rauswerfen, anschreien oder wortlos zurück in die Küche gehen würde, doch er tat nichts dergleichen. Er stand einfach nur da und starrte stumm zur Tür, als hoffte er, jemand würde kommen und ein klärendes Gespräch zwischen uns verhindern. Aber es kam niemand.

Ich holte tief Luft, um etwas zu sagen, wirkte aber wohl eher wie ein Fisch auf dem Trockenen, da ich keinen Ton herausbekam. »Julian, es tut mir so leid«, sagte ich leise beim zweiten Versuch.

Er wirbelte zu mir herum. »Was genau? Dass du einen Freund hast? Dass du verlobt bist? Oder dass es jetzt heraus ist?«

Ich zuckte zusammen, doch seinen barschen Ton hatte ich verdient. »Es tut mir leid, dass ich dir nichts von ihm erzählt habe.«

»Tatsächlich? Danach sah es aber nicht aus.«

»Julian, bitte. Lass mich dir das doch erklären.«

Er verschränkte die Arme vor der Brust. »Ich wüsste nicht,

was es da noch zu erklären gibt. Du hast einen Freund. Entschuldigung: einen *Verlobten*. Jetzt weiß ich Bescheid.« Er drehte sich um, um in die Küche zu fliehen, aber ich hielt ihn am Arm fest. Abrupt riss er sich wieder los. »Was willst du noch, Emily?«

»Warum bist du so sauer?«, fragte ich, obwohl ich es besser wusste. »Du tust gerade so, als wären wir noch ein Paar. Das waren und sind wir aber nicht.«

»Nein, deutlicher konntest du es nicht zeigen«, erwiderte Julian kühl.

Ich holte tief Luft. »Es tut mir wirklich leid, Julian, das musst du mir glauben. Ich weiß, dass ich es dir hätte sagen müssen, aber ich wollte nicht mit der Tür ins Haus fallen. Wie hätte es denn ausgesehen, wenn ich dir nach vier Jahren erst einmal von meinem neuen Freund erzähle? Und dann war es plötzlich zu spät, der richtige Augenblick war vorbei. Außerdem …« Ich verstummte.

»Was?«, fragte Julian ungeduldig.

»Ich hab nicht damit gerechnet, dass es dir so viel ausmacht.«

Julian schüttelte enttäuscht den Kopf. »Da sieht man mal wieder, wie wenig du mich kennst. Vielleicht solltest du aufhören, dir etwas zusammenzureimen, und mich stattdessen einfach mal fragen. Wie hätte ich denn deiner Meinung nach reagieren sollen?« Er strich sich eine Haarsträhne aus der Stirn und fuchtelte wild mit den Händen in der Luft herum, während er weiterredete. »Du tauchst hier nach vier Jahren wieder auf und hängst dich direkt an mich.«

»Julian …«

»An wen hast du dich denn gewandt, wenn es Probleme mit deinem Vater oder dem Hotel gab? Versteh das nicht falsch, ich hab dir gerne geholfen, aber ist es so abwegig, dass ich davon ausgehe, wir könnten tatsächlich so etwas wie Freunde sein oder werden?«

»Natürlich nicht«, erwiderte ich kleinlaut.

»Freunde verschweigen sich so etwas aber nicht, Emily. Und um dem Ganzen die Krone aufzusetzen, küsst du mich auch noch, um dich direkt darauf mit deinem Freund zu verloben.«

»*Du* hast *mich* geküsst«, flüsterte ich.

Julian schüttelte erneut den Kopf. »Ist das jetzt dein Ernst? Es ist doch scheißegal, wer hier wen geküsst hat. Tatsache ist: Es ist passiert, und ich dachte, es hätte etwas zu bedeuten. Außerdem kann ich mich nicht daran erinnern, dass du mich weggestoßen oder davon abgehalten hättest.«

Ich kämpfte mit den Tränen. »Es tut mir leid, Julian.«

»Das sagtest du bereits.«

Wir starrten uns an. Tränen liefen mir über die Wangen, doch ich wischte sie nicht weg. Julian atmete schwer, aber langsam beruhigte sich sein Atem wieder. Seine Wut schien allmählich zu verrauchen, stattdessen wirkte er enttäuscht, verletzt, traurig. Wie damals. Ich konnte ihm nicht in die Augen sehen, stattdessen beobachtete ich seinen Adamsapfel, der sich bei jedem Schlucken bewegte.

»Weißt du, ich dachte wirklich …« Er hielt inne.

»Was?«, fragte ich leise. »Dass aus uns noch mal was hätte werden können?« Er gab keine Antwort, und ich wusste, dass ich ins Schwarze getroffen hatte. Ob an Felipes Worten doch etwas dran war? Ob Julian sich wieder in mich verliebt hatte? *Scheiße.*

Er zuckte mit den Schultern. »Ich hätte dich damals geheiratet, das weißt du.«

Ich nickte, eine Träne tropfte von meiner Nasenspitze auf den Boden. »Aber das ist lange her, und ich lebe jetzt auf Fuerteventura. Das werde ich nicht aufgeben.«

»Ich weiß. Fehmarn war dir schon immer zu provinziell.« Julian griff nach seiner Lederjacke, die über einer Stuhllehne hing, und stürmte aus der *Kombüse*.

Schluchzend ließ ich mich auf den Platz am Fenster fallen. Ich hatte mich heute verlobt, das hätte einer der schönsten Tage in meinem Leben sein sollen. Stattdessen fühlte ich mich hundeelend.

Kapitel 16

Herr der Ringe-*Fanclub empfangen*
Geschäftsführer-Suche nicht vergessen
Felipe nicht vernachlässigen
Verlobungsessen mit meinen Eltern

»Ach, hier bist du. Du wirst sehnsüchtig erwartet.« Hanni setzte sich mir gegenüber auf die gepolsterte Fensterbank und betrachtete mich einen Moment nachdenklich. Ich hatte mich in einer Nische im hinteren Bereich des Hotels versteckt, wo normalerweise nur das Reinigungsteam hinkam. Doch Hanni kannte mich gut, sie war fast wie eine zweite Mutter für mich. Meine eigene hatte in meiner Kindheit immer so viel mit dem Hotel zu tun gehabt, dass ich viel Zeit bei Hanni verbracht hatte. Meistens hatte ich bei ihr auf dem Empfangstresen gesessen und mit ihr gemeinsam die neuen Gäste begrüßt. »Was ist los, Kleines?«

»Es geht mir gut«, log ich, aber ihr konnte ich nichts vormachen. Ein tadelnder Blick von ihr genügte, und ich schüttete ihr mein Herz aus. So auch dieses Mal. »Julian und ich haben uns gestritten. Ziemlich heftig sogar.«

Hanni nickte wissend. »Wegen deines Verlobten?«

»Du weißt davon?«, fragte ich, doch eigentlich hätte es mir klar sein sollen. Hanni war nicht nur die gute Seele des Hotels, geheimnisvollerweise wusste sie auch immer alles.

»Was denkst du denn? Der Anton hat es mir gleich erzählt. Ich glaub, er hat sich schon Sorgen gemacht, dass du in diesem Leben nicht mehr unter die Haube kommst.«

Ich schnaubte. »Der tut geradewegs so, als wäre ich Mitte vierzig. Die meisten lassen sich doch heutzutage Zeit, um zu heiraten und Kinder zu kriegen.«

»Ob das immer die richtige Entscheidung ist, sei mal dahingestellt«, erwiderte Hanni. »Es gibt schließlich Wichtigeres im Leben als die Arbeit, aber das soll jetzt nicht unser Thema sein.«

Das stand in der Tat auf einem anderen Blatt, doch Hanni hatte nicht ganz unrecht. Ich war zwar erst zweiunddreißig, aber eine eigene Familie gründete man auch nicht von heute auf morgen. Das brauchte Zeit. »Wie gefällt dir Felipe denn?«, wollte ich wissen. »Du hast ihn doch schon getroffen?«

Hanni nickte. »Was fürs Auge ist er auf jeden Fall. Ich stand schon immer auf den südländischen Typ.«

Ich musste grinsen. »Und sonst?«

»Ach, Kindchen, das musst du wissen. Ich kenne ihn nicht, und schlussendlich muss er dir gefallen. Wobei …«

»Ja?«

Hanni zögerte, offensichtlich unsicher, ob sie ihre Meinung wirklich sagen sollte, aber sie hielt damit für gewöhnlich nie hinter dem Berg. »Du weißt, dass ich Julian sehr gerne mag. Ihr zwei wart immer ein tolles Paar und wärt es mit Sicherheit auch heute noch.«

Dessen war ich mir allerdings nicht so sicher. Julian und ich, das war wie Blaubeeren mit Kondensmilch: Es konnte gutgehen, musste aber nicht. Felipe und ich hingegen waren wie Buttermilch mit Zitrone: Wir passten einfach perfekt zusammen.

»Also, Julian ist eifersüchtig?«, kehrte Hanni zum Thema zurück.

Ich zuckte mit den Schultern. Bis vor Kurzem hätte ich

diese Frage definitiv mit Nein beantwortet, aber da hatte ich mich offensichtlich geirrt. »Keine Ahnung. Er ist auf jeden Fall sauer, weil er nichts von Felipe wusste.«

»Verständlich. Warum behältst du so etwas Wichtiges auch für dich, Kind?«

Ich stieß ein Seufzen aus. »Na ja, mit so etwas platzt man doch nicht einfach heraus, wenn man sich einige Jahre lang nicht gesehen hat, und irgendwann war halt der richtige Moment vorbei, um es zu erzählen.«

Hannis Blick wurde skeptisch. »Liegt es wirklich nur am Zeitpunkt, oder hast du es bewusst für dich behalten?«

»Warum hätte ich das tun sollen?«, fragte ich, doch Hanni hatte ein Talent dafür, den Finger immer genau in die Wunde zu legen. Ich sah aus dem Fenster und gab vor, die vorbeiziehenden Wolken zu beobachten. Konnte es sein, dass ich Julian meine Beziehung tatsächlich bewusst verschwiegen hatte? Aber warum? Sinn ergab es keinen, denn das zwischen uns war schon lange aus und vorbei. Eine Freundschaft mit ihm konnte ich mir durchaus vorstellen, mehr jedoch nicht. Das war einmal. Ich sah wieder zu Hanni, doch sie ließ meine Frage unbeantwortet im Raum stehen, und so stand ich auf. »Ich schau mal nach Felipe, und dann muss ich mich wieder an die Arbeit machen. Heute reist dieser *Herr der Ringe*-Fanclub an.« Den gestrigen verzweifelten Anruf des Clubvorsitzenden hatte ich noch sehr genau im Ohr, denn natürlich hatte ich mich gewundert, dass die Gruppe bei uns hatte buchen wollen. »Bitte verstehen Sie mich nicht falsch«, hatte ich vorsichtig begonnen, »natürlich freue ich mich über Ihre Reservierung, ich will nur nicht, dass Sie nachher enttäuscht sind. Wir sind nämlich ein Romantikhotel.«

»Ah, verstehe.« Der Vorsitzende überlegte einen Moment

und sagte dann: »Das macht aber gar nichts. Fantasy und Romantik schließen sich nicht gegenseitig aus, denken Sie nur an *Twilight.*« Er lachte schallend. »Wissen Sie, unser Club trifft sich nur einmal im Jahr, wir freuen uns alle schon seit Monaten darauf. Nun gab es aber im Hotel, in dem wir eigentlich reserviert haben, einen Wasserschaden, und ganz Fehmarn scheint ausgebucht zu sein. Zumindest ist es nicht so einfach, noch ein Zimmerkontingent für fünfzig Leute aufzutun. Wir bräuchten vierzig Einzelzimmer und fünf Doppelzimmer.«

Fünfzig Leute? Damit wären wir endlich einmal wieder ausgelastet. Natürlich hatte ich sofort zugestimmt, neues Konzept hin oder her. »Wenn es für Sie in Ordnung ist, würden wir uns natürlich sehr freuen, Sie morgen als unsere Gäste begrüßen zu dürfen. Allerdings müssten wir Sie alle in Doppelzimmern unterbringen und in zwei oder drei Zimmern noch ein Zustellbett hineinstellen.«

Der Vorsitzende hatte gezögert. »Alle in Doppelzimmern?« Ich hatte unsere Felle bereits wieder davonschwimmen sehen, doch da hatte er lachend gesagt: »Ach, warum eigentlich nicht? Wird schon gutgehen.«

Ich war wahnsinnig gespannt auf die Gruppe. Ob unsere Gäste wohl so spleenig waren, wie ich sie mir vorstellte? Der Vorsitzende hatte am Telefon zumindest sehr nett geklungen.

Hanni erhob sich nun ebenfalls. »Ach, richtig. Das ist ja so gar nichts für mich. Ich stehe mehr auf *Game of Thrones.*«

Durch die geöffnete Eingangstür beobachteten Felipe und ich, wie ein Reisebus langsam auf den Hof rollte und schließlich zum Stehen kam. Als sich vorne und hinten die Türen öffneten und die ersten Passagiere ausstiegen, wechselten Felipe und ich einen überraschten Blick. Keiner von uns hatte damit gerechnet, dass unsere Gäste kostümiert anreisen würden, aber ausnahmslos jeder von ihnen war als Hobbit, Ork oder was auch immer verkleidet, selbst der Busfahrer. Der war als Erster ausgestiegen und wuchtete bereits die Koffer aus den Gepäckfächern.

»Wow, sieh dir diese Freaks an«, raunte Felipe mir zu. »Also, so würde ich mich nicht auf die Straße trauen.«

»Dann solltest du zur Karnevalszeit niemals nach Köln fahren«, erwiderte ich.

»Was ist eigentlich los mit dir?«, fragte Felipe. »Du bist irgendwie komisch, seit wir heute Morgen deinem Ex begegnet sind.«

»Findest du?«, erwiderte ich lahm.

Er drehte mich zu sich um. In seinen braunen Augen lag Sorge. »Magst du ihn etwa auch noch?«

»Natürlich mag ich Julian, ich kenne ihn seit über fünfzehn Jahren.«

»Das meinte ich nicht. Liebst du ihn?«

Ich nahm seine Hand in meine. »Felipe, das ist doch Quatsch, und das weißt du. Julian ist mir wichtig, aber wir sind nur Freunde.«

»Dafür, dass er dir so wichtig ist, hast du in den letzten Jahren aber nicht viel mit ihm zu tun gehabt«, bemerkte Felipe.

Das stimmte. Nach meinem Weggang aus Fehmarn hatten wir uns verständlicherweise eine ganze Weile aus den Augen verloren, und dennoch … »Manche Menschen bleiben immer ein wichtiger Teil im Leben des anderen, aber das hat nichts zu bedeuten. Ich liebe nur dich, und ich freue mich riesig darauf, deine Frau zu werden.«

Felipe wirkte besänftigt, er zog mich in seine Arme und drückte mir einen Kuss auf den Scheitel. »Ich will auch wirklich nicht eifersüchtig sein, du kannst befreundet sein, mit wem du möchtest. Ich hab mir nur Sorgen gemacht, weil du dich am Anfang kaum gemeldet hast und immer ausgewichen bist, wenn es um meinen Antrag oder deine Rückkehr nach Spanien ging.«

Ich schmiegte mich an seine Brust. »Das hatte überhaupt nichts mit dir zu tun. Glaub mir, ich möchte auch so schnell wie möglich zurück. Meine Zeiten auf Fehmarn sind vorbei, und ich kann nicht sagen, dass ich ihnen hinterhertrauere, aber es geht nun mal um die Familie. Ich muss doch …«

»Schon gut, *cariña,* du musst dich nicht rechtfertigen«, sagte Felipe liebevoll. »Jetzt bin ich ja hier, ich werde dir ein wenig unter die Arme greifen.«

»Das ist lieb.«

Ich stellte mich auf die Zehenspitzen, um ihm einen Kuss zu geben, dann sah ich nach draußen. Gerade noch rechtzeitig, denn einer der Männer sagte etwas zu den anderen, bevor er sich aus der Gruppe löste und mit seinem Rollkoffer als Erster das Hotel betrat. Er war groß und kräftig gebaut, sein roter Vollbart und die langen Haare schienen tatsächlich echt zu sein. Er trug eine Rüstung und einen langen Umhang. *Legolas, Gandalf, Aragorn?* Keine Ahnung, welche Figur aus *Der Herr der Ringe* er darstellen wollte, das war leider so gar nicht mein Metier. Den einen oder anderen Namen hatte ich mal gehört, das war's aber auch schon. Ich hätte mich besser vorbereiten sollen.

»Frau Hansen, nehme ich an?« Er kam auf mich zu und schüttelte mir kräftig die Hand. »Timo Klein, wir haben gestern telefoniert. Ich bin der Vorsitzende dieser verrückten Truppe.« Er deutete mit dem Kopf hinter sich und lachte.

Schon am Telefon war er mir auf Anhieb sympathisch gewesen, und dieser Eindruck täuschte auch jetzt nicht. »Hallo, Herr Klein. Ich freue mich sehr, Sie in der *Strandperle* begrüßen zu dürfen. Hoffentlich wird es Ihnen hier bei uns gefallen.«

»Bestimmt, aber den Klein lassen wir mal weg. Ich bin der Timo.«

Ich erwiderte sein Lächeln. »Emily. Und das ist mein Verlobter, Felipe Sánchez Márquez.«

»Ah, verstehe. Romantikhotel.« Timo zwinkerte mir zu. »Meine Freundin ist auch dabei, da vorne, im Arwen-Kostüm.« Er zeigte auf eine hübsche Frau mit langen braunen Haaren. Nie im Leben hätte ich gedacht, dass die beiden ein Paar sein könnten. Sie war eher zierlich und klein. »Mal sehen«, er lächelte. »Ich spiele schon länger mit dem Gedanken, ihr einen Antrag zu machen. Vielleicht wird es dieses Mal was.«

»Wenn es Ihnen hier gefällt und der Plan konkret wird, können Sie sich gerne an uns wenden. Wir sind nämlich nicht nur ein Romantikhotel, wir planen auch besondere Heiratsanträge.«

Timo fuhr sich mit der Hand durch den Bart. »Interessant, interessant. Das werde ich mir merken.«

»Nun gut, dann kommen Sie mal mit, Timo, damit wir die Zimmer verteilen können.«

Ich saß im Arbeitszimmer und stellte unsere Anzeige für die Stelle des Geschäftsführers noch einmal auf verschiedenen Onlineportalen ein, doch mit den Gedanken war ich nach wie vor bei Julian und Felipe. Gerne hätte ich Felipe erklärt, was es mit Julians Verhalten auf sich hatte, damit er nicht doch noch auf falsche Gedanken kam. Aber das ging nicht.

Ich konnte Felipe nicht sagen, dass Julian bis heute Morgen überhaupt nichts von seiner Existenz gewusst hatte, denn das würde er garantiert in den falschen Hals bekommen. Zu Recht. Ich verstand es ja selbst nicht so ganz, wie sollte ich es da jemand anderem erklären?

Es klopfte an der Tür, und ich zuckte zusammen. »Ja bitte?«

Timo Klein kam herein. »'n Abend, Emily. Ich hoffe, ich störe Sie nicht.«

»Nein, überhaupt nicht. Setzen Sie sich doch.« Ich deutete auf den Stuhl auf der anderen Seite des Schreibtischs und warf einen unauffälligen Blick zur Uhr. Es war Abendessenszeit. Hoffentlich war alles in Ordnung. Bisher hatte ich den Eindruck gehabt, dass sich die Gruppe ganz gut eingelebt hatte. »Was kann ich für Sie tun? Stimmt etwas nicht?«

»Doch, doch, alles bestens. Wir fühlen uns alle sehr wohl hier bei Ihnen. Es geht um das, was Sie vorhin gesagt haben.«

Ich dachte einen Moment nach, wusste aber nicht, worauf Timo sich bezog. »Helfen Sie mir bitte kurz auf die Sprünge.«

»Die Sache mit der Verlobungsplanung.«

»Ah, verstehe.« Ich ahnte schon, was jetzt kommen würde, und tatsächlich fuhr Timo fort:

»Ich habe den ganzen Nachmittag darüber nachgedacht und frage mich, worauf ich noch warten soll. Unser Jahrestreffen ist der perfekte Zeitpunkt, um meiner Freundin endlich einen Antrag zu machen. Alle Menschen, die uns wichtig sind, sind hier. Würden Sie mir bei der Planung helfen?«

Der *Herr der Ringe*-Fanclub würde nur drei Nächte bleiben. Den perfekten Heiratsantrag mit Timo zu planen würde also eine Herausforderung werden, aber das spielte keine Rolle. Wir konnten es uns gar nicht leisten, diesen Auftrag abzulehnen. »Selbstverständlich, keine Frage.«

Timo atmete erleichtert auf. »Ach, das ist prima. Allein wäre ich mit dieser Aufgabe völlig überfordert. Die Zeit ist doch etwas knapp.«

Ich winkte ab, obwohl es mir selbst Kopfzerbrechen bereitete. Je nachdem, was er sich wünschte, könnte es zeitlich sehr eng werden. »Darüber machen Sie sich bitte keine Gedanken, das kriegen wir hin. Haben Sie denn schon einen Tag im Sinn?«

Er nickte. »Übermorgen ist unsere Mitgliederversammlung. Ich hatte vor, die Verlobung am Ende auf die Tagesordnung zu setzen. Das wäre doch lustig.«

»Auf jeden Fall. Dann wollen Sie den Antrag öffentlich machen, vor allen anderen?«

Timo nickte erneut. »Sicher, wir sind eine eingeschworene Gemeinschaft, und Melanie ist auch nicht der Typ dafür, der das Ganze lieber in trauter Zweisamkeit erlebt.«

Das musste ich ihm jetzt einfach einmal glauben. Im Geiste ging ich das Programm des Fanclubs durch, das Timo mir vor seiner Anreise gefaxt hatte, damit wir den großen Saal reservieren und das Essen vorbereiten konnten. »Feiern Sie nicht am Ende Ihres Treffens eine große Abschiedsparty?«

»So wie jedes Jahr, genau.«

Mir war klar, dass ich es bereuen würde, denn die Zeit war wirklich knapp, aber ich wollte für unsere Kunden nur das Beste. Wenn man sich schon verlobte, sollte man keine Kompromisse eingehen. »Würde sich nicht eventuell auch die Party für die Verlobung anbieten?«

Timo überlegte nicht lange. »Klar, warum nicht? Haben Sie da schon eine konkrete Idee?«

Jetzt wäre es wirklich gut gewesen, sich ein wenig besser mit *Der Herr der Ringe* auszukennen. Ich musste mir am Abend unbedingt den Film anschauen. Es schien mir ohnehin eine Bildungslücke zu sein, ihn nicht zu kennen. Für den Moment musste es reichen, wenn ich mir nicht anmerken ließ, dass ich überhaupt keine Ahnung hatte. »Nun, bei *Der Herr der Ringe* geht es immerhin um einen Ring«, improvisierte ich also. »Wenn das nicht perfekt für einen Heiratsantrag ist. Ich nehme an, dass Sie auf der Party alle kostümiert sein werden? Wir könnten die Dekoration und das Essen anpassen.« Julian würde sich bedanken, aber da musste er jetzt durch. »Es gibt doch sicher eine passende Szene aus dem Film oder dem Buch, die Sie besonders mögen und die man auf irgendeine Weise adaptieren kann.«

Timo strahlte, seine Wangen wurden ganz rot. »Das wäre natürlich super, wenn Sie das auf die Schnelle hinbekommen würden. Ich wollte Ihnen nur nicht zu viele Umstände machen, und ich habe ja auch keine Ahnung, was in der kurzen Zeit alles möglich ist.«

»Machbar ist alles. Hauptsache, Sie und Ihre Freundin finden sich am Ende darin wieder und haben eine wundervolle Erinnerung an Ihre Verlobung.«

»Die werden wir garantiert haben, da bin ich mir jetzt schon sicher.«

»Sehen Sie, alles andere ist zweitrangig. Heute Abend ist es ohnehin schon spät, aber vielleicht fällt Ihnen bis morgen früh noch etwas ein, das wir berücksichtigen sollten. Und wenn Sie eine Lieblingsszene haben, verraten Sie mir diese gern.«

Timo nickte zufrieden und stand auf. »Das klingt wunderbar, Emily, vielen Dank. Jetzt bin ich fast froh, dass es im anderen Hotel diesen Wasserschaden gab.« Er lachte und verabschiedete sich.

Ich fuhr den Computer herunter und sah auf die Uhr. Eigentlich sollte ich mit Felipe und meinen Eltern zusammen essen und meine Verlobung feiern, aber ich fürchtete, die Verlobung meines Kunden hatte jetzt Vorrang.

Kapitel 17

Innerhalb von zwei Tagen eine Verlobungsparty auf die Beine stellen
Mich schnellstens über Der Herr der Ringe *informieren*
Verlobungsessen verschieben
Carla nicht vergessen

In der *Kombüse* war es wie so oft am Abend rappelvoll. Felipe und meine Eltern saßen draußen auf der Terrasse, das Meer lag zu ihren Füßen. Ich rechnete es Julian hoch an, dass er uns trotz unseres Streits einen der besten Tische reserviert hatte. Felipe hob die Hand, als er mich sah, doch ich winkte nur kurz zurück und steuerte Julian an, den ich zufällig entdeckt hatte. Er begrüßte gerade ein Ehepaar mittleren Alters, vermutlich betuchte Stammgäste. Zumindest trugen sie Designerkleidung, und die Frau war mit Schmuck behängt wie ein Tannenbaum an Weihnachten. Ich wartete, bis Julian sich abwandte, dann passte ich ihn ab. Die Augen verdrehte er nicht, dafür war er viel zu anständig, aber er stieß ein leises Seufzen aus.

»Was willst du, Emily? Ich hab wirklich viel zu tun. Du siehst doch, was hier los ist.«

Ich nickte. »Keine Sorge, ich will dich auch gar nicht lange aufhalten. Es geht um den Fanclub, der heute angereist ist.« Unauffällig sah ich mich kurz um, damit nicht zufällig jemand von ihnen in der Nähe saß und alles mitbekam. Das Problem war: Ohne Kostüm würde ich die Mitglieder nicht erkennen. Dafür waren es zu viele gewesen, und ich hatte die

Gruppe nur kurz gesehen. Hier auf der Terrasse saßen zwar hauptsächlich Familien mit kleinen Kindern oder Pärchen, aber man konnte nie wissen. So zog ich Julian ein Stückchen beiseite und sprach leiser. »Der Vorsitzende möchte seiner Freundin übermorgen bei der Abschiedsparty einen Antrag machen.«

»Das scheint eine Epidemie zu sein, alle verloben sich«, murmelte Julian.

»Julian …«

Er hob abwehrend die Hände und verschränkte sie dann vor der Brust. »Schon gut. Also, was für eine Rolle spiele ich dabei?«

Ich ließ unseren Streit nur ungern zwischen uns stehen, doch im Moment musste ich Prioritäten setzen. »Es geht um das Essen. Vielleicht könntest du dir Gedanken dazu machen, damit wir etwas Spezielles, Themenbezogenes anbieten können. Es muss nicht das komplette Buffet sein, aber zumindest ein Teil davon.«

Julian nickte. »Kein Problem. Das wird nicht leicht, aber mir fällt schon was ein.«

»Kennst du dich denn mit *Der Herr der Ringe* aus?«, fragte ich.

»Sicher, wer tut das bitte nicht?« Sein skeptischer Gesichtsausdruck verwandelte sich in ein angedeutetes Grinsen. »Ach, richtig. Na ja, du bekommst das schon hin. Ich lass dich morgen wissen, was ich mir für das Buffet überlegt habe. Dann kannst du es noch mit deinem Kunden besprechen.« Ohne ein weiteres Wort verschwand er im Gewühl.

Einen Moment sah ich ihm nach. Normalerweise hätte er mir an dieser Stelle seine Hilfe angeboten, aber ich konnte verstehen, dass er es nicht tat. Außerdem war Felipe jetzt hier.

Hoffentlich kannte er sich ein wenig mit der Fantasy-Saga aus. Ich ging zurück zu unserem Tisch, wo mich alle fragend anschauten. Besonders Felipe wirkte irritiert, auch wenn er versuchte, sich nichts anmerken zu lassen. Ich zögerte. Wenn ich mich jetzt zu ihnen setzte, kam ich womöglich nicht so schnell weg, aber alles andere wäre unhöflich gewesen, also nahm ich neben Felipe Platz.

»Was heckt ihr schon wieder aus, Bienchen?«, fragte mein Vater, der die Spannungen zwischen Julian und mir als Einziger nicht mitbekommen zu haben schien.

»Ein neuer Auftrag. Ich hab Julian schnell eingeweiht, weil er sich um das passende Essen kümmern muss.«

Meine Mutter schob mir die Speisekarte über den Tisch. »Willst du dir nicht schon mal etwas aussuchen? Es dauert sicher eine Weile, bis es kommt. So voll, wie das heute hier ist.«

Das bezweifelte ich. Julian war vielleicht sauer auf mich, aber er war professionell genug, um es nicht an seinen Vorgesetzten auszulassen. So oder so würde ich für ein aufwändiges Essen keine Zeit haben. »Ich fürchte, wir müssen unser Verlobungsdinner verschieben.«

»Verschieben?«, fragte Felipe. »Emily, wie oft verlobt man sich? Das ist ein besonderer Moment im Leben.«

Ich fing den Blick meiner Mutter auf. »Das ist mir klar, und es tut mir auch wirklich leid, aber dieser Auftrag ist nicht nur wichtig für uns, es eilt auch. Die Verlobung soll bereits übermorgen stattfinden, und es ist noch nichts vorbereitet.«

»Kann ich dir irgendwie helfen, Bienchen?«, bot mein Vater an.

Ich erinnerte mich an das Debakel, als er mir das letzte Mal seine Hilfe angeboten hatte, und schüttelte den Kopf. »Leider nein, ich hab selbst noch keine Ahnung, wie ich das Ganze aufziehen soll. Deshalb muss ich mich jetzt auch an die Arbeit machen.«

»Dann begleite ich dich«, sagte Felipe und rutschte mit seinem Stuhl bereits nach hinten.

»Lieb von dir, danke.«

Meine Mutter sah enttäuscht aus. »Aber ihr müsst doch ohnehin etwas essen.«

Da hatte sie allerdings recht. Erst jetzt fiel mir auf, dass ich wirklich Hunger hatte. Ich zog die Karte heran und warf einen kurzen Blick hinein, klappte sie aber gleich wieder zu und reichte sie Felipe. »Könntest du Julian bitten, uns das Essen ausnahmsweise in die Wohnung bringen zu lassen? Ich nehme den Salat mit Früchten. Was möchtest du?«

»Ich nehme einfach dasselbe und vielleicht noch eine Flasche Rioja. Warum nicht das Angenehme mit dem Nützlichen verbinden?« Er stand auf und legte eine Hand auf meine Taille.

Erst nachdem wir uns von meinen Eltern verabschiedet hatten, fiel mir auf, dass Julian uns beobachtete.

»Ich hoffe, du bist jetzt nicht sauer«, sagte ich zu Felipe, als wir meine Wohnung betraten. Ich stieg aus meinen Pumps und ging voran ins Wohnzimmer, wo es angenehm kühl war. Inzwischen gewann die Sonne von Tag zu Tag mehr Kraft. »Du darfst nicht denken, dass ich unsere Verlobung nicht angemessen feiern will, denn so ist es ganz und gar nicht.«

»Schon gut, Emily.« Felipe setzte sich neben mich aufs Sofa und legte einen Arm um meine Schulter. »Der Auftrag ist wichtig für euch, das verstehe ich. Aber vielleicht solltest du hin und wieder auch mal an dich denken. Schließlich hast du dich heute auch verlobt. Hast du nicht wie deine Kunden das Recht, diesen Moment zu genießen?«

Seufzend lehnte ich meinen Kopf gegen seine Brust. »Doch, natürlich, aber so einfach ist das leider nicht.«

»Ach, Emily.« Er vergrub seine Nase an meinem Hals und begann, mich dort zu küssen. »Was hältst du davon, wenn wir uns vor dem Essen ein wenig um uns kümmern und uns dann gestärkt an die Arbeit machen?«

Für einen kurzen Augenblick war ich drauf und dran, der Versuchung nachzugeben, aber ich wusste, dass ich das nicht tun durfte. Die Gefahr, mich fallenzulassen und den Abend einfach nur zu genießen, war zu groß. Außerdem wäre es mir unangenehm, wenn jemand von der *Kombüse* kam, um das Essen zu liefern, und Felipe und ich anderweitig beschäftigt wären. Also schob ich Felipe bestimmt von mir. »Erst die Arbeit, dann das Vergnügen.« Ich stand auf, um den Laptop vom Esszimmertisch zu holen.

Stöhnend ließ Felipe sich rücklings auf das Sofa fallen, doch dann stützte er seinen Kopf auf der Hand ab. »Also, wie kann ich dir helfen?«

Ich setzte mich vor dem Sofa auf den Boden und streckte die Beine aus. »Kennst du dich zufällig ein wenig mit *Der Herr der Ringe* aus?« Kurz sah ich über meine Schulter hinter mich.

Felipe verzog den Mund. »Tut mir leid, aber Fantasy ist überhaupt nicht meins.« Er setzte sich wieder auf und massierte mir die Schultern, während ich versuchte, über eine Suchmaschine einen Onlinehändler für *Der Herr der Ringe*-Dekoartikel ausfindig zu machen.

»Meins leider auch nicht, sofern es nicht um *Harry Potter* geht. Und selbst da würde es mir schwerfallen, einen themenbezogenen Heiratsantrag zu organisieren.«

»Warum sprichst du nicht einfach offen mit deinem Kunden?«, fragte Felipe. »Der ist immerhin der Experte.«

»Schon, aber ich kann ihm gegenüber doch nicht zugeben, dass ich absolut keine Ahnung habe.«

»Warum nicht? Du kannst dich nicht mit jedem Thema auskennen, das verlangt niemand von dir.«

»Da bin ich mir nicht so sicher. Timo Klein wird dem Hotel viel Geld dafür zahlen, dass ich einen der wichtigsten Momente seines Lebens für ihn plane. Er braucht Vertrauen in mich, keine Zweifel.«

Felipe atmete hörbar aus. »Ich hasse es, wenn du recht hast. Und was nun?«

Ich klickte einen der vielen Links an, die die Suchmaschine anzeigte, und scrollte mich durch das Angebot des Onlinehändlers. Es war erstaunlich, welche Fülle an Requisiten sich hier auftat: Von Der Eine Ring über sogenannte Hobbit-Hausschuhe und Elbenohren bis hin zu einer Axt, die einem Gimli gehört, war alles dabei. Hier würde ich mit Sicherheit fündig werden. Doch ich brauchte mehr, um den großen Saal dekorieren zu können. *Auenland, Mittelerde* … Die Begriffe hatte ich schon mal gehört. Aber wie sah es dort aus? Ließ sich vielleicht aus dem Saal eine Miniaturwelt zaubern? Innerhalb von zwei Tagen schwierig, aber bestimmt nicht unmöglich.

Es klingelte an der Tür. Ich klappte den Laptop zu und stand auf. »Nun essen wir erst mal was und schauen dabei schnell den Film, dann sehen wir weiter. Guck doch mal, in welcher Online-Mediathek man sich den ansehen kann.«

»Schnell?«, hörte ich Felipe fragen, während ich zur Tür ging. »Der Film dauert ewig, soweit ich weiß. Außerdem gibt es mehr als nur einen Teil.«

»Eventuell reicht es ja auch, nur kurz reinzuschauen«, rief

ich zurück, um Felipe nicht vollends zu entmutigen, überzeugt war ich davon allerdings nicht. Zudem zeichnete sich vor meinen Augen eine völlig neue Idee ab. Eine *Der Herr der Ringe*-Verlobung innerhalb von zwei Tagen zu planen war eine große Herausforderung. Wenn uns das gelang, war das die perfekte Werbung für die *Strandperle* und unseren neuen Service. Timo hatte sicher nichts dagegen, wenn ich Fotos machte und diese für unsere Homepage verwendete. Das war zu schaffen, und wenn ich bis übermorgen durcharbeiten musste. Blieb nur die Frage, wie ich das Felipe erklären sollte.

Obwohl ich die Augen kaum mehr aufhalten konnte, saß ich wie gebannt vor dem Fernseher und hatte tatsächlich Tränen der Rührung in den Augen, als die letzte Szene über den Bildschirm flackerte und in den Abspann überging. Ich griff nach der Fernbedienung und schaltete den Ton leiser, doch es war zu spät. Felipe, der schon vor Stunden neben mir auf dem Sofa eingeschlafen war, richtete sich auf. Das Gähnen blieb ihm im Hals stecken, als sein Blick zuerst durch das Fenster fiel, wo die Sonne längst wieder schien, und dann auf mich.

»Sag mir nicht, du hast die ganze Nacht diese grässlichen Filme angeschaut.«

Das hatte ich tatsächlich. Fast zwölf Stunden hatte ich mir die drei Teile angesehen, natürlich jeweils die Special Extended Edition, und zusätzlich das Extra zur Gestaltung und Erschaffung von Mittelerde. Wenn ich etwas machte, dann richtig. Zugegeben, die Saga hatte mich nicht von Anfang an in ihren Bann gezogen, und ich war drauf und dran gewesen, den ersten Teil mittendrin zu unterbrechen. Zumal Felipe auch alles andere als begeistert gewesen war. Aber ich war nun mal Perfektionistin, ich wollte alles richtig machen, und tatsächlich hatte es die Geschichte irgendwann doch noch geschafft, mich zu faszinieren.

Ich gab Felipe einen nicht ernst gemeinten Klaps auf den Arm und wischte mir die Tränen aus den Augen. »Hey, sag so was nicht. Gut, hier und da waren die Filme vielleicht ein bisschen zu actionlastig, aber an sich ist es eine wirklich schöne Story. Die Welt, die Tolkien da geschaffen hat … Einfach der Wahnsinn.«

Felipe schüttelte den Kopf. »Das ganze Fantasy-Zeug ist so gar nicht meins.«

»Das dachte ich auch«, erwiderte ich und schaltete den Fernseher aus. Ich gähnte und streckte mich, doch seltsamerweise fühlte ich mich gar nicht müde, sondern voller Tatendrang. Mit einem Mal hatte ich zahlreiche Ideen, wie man diesen Antrag aufziehen konnte.

»Lust auf ein gemütliches Frühstück oder eine gemeinsame Dusche?«, fragte Felipe.

»Eine Dusche und einen kräftigen Kaffee könnte ich tatsächlich gebrauchen, dann muss ich mich an die Arbeit machen. Es gibt viel zu organisieren.« Felipe sah enttäuscht aus. Ich gab ihm einen Kuss und lehnte mich kurz an seine Schulter. »Hey, nicht böse sein. Morgen Abend ist alles vorbei, dann bin ich nur für dich da.«

»Wenn du das sagst, *cariña.*«

Der Tag verging wie im Flug, während ich meine To-do-Liste abarbeitete. Ich traf mich mit dem Blumenhändler und der örtlichen Ballettschule und telefonierte mit einigen Onlinehändlern, die mir zusicherten, dass ich meine Bestellungen auf jeden Fall bis zum nächsten Morgen per Expressversand zugestellt bekommen würde. Der knappe Zeitplan gefiel mir gar nicht, aber in diesem Fall ging es nicht anders. Die Blumen mussten frisch geliefert werden, und was alles andere anging, konnte ich froh sein, dass es überhaupt so spontan klappte.

Auch Julian hatte sich wie versprochen Gedanken gemacht. Zwischen Tür und Angel gab er mir die Liste mit den neuen Gerichten fürs Buffet, die ich mit Timo abklärte. Er war wie erwartet begeistert: »Kaninchen aus Ithilien mit Pilzragout, dazu Zwergenbrot. Einfach genial. Roher Fisch nach Gollum-Art, also quasi Sushi – Ihr Koch ist der Wahnsinn, wissen Sie das?«

Felipe bot immer wieder seine Hilfe an, wenn wir uns über den Weg liefen, aber ich lehnte ab. Ich hatte ein schlechtes Gewissen, weil er sich so offensichtlich langweilte, aber das musste ich ignorieren. Ich delegiere grundsätzlich nicht gern und nehme die Dinge lieber selbst in die Hand, und dieses Mal war es auch die beste und schnellste Lösung.

»Bienchen, hast du mal eine Minute?«, rief mein Vater mir hinterher, als ich gerade die Empfangshalle durchquerte, um noch einmal zur Ballettschule zu fahren. Er musste sich beeilen, um mich noch einzuholen.

Ich drehte mich zu ihm um. »Was gibt's denn, Papa?«

»Du scheinst ganz schön viel zu tun zu haben.«

»Da sagst du was. Ich hab die ganze Nacht durchgearbeitet.«

»Felipe hat so was erwähnt.« Mein Vater kratzte sich am Kopf. »Sag mal, kann ich dir nicht doch irgendwie helfen? Dann hättest du auch ein wenig mehr Zeit für deinen Verlobten. Er ist schließlich extra wegen dir nach Deutschland gekommen. Willst du riskieren, ihn gleich wieder zu verlieren? Ich bin froh, dass wir es endlich so weit gebracht haben. Du wirst auch nicht jünger, Bienchen.«

Ich stöhnte. »Felipe versteht das, er ist auch ein Arbeitstier.« Zudem hatte ich ihm am Telefon immer wieder gesagt, dass ich keine Zeit für ihn haben würde, wenn er herkam. Dass es so schlimm werden würde, hatte ich allerdings nicht voraussehen können.

»Keine gelungene Kombination. Ihr müsst auch mal an euch denken, sonst kommen deine Mutter und ich nie zu Enkelkindern.«

»Papa!«

»Na, ist doch so. Das muss ich dir wohl nicht erklären.«

Oh nein. Ich erinnerte mich noch zu gut an die Aufklärungsstunde meines Vaters mit den selbst gebastelten Bienchen und Blümchen. Zehn Jahre alt war ich gewesen. Ich versank jetzt noch vor Scham im Erdboden, wenn ich daran zurückdachte.

»Wie dem auch sei«, fuhr mein Vater fort, »ich arbeite hier ebenso wie du, und wenn es viel zu tun gibt, will ich helfen.«

»Du hilfst mir, indem du anderweitig die Stellung hältst. Das Tagesgeschäft will immerhin auch erledigt werden.«

Mein Vater guckte streng. »Das meine ich nicht, und das weißt du.«

Natürlich wusste ich das. Seufzend strich ich meinem Vater über den Arm. »Du kannst mir wirklich nicht helfen.« Ich sah mich um und senkte vorsichtshalber die Stimme. »Es geht um eine Fantasy-Verlobung.«

»Fantasy?«

»Du hast doch sicher schon mal von *Harry Potter* gehört. Das ist Fantasy.«

»Was für ein Harry?«

Ich verkniff mir ein Lachen. »Du weißt schon: Magie, Zauberei, Drachen. So was halt.«

»Ah, jetzt verstehe ich.«

»Genau. Und bei *Der Herr der Ringe* geht es noch mal um eine ganz eigene Welt. Da kommen Zwerge drin vor, Elben und ...«

»Elfen?«

»Elben«, wiederholte ich geduldig und warf einen Blick auf meine Armbanduhr. »Es würde jetzt zu weit führen, um dir das alles zu erklären, ich hab noch einen dringenden Termin. Aber du kannst mir glauben, ich habe alles im Griff. Und vielleicht kannst du mir morgen bei der Dekoration unter die Arme greifen?«

»Wie? Ja, ja, kein Problem. Geh du nur«, erwiderte mein Vater und kratzte sich nachdenklich am Kinn.

»Attention.« Madame Dupont klatschte in die Hände, und sofort kehrte Ruhe ein. Die zehn Mädchen, die vorher noch herumgealbert hatten, verstummten und positionierten sich in bester Körperhaltung. »Noch einmal das Ganze. *Un, deux, trois.«*

Sie startete die Musik, und die Ballerinen begannen erneut mit ihrer Choreografie. Ich konnte kaum hinsehen. Dass die Mädchen nicht über ihre eigenen, wenn auch sehr grazilen, Füße stolperten, war auch alles. Vielleicht war es doch keine so gute Idee gewesen, das Kinderballett darum zu bitten, innerhalb von nicht einmal sechsunddreißig Stunden etwas Neues einzustudieren. Madame Dupont war heute Morgen sehr zuversichtlich gewesen, und das Probetanzen hatte mich sofort überzeugt, doch was ich jetzt zu sehen bekam, machte mir Sorgen. Hätte ich es einfach auf sich beruhen lassen und auf das Können der Ballettlehrerin vertrauen sollen? Besser wäre es gewesen. Ich seufzte. Morgen musste alles stimmen.

War es eine Option, der Gruppe wieder abzusagen? Nach einem Blick in Madame Duponts entschlossenes Gesicht verwarf ich den Gedanken sofort wieder. Nein, ich musste den Mädchen eine Chance geben, es gab ohnehin nicht wirklich eine Alternative.

Die Mädchen hatten ihre Choreografie beendet, und die Ballettlehrerin schaltete die Musik wieder aus. »Das muss noch besser werden, graziler. Ihr müsst schweben wie Elfen. Gleich noch einmal, und achtet dieses Mal auf die sanfte Melodie.«

Ich stand auf, als die Musik zum gefühlt hundertsten Mal von vorne begann. »Vielen Dank, dass ich zusehen durfte, Madame Dupont, aber ich denke, ich lasse Sie jetzt lieber allein weiterproben.«

»Weitertanzen«, rief sie den Mädchen zu und entfernte sich mit mir ein paar Schritte. »Sie sind nicht überzeugt«, sagte sie mir auf den Kopf zu.

Das war die Gelegenheit, aber ich kniff. »Nein, ganz und gar nicht. Wenn Sie sagen, dass Sie das bis morgen hinbekommen, vertraue ich Ihnen voll und ganz.«

»*Bien sûr*, natürlich schaffen wir das.«

»Sehr gut, dann sehen wir uns morgen.« Ich nickte ihr zu und verließ das Ballettstudio. Was war ich doch für ein Feigling!

Voller Elan machte ich mich am nächsten Morgen zusammen mit Felipe auf den Weg zum Hauptgebäude, um im großen Saal nach dem Rechten zu sehen. Wenigstens in dieser Nacht hatte ich ein paar Stunden Schlaf bekommen, und ich hatte es sogar geschafft, mit Felipe zu Abend zu essen. Zwar war es eine sehr späte Mahlzeit gewesen, aber für spanische Verhältnisse durchaus nicht ungewöhnlich. Ob der Blumenhändler schon vor Ort war? Bei der Dekoration konnte ich tatsächlich Hilfe gebrauchen, und so hatte ich alle verfügbaren Angestellten angewiesen, was zu tun war.

»Sehr gut«, sagte ich zu Felipe, »der Blumenhändler scheint bereits geliefert zu haben. Es kann losgehen.« Ich deutete hinüber zum Händler, der in diesem Moment in seinen Lieferwagen stieg und ihn startete. Langsam fuhr er vom Hof, und ich winkte ihm freundlich zu. Nanu, warum grüßte er denn nicht zurück? Ob er mich nicht gesehen hatte?

Ein wenig ratlos stiegen wir die Stufen zur *Strandperle* hinauf. Hanni telefonierte gerade, vertröstete ihren Gesprächspartner aber kurz und winkte mich zu sich. »Sag mal, hast du nicht einen Haufen Blumen und Pflanzen bestellt?«, fragte sie mich, eine Hand über die Sprechmuschel des Telefons gelegt.

Ich stutzte. »Ja. Warum fragst du? Stimmt etwas mit der Lieferung nicht?« Das hatte mir gerade noch gefehlt.

»Das kann man so nicht sagen. Dein Vater hat den Händler unverrichteter Dinge wieder weggeschickt.«

»Er hat *was?*«, schrie ich und machte sofort auf dem Absatz kehrt, um nach draußen zu rennen und den Lieferwagen aufzuhalten, doch der war längst nicht mehr zu sehen. Ich drehte wieder um.

Hanni hatte ihr Telefonat inzwischen beendet, sie tippte etwas in den Computer. »Und, hast du ihn noch erwischt?«, fragte sie, ohne aufzusehen.

»Natürlich nicht, wäre auch zu schön gewesen. Was hat das nun wieder zu bedeuten?«

Hanni zuckte mit den Schultern. »Da musst du schon den Anton fragen.«

»Oh, das werde ich. Da kannst du dich drauf verlassen.«

Ich wandte mich an Felipe. »Willst du dir einen Kaffee holen? Ich muss erst mal schauen, was hier los ist.«

»Ich hab das Gefühl, du kannst meine Hilfe noch gut gebrauchen«, erwiderte Felipe und folgte mir in den großen Saal.

Zwei Zimmermädchen, die ich eigens für heute rekrutiert hatte, kamen uns entgegen und unterhielten sich laut. Als sie mich erblickten, verstummten sie.

Was hatte mein Vater jetzt schon wieder angestellt?

Kapitel 18

Freitag, 2. Juni

Das Chaos meines Vaters beseitigen
Ihn zur Rede stellen
Nicht vergessen, Darío mal wieder anzurufen
Noch mal mit Julian reden
Verlobungsessen nachholen
(Die Buch-Ausgabe von Der Herr der Ringe *kaufen)*

»Oh mein Gott«, murmelte Felipe, kaum hatten wir den großen Saal betreten.

Mir verschlug es die Sprache. Würden der Weihnachtsmann und Osterhase zusammen einen Joint rauchen, hätte ich nicht überraschter sein können.

In diesem Moment bemerkte uns mein Vater. Er drehte sich zu uns um und schrie: »Überraschung!«

Überraschung? Das war es in der Tat, aber keine freudige. »Was … was machst du hier?« Verzweifelt deutete ich in den Raum. Es war wie ein schlechtes Déjà-vu. Überall, aber wirklich überall, standen Gartenzwerge in sämtlichen Größen und Formen. Von der Decke hingen einige Flugdrachen, und eine Wand war komplett mit in der Dunkelheit leuchtenden Sternen zugepflastert.

»Na, ist das nicht offensichtlich? Dir unter die Arme greifen«, erwiderte mein Vater. »Ist gut geworden, oder was meinst du? Es hat mich die halbe Nacht gekostet, aber zum Glück ist mir Heinz eingefallen. Der sammelt doch seit Jahren Zwerge und war so nett, sie uns auszuleihen. Jetzt ist alles fertig, und du kannst in Ruhe mit Felipe den Tag genießen und endlich eure Verlobung nachfeiern.«

War das sein Ernst? Ich konnte mich nicht entscheiden, ob ich schreien oder weinen sollte. Oder vielleicht hysterisch lachen?

Hanni erschien im Türrahmen. »Emily, hier ist eine Expresssendung für dich. Die Männer fragen, wo sie die Sachen abstellen sollen.«

»Die kannst du wegschicken, das hat sich erledigt. Ist doch viel günstiger so«, sagte mein Vater.

»Nein!«, schrie ich. »Schick sie hierher, und dann trommel bitte die Angestellten wieder zusammen. Wir werden wie geplant vorgehen, aber davor müssen wir erst einmal die ganzen Zwerge wieder einsammeln.«

Hanni verschwand, mein Vater hingegen stemmte die Hände in die Hüften. »Aber Bienchen, du wolltest doch Zwerge. Was passt dir denn jetzt schon wieder nicht?«

»Na, alles. Schau dir das doch an: *Gartenzwerge*.« Ich schüttelte den Kopf. »Und du kannst doch nicht einfach meine Lieferungen wegschicken. Ich denke mir was bei meiner Arbeit. Hoffentlich ist der Blumenhändler nicht allzu verstimmt, ich brauche diese Pflanzen wirklich dringend.«

»Ich hab ihm gesagt, wir nehmen welche aus dem Garten. Ist doch viel billiger.«

Deshalb hatte der Händler mich nicht gegrüßt. »Papa, wir brauchen mehr als ein paar selbst geschnittene Rosen. Außerdem kannst du die Wünsche des Kunden nicht ignorieren. Es ist sein Geld, er bestimmt, was er will.«

Mein Vater zuckte mit den Schultern. »Meinetwegen. Ich ruf den Otto gleich an und erkläre ihm alles. Wir haben zusammen die Schulbank gedrückt, der versteht das schon.

Aber du hast mir immer noch nicht gesagt, was jetzt an den Zwergen so verkehrt ist.«

Hanni kehrte mit drei Männern im Schlepptau zurück, jeder von ihnen vollbepackt mit Kisten. Wir traten beiseite, um Platz zu machen. »Anton, die Zwerge aus *Der Herr der Ringe* sind keine gewöhnlichen Zwerge«, setzte Felipe an.

Doch mein Vater ließ sich nicht beirren. »Ach was, Zwerg ist Zwerg. Und was ist das nun wieder für ein Quatsch? Gestern hast du noch was von einem Harry erzählt. Da kannst du mir wirklich nicht schon wieder die Schuld an allem geben.«

Müde schloss ich die Augen und schüttelte den Kopf. »*Harry Potter* war nur ein Beispiel, das habe ich dir auch gesagt. Und Zwerg ist eben nicht Zwerg. Bei Tolkien sind sie alles andere als putzig, sie sind eher wie Krieger mit Rüstung und allem, was dazugehört.« Inzwischen hatte ich auch erkannt, dass Timo Klein als der Zwerg Gimli verkleidet war.

»Krieger? Herrgott, das muss man mir doch auch sagen. Woher soll ich das bitte wissen? Ich wollte dich überraschen, indem ich dir die Arbeit abnehme.«

Ich nickte. Das Schlimme war, dass mein Vater es tatsächlich immer gut meinte, auch wenn am Ende meistens eine Katastrophe mittleren Ausmaßes dabei herauskam. Wie so oft schaffte er es auch dieses Mal, dass meine Wut auf ihn allmählich verblasste. »Frag mich das nächste Mal bitte einfach. So, und jetzt müssen wir uns an die Arbeit machen, sonst wird das nichts mehr bis heute Abend.«

»Ich rede mit Otto«, sagte mein Vater und spazierte bereits an mir vorbei.

»Warte mal, Papa.« Ich wollte das lieber selbst in die Hand nehmen, denn wir brauchten die Blumen- und Pflanzenlieferung unbedingt. Ohne sie fiel der ganze Plan ins Wasser.

Doch mein Vater wollte nichts davon hören. »Ich mach das schon, Bienchen. Vertrau mir. Kümmere du dich lieber hier um alles.«

Seufzend gab ich nach, denn nach und nach trudelten die Angestellten ein und warteten darauf, Aufgaben zugeteilt zu bekommen. Er hatte recht. Ich konnte nicht auf zwei Hochzeiten gleichzeitig tanzen, und hier wurde ich jetzt mehr gebraucht. Ich musste meinem Vater also wohl oder übel vertrauen, auch wenn es mir schwerfiel.

Einige Stunden später war die Abschiedsparty des *Der Herr der Ringe*-Fanclubs bereits in vollem Gange. Die gut fünfzig Mitglieder waren hellauf begeistert von unserer Dekoration, und ich konnte selbst noch nicht so recht glauben, wie schön der Saal geworden war. Mit Postern an den Wänden, stilechten Accessoires und den vielen Pflanzen und Blumen, die mein Vater zum Glück rechtzeitig beschafft hatte, hatten wir den Ort Bruchtal aus Mittelerde nachgestellt. Die Festung mit den schönen Bauten und das ganze Grün drum herum beruhigten mich und ließen mich den Stress der vergangenen zwei Tage vergessen.

Felipe schoss mit Timos Erlaubnis unzählige Fotos für die Homepage des Hotels und für neue Broschüren. Ich hielt mich hingegen im Hintergrund und wartete darauf, dass Timo seine Abschlussrede hielt, noch waren jedoch alle mit dem Buffet beschäftigt. Julian hatte sich wirklich selbst übertroffen. Gerne hätte ich ihm gedankt, doch er hatte vorhin nur schnell nach dem Rechten geschaut und war sofort wieder verschwunden. Der Austausch mit ihm fehlte mir. Zwar hatte Felipe mir schlussendlich doch noch geholfen, aber die Zusammenarbeit mit ihm hatte sich von der Arbeit mit Julian unterschieden. Felipe erledigte, worum ich ihn bat, während Julian sich nicht nur auf seinen Bereich konzentrierte, sondern sich von sich aus einbrachte, wenn er darüber hinaus Ideen hatte. Aber das konnte natürlich daran liegen, dass Felipe absolut kein Fantasy-Fan war.

Jetzt endlich stand Timo, der auch heute als Gimli kostümiert war, auf, um in seiner Funktion als Vorsitzender das Wort an die anderen Mitglieder zu richten. »Liebe Gefährten, unser Treffen war wie immer das Highlight meines Jahres. Turbulent hat es begonnen, und dann hat es doch noch einen so schönen Rahmen bekommen.«

Während er mit seiner Rede fortfuhr, entfernte ich mich lautlos, um im Nebenraum nach dem Rechten zu schauen. Dort warteten die Mädchen der örtlichen Ballettschule auf ihren Einsatz. Oder sagen wir besser: Sie hätten brav warten *sollen.* Stattdessen prügelten sich zwei der Mädchen in ihren hübschen Kleidern wie Jungs, angefeuert von den anderen.

»Was ist denn hier los?«, fragte ich erschrocken, aber niemand achtete auf mich. Ich sah mich vergebens nach der Ballettlehrerin um und betrat mit schnellen Schritten den Raum, um die Kampfhähne voneinander zu trennen. Sie wirkten schon jetzt ziemlich ramponiert. Ihre Hochsteckfrisuren sahen aus, als hätte ein Vogel in ihnen sein Nest gebaut. »Aufhören! Könnt ihr mir mal erklären, was das soll? So verhalten sich doch keine Ballerinen.«

Das blonde Mädchen verschränkte bockig die Arme vor der Brust. »Celeste will mich nicht helfen lassen, aber Madame Dupont hat gesagt, ich darf.«

»Stimmt gar nicht«, fiel ihr das dunkelhaarige Mädchen ins Wort. »Sie hat gesagt, du darfst, wenn du dich nicht so blöd anstellst.«

»Nimm das sofort zurück.«

Die beiden wollten erneut aufeinander losgehen, aber ich konnte sie davon abhalten. Seufzend wandte ich mich an die anderen acht Mädchen. »Wo liegt denn das Problem? Vielleicht kann mir das eine von euch erklären.«

Nach einigem diffusen Hin und Her erfuhr ich, dass die Streithähne der zukünftigen Braut beide das Kleid überreichen wollten, das ich für den großen Moment besorgt hatte. Es sollte auch eine Überraschung für Timo werden. Das bodenlange Kleid aus lindgrünem Brokat mit Perlen und Stickereien an Ausschnitt und Glockenärmeln war dem Hochzeitskleid nachempfunden, das Arwen in den *Der Herr der Ringe*-Filmen trug.

Ich zauberte ein braunes Schmuckkästchen aus der Tasche meiner Stoffhose und wandte mich an die zwei Streithähne. »Was haltet ihr davon, wenn eine von euch dem zukünftigen Bräutigam den Ring bringt?« Ich klappte die Schatulle auf, und zum Vorschein kam ein nach Arwens Abendstern gestalteter Ring aus Silber, besetzt mit Kristallen. Eigentlich hatte ich ihn Timo später unauffällig geben sollen, aber er hatte sicher nichts gegen die kleine Planänderung.

Das blonde Mädchen strahlte, als es den Ring erblickte. »Einverstanden.«

Ich reichte ihm die Schatulle. »Na schön, dann machen wir es so. Und nun richtet schnell eure Frisuren, ihr seid gleich dran.«

Auf dem Flur waren die Schritte von Absatzschuhen zu hören. Beide Mädchen zuckten zusammen und machten sich sofort daran, ihre Haare in Ordnung zu bringen. »Bitte sagen Sie Madame Dupont nichts davon«, bat Celeste.

Ich unterdrückte ein Lächeln. »Wenn ihr mir versprecht,

euch nicht mehr zu streiten. Ihr habt beide eine sehr verantwortungsvolle Aufgabe.«

Die Mädchen nickten eifrig, gleichzeitig betrat die Ballettlehrerin den Raum. »Nanu, ist alles in Ordnung?«, fragte sie mich mit ihrem französischen Akzent.

Ich nickte. »Nur eine kleine Planänderung, aber die Mädchen wissen, was zu tun ist. Ich muss zurück, es kann jeden Moment losgehen. Die Musik ist euer Zeichen«, fügte ich noch einmal an die Mädchen gewandt hinzu, dann eilte ich in den großen Saal. Offenbar kam ich gerade richtig.

»Und zu guter Letzt möchte ich mich im Namen von uns allen bei der Hotelleitung bedanken, die uns spontan aufgenommen und mehr als gut versorgt hat. Emily, vielen Dank. Auch für dieses wunderschöne Ambiente, das uns bisher auf noch keinem unserer Treffen geboten wurde.« Timo zeigte in meine Richtung, und Applaus brandete auf. Einige pfiffen sogar auf ihren Fingern oder trampelten mit den Füßen.

Gerührt deutete ich eine Verbeugung an. »Das haben wir sehr gern gemacht, jederzeit wieder«, sagte ich. »Und nun haben wir noch eine kleine Überraschung für Sie. Meine Damen und Herren: das Dessert.«

Ich sah erst zu Felipe, um ihn daran zu erinnern, dass er jetzt wieder fotografieren sollte, anschließend zu Julian, der wie besprochen in einer Nische bereitstand. Im Saal wurde es dunkel, die versteckten Lichterketten und künstlichen Glühwürmchen flammten auf, und Julian schob den Servierwagen mit der mehrstöckigen Torte herein. Wieder folgte Applaus, doch der verebbte, als plötzlich Musik einsetzte. Eine langsame Melodie, das Thema von Aragon und Arwen aus dem Film. Meine Handflächen waren vor Aufregung ganz feucht. Hoffentlich vermasselten die Ballerinen ihren Auftritt nicht.

Nach dem gestrigen Desaster hatte ich darauf verzichtet, mir noch eine Probe anzuschauen.

Nur wenige Sekunden später tänzelten die Ballerinen in ihren lindgrünen Kleidern aus Spitze und Tüll in den Saal und begannen mit ihrer einstudierten Choreografie. Elfengleich schwebten sie durch den Saal und schienen sogar die Männer zu verzaubern. Erleichtert atmete ich auf. Wenigstens etwas, das mal nicht schiefging. Timo nahm wegen des Ringes Blickkontakt zu mir auf, doch ich nickte nur, um ihm zu signalisieren, dass alles in Ordnung war. Schließlich kamen die Ballerinen zum Ende und stellten sich, jeweils vier auf einer Seite, in zwei Reihen auf, um einen Gang zu bilden. Die zwei Streithähne von eben hatten unbemerkt das Kleid und das Schmuckkästchen geholt und tanzten nun durch den Gang, Celeste mit dem Kleid in ihren Händen als Erste. Sie breitete es vor Timos verdutzter Freundin aus. Anschließend überreichte das blonde Mädchen Timo die Schatulle. Beide zogen sich zurück, reihten sich bei den anderen Mädchen ein, und alle zusammen nahmen ihre Endposition ein, die einem Hofknicks ähnelte. Gleichzeitig verstummte die Musik. Im Saal war es totenstill, niemand applaudierte. Alle schienen zu ahnen, was jetzt kam. Nur Melanie blickte ihren Timo an, als wolle sie ihn fragen, was hier los sei.

Er räusperte sich. »Liebste Melli, wie du weißt, bin ich kein Mann großer Worte, deshalb dachte ich mir, Taten sagen mehr als tausend Worte.« Er ließ sich auf ein Knie fallen und öffnete mit beiden Händen das braune Kästchen. »Willst du meine Gefährtin sein und dein Leben an meiner Seite verbringen?«

Zugegeben, die Ansprache hätte ich vielleicht noch einmal mit ihm durchgehen sollen, aber trotzdem war sie auf ihre

Art hinreißend. Das schien auch Melanie zu finden. Sie erwachte aus ihrer Schockstarre, schrie ihr »Ja« nahezu und fiel Timo um den Hals. Nun setzte auch der Jubel der anderen ein.

»Sehr schön, *cariña.*« Felipe gab mir einen Kuss und fotografierte dann sofort weiter.

Nachdem sich die Aufregung ein wenig gelegt hatte, schnitt Julian symbolisch die Torte an und erntete tosenden Applaus für seine Kreationen. Eine Bedienung aus der *Kombüse* übernahm den Rest und verteilte die Stückchen. Ich erwartete, dass Julian sich erneut klammheimlich davonstehlen würde, doch überraschenderweise kam er direkt auf mich zu. »Das ist wirklich schön geworden. Vor allem, wenn man bedenkt, dass du bis vor zwei Tagen noch absolut keine Ahnung von *Der Herr der Ringe* hattest.«

»Danke, lieb von dir«, antwortete ich, völlig perplex, dass er mit mir sprach und dann auch noch etwas Nettes sagte. »Das Buffet ist super geworden. Danke, dass du das so spontan auf die Beine gestellt hast.« Julian nickte. Gerne hätte ich etwas Sinnvolles gesagt, mich noch einmal entschuldigt oder was auch immer, aber ich hatte keine Ahnung, wie und wo ich anfangen sollte, und auch Julian schwieg. Die Hände in den Taschen seiner Jeans stand er neben mir. Ich unterdrückte ein Seufzen. Immerhin suchte er dieses Mal nicht sofort das Weite. Ob er bereit war, mir irgendwann zu verzeihen? Konnte ich ihn darum bitten? Doch ich traute mich nicht. Stattdessen sagte ich: »Ich bin heilfroh, dass alles hingehauen hat, dieses Mal war es wirklich eine Herausforderung. Mein Vater hat totales Chaos verbreitet, und du hättest die Tanzeinlage mal gestern sehen sollen.« Er schwieg weiterhin. Ich nahm all meinen Mut zusammen, um das Gespräch doch noch in andere Bahnen zu lenken, als Timo mit seiner frisch Verlobten zu uns kam.

»Also, Ihre Organisation ist wirklich einsame Spitze«, begann er. »Das schreit nach einer Wiederholung. Tatsächlich hat dank der Doppelzimmerbelegung ein neues Pärchen zusammengefunden, das Ihren Service vielleicht nächstes Jahr in Anspruch nimmt.« Er grinste und wandte sich an Julian. »Das Essen war der Wahnsinn. Wir empfehlen Sie sehr gern weiter.«

»Vielen Dank.« Julian lächelte ihm freundlich zu. »So, ich muss zurück in die *Kombüse.* Sagt Bescheid, wenn ihr hier noch etwas braucht.«

»Julian, warte mal, ich wollte noch kurz was mit dir besprechen.«

»Später, Emily.«

Enttäuscht blickte ich ihm nach, während sich Timo und Melanie weiterhin überschwänglich bei mir bedankten. Ich konnte froh sein, dass Julian überhaupt wieder mit mir sprach. Trotzdem hatte ich mir mehr erhofft.

»*Hola,* Darío. Hier ist Emily.«

»Ach, dich gibt's ja auch noch. Ich hab mich schon gefragt, wann du dich mal wieder meldest.«

Ich schluckte und nahm das Telefon in die andere Hand. Mein Chef war sauer auf mich, und ich konnte es ihm nicht verübeln. Überhaupt schienen gerade alle sauer auf mich zu sein: Julian wegen Felipe, Felipe, weil ich zu wenig Zeit für ihn hatte, und mein Bruder, weil ich ihn immer wieder fragte, ob er nicht doch so bald wie möglich nach Fehmarn kommen könne. Ein geeigneter Geschäftsführer war nämlich nach wie vor nicht in Sicht. Manchmal fragte ich mich, warum ich das alles eigentlich auf mich nahm. Auf Fuerteventura hatte ich trotz der vielen Arbeit so ein schönes und ruhiges Leben geführt, aber hier auf Fehmarn legte mir jeder Steine in den Weg. Allmählich war ich es leid, dass von allen Seiten an mir herumgezerrt wurde.

»Es tut mir leid, Darío, ich hätte mich längst melden müssen, aber in den letzten Tagen war extrem viel los.«

»Emily, ich höre seit Wochen nichts anderes.« Er holte tief Luft. »Wie gesagt, ich verstehe deine Lage, aber du musst auch versuchen, mich zu verstehen. Wir hatten eine Vereinbarung, aber statt deine Aufgabe anzunehmen, gehst du auf Tauchstation und lässt mich einfach in der Luft hängen.«

Ich ging ins Wohnzimmer, damit Felipe, der im Schlafzimmer auf dem Bett lag und in einer Zeitung blätterte, nicht jedes Wort mitbekam. Es war schon so demütigend genug. »Das verstehe ich sehr gut, Darío, und ich kann nur immer wieder sagen, dass ich wirklich mein Bestes tue, um die Angelegenheiten hier so schnell wie möglich zu klären. Aber leider gestaltet sich die Suche nach einem Geschäftsführer für das Hotel sehr schwierig.«

»Das weiß ich, Emily. Ich mache den Job nicht erst seit gestern.«

Seine Worte fühlten sich an wie eine verbale Ohrfeige. »Natürlich«, erwiderte ich knapp. Was sollte ich sonst noch sagen? Im Grunde hatte er vollkommen recht. Als Hotelchefin würde ich bei meinen Angestellten dieses Verhalten auch nicht dulden.

Darío seufzte. »Entschuldige, ich wollte dich nicht so anfahren.«

»Nein, bitte. Es stimmt, was du sagst. Ich verhalte mich dir gegenüber alles andere als professionell. Ich weiß nur leider nicht, wie ich das ändern soll.« Einige Sekunden schwiegen wir beide. Im Hintergrund konnte ich die spanischen Zimmermädchen miteinander reden hören. »Was jetzt?«, fragte ich und hielt den Atem an. Würde er mir ein Ultimatum stellen oder mich direkt rauswerfen?

»Sieh zu, dass du das Ganze so schnell wie möglich klärst.«

Ich ließ die Luft entweichen. »Danke, Darío.«

»Schon gut.« Er legte auf, bevor ich noch etwas sagen konnte.

Ich legte das Telefon ebenfalls beiseite und sah noch einen kurzen Moment aus dem Fenster. Viel besser als vor dem Telefonat fühlte ich mich nicht, denn eines war klar: Darío gab mir vielleicht noch etwas Zeit, aber lange würde er das alles nicht mehr mitmachen. Ich musste wirklich dringend eine Lösung finden.

Schritte waren hinter mir zu hören, doch ich drehte mich nicht um. Nur wenige Sekunden später umschlang Felipe mich mit seinen Armen und legte sein Kinn auf meine Schulter. »Alles in Ordnung?«

Ich schüttelte den Kopf und spürte, wie schon wieder Tränen in mir aufstiegen. Zum Glück konnte Felipe mein Gesicht in diesem Moment nicht sehen. Ich hatte noch nie wegen der Arbeit geweint, und ich wollte jetzt nicht damit anfangen, schon gar nicht vor Felipe.

»Was ist los, *cariña?* Macht Darío Ärger?«

»Nicht direkt, aber er hat mir deutlich zu verstehen gegeben, dass er nicht mehr lange auf mich warten wird.« Seufzend schüttelte ich den Kopf. »Was soll ich denn machen? Ein Geschäftsführer lässt sich gerade einfach nicht finden.«

»Soll ich doch mal mit Darío reden?«

»Nein, das geht nicht. Gerade jetzt, wo wir verlobt sind. Ich will nicht, dass die Leute denken, ich erschleiche mir dadurch irgendeinen Vorteil.«

»Hast du denn schon mal mit deiner Mutter über die Hotelleitung gesprochen?«, fragte Felipe.

Ich drehte mich zu ihm um und legte ihm meine Hände auf die Brust. »Du kennst ihre Vergangenheit. Sie hat ein schwaches Herz und kann die Hotelleitung nicht erneut übernehmen, auch wenn sie es sicher sofort machen würde, und ich will sie auch so wenig wie möglich mit alledem belasten.«

»Stattdessen belastest du dich selbst.« Felipe strich mir eine Haarsträhne hinters Ohr. »Du musst auch mal an dich denken, Emily. Du hast eine Zukunft auf Fuerteventura. Die Beförderung wartet auf dich, wir wollen heiraten. Und du kannst mir glauben: Wo du endlich Ja gesagt hast, will ich, dass wir es so schnell wie möglich tun.«

Er lächelte, aber ich konnte sein Lächeln nur traurig erwidern. Über unsere anstehende Hochzeit konnte ich mir jetzt nun wirklich nicht auch noch den Kopf zerbrechen.

»Ich dachte an September, oder was meinst du?«, fuhr Felipe fort. »Da ist es nicht mehr ganz so heiß, und die Regenzeit hat noch nicht begonnen. Außerdem geht dann die Saison hier zu Ende, und du bist wieder frei.«

Er hatte bereits alles durchdacht, während ich mir noch gar keine Gedanken gemacht hatte. Was sagte das nun wieder über mich aus? War ich wirklich nur überarbeitet? »Felipe …«

Seufzend ließ er mich los und fuhr sich mit beiden Händen durch die dunklen Haare. »Emily, bitte. Ist es denn zu viel verlangt, wenn ich möchte, dass du einmal an uns denkst?«

Ich schüttelte den Kopf, nun doch den Tränen nahe. Felipe seufzte erneut, griff nach meiner Hand und zog mich aufs Sofa. Dann legte er einen Arm um meine Schulter. Ich schmiegte mich an ihn, schloss die Augen und atmete seinen herben Duft ein. »September klingt toll«, sagte ich.

Er strich mir über die Haare, als sei ich ein kleines Kind, das beruhigt werden musste. »Ich weiß, dass du im Moment keine Zeit hast, um eine Hochzeit zu planen, aber ich bin ja auch noch da, und man wird doch wohl mal träumen dürfen.«

Ich nickte und sah kurz auf, um ihm einen Kuss zu geben. »Eine Hochzeit am Strand fände ich schön. Ich weiß, das ist das totale Klischee, aber ich wollte schon immer am Strand heiraten. Und auf Fuerteventura lässt sich das wettertechnisch auch viel besser umsetzen als hier auf Fehmarn.« Wie so oft in letzter Zeit wanderten meine Gedanken zurück in die Vergangenheit. Julian und ich hatten schon am Tag unserer Verlobung begonnen, die Hochzeit zu planen. Keiner von uns hatte es erwarten können. Wir hatten Ende Juli am Strand heiraten wollen und darauf gehofft, dass dann die Sonne scheinen würde.

»Der Strand wäre nicht meine erste Wahl, aber wir machen, was immer du möchtest.«

»Was wäre denn deine erste Wahl?«

Felipe überlegte nicht lange. »Ein luxuriöses Hotel mit Party auf der Dachterrasse, gerne mit Meerblick für dich.«

»Klingt auch nicht schlecht«, erwiderte ich, obwohl mir die Vorstellung von einer Hochzeitsfeier barfuß am Strand deutlich besser gefiel. Ich mochte es gerne ungezwungen. Natürlich waren gewisse Traditionen schön, und auf eine mehrstöckige Hochzeitstorte würde auch ich definitiv nicht verzichten, aber ich brauchte nicht den ganz großen Auftritt. Statt Häppchen und Live-Musik taten es auch Grillwürstchen und die Playlist vom iPod. Am wichtigsten war ohnehin, dass man den richtigen Mann an seiner Seite hatte und die Menschen da waren, die einem am Herzen lagen.

Ob Julian zu meiner Hochzeit kommen würde? Ich verwarf den Gedanken sofort wieder. Das würde er ganz sicher nicht, und wahrscheinlich war es auch besser so.

Kapitel 19

Freitag, 9. Juni

Mit Julian reden!
Konzept des Romantikhotels erweitern
Termin mit Pahl senior vereinbaren
Mir Gedanken über meine eigene Hochzeit machen

Ein wenig schüchtern betrat ich die *Kombüse*. Es war Mittagspause, doch ich wusste, dass Julian in der Küche war und alles für den Abend vorbereitete. Ich hatte ihn von seinem Spaziergang mit Snoopy zurückkommen sehen.

Snoopy kam mir nicht aufgeregt entgegen wie sonst in den letzten Wochen, sondern blieb in seinem Körbchen liegen. Aber er wedelte mit dem Schwanz und schmiegte seinen Kopf an meine Hand, als ich ihn zu streicheln begann.

»Na, mein Kleiner, wie geht es dir?«, fragte ich.

»Er macht Fortschritte«, antwortete Julian, der mit verschränkten Armen am Rahmen der Küchentür lehnte.

Ich zuckte zusammen, als hätte er mich bei etwas Verbotenem ertappt. »Das ist schön. Ich hab mir Sorgen gemacht.«

»Nicht nötig. Snoopy ist zäh, wie du gesagt hast. Vielleicht wird er nie wieder der Alte sein, inzwischen merkt man ihm die Jahre halt doch an, aber es geht ihm wieder gut.«

»Ich bin wirklich froh, das zu hören.« Nachdem ich Snoopy noch eine Weile an seiner Lieblingsstelle hinter den Ohren gekrault hatte, stand ich auf.

Julian betrachtete mich aufmerksam. »Was kann ich für dich tun?«

»Du könntest mir verzeihen«, platzte es ungeplant aus mir heraus. Sehr dumm, aber ich war trotzdem froh darüber.

Julian stieß ein Seufzen aus. »Emily …«

»Nein, bitte hör mir kurz zu«, unterbrach ich ihn. »Du fehlst mir, unsere Gespräche, unsere Freundschaft fehlen mir. Ich weiß, dass es ein Fehler war, dir nichts von Felipe zu erzählen, und ich würde diesen Fehler wirklich gerne ungeschehen machen, aber das geht nun mal nicht. Ich kann nur immer wieder sagen, wie leid mir das Ganze tut, und hoffen, dass du mir eines Tages doch vergibst.«

Julian stieß sich vom Türrahmen ab und setzte sich an einen der zahlreichen leeren Tische. Ich folgte ihm, blieb aber stehen. Meine Hände umklammerten die Lehne eines Stuhls, mein Herz schlug schneller. Mir war klar, dass unsere Freundschaft vorbei war, wenn er mir nicht verzeihen konnte. Gerne hätte ich noch etwas gesagt, um ihn zu überzeugen, aber mir wollte einfach nichts einfallen. Es war dumm gewesen, und es gab keine Worte, um mein Verhalten zu rechtfertigen. Ich blickte zu Julian, auch wenn ich mich kaum traute, ihm direkt in die Augen zu schauen.

»Du hast mir wirklich wehgetan«, sagte er schließlich ziemlich leise.

Ich nickte. »Das weiß ich.«

»Dieser Kuss …«

Ich zog den Stuhl hervor, um mich nun doch zu setzen. Die Stuhlbeine machten ein unschönes Geräusch, als sie über den Boden schrammten. Fast wie in der Schule, wenn die Jungs mit ihren Fingernägeln über die Tafel kratzten, um uns Mädchen zu ärgern. »Es wäre auch für mich leichter, wenn ich dir das alles erklären könnte, aber das kann ich nicht. Ich weiß nicht, warum ich diesen Kuss nicht verhindert habe, obwohl mir in jeder Sekunde klar war, dass es falsch war. Ich kann mir das nur damit erklären, dass alte Gefühle zwischen uns aufgekeimt sind. Wir stehen uns eben trotz allem noch nahe, und das ist auch gut so, aber wir führen jetzt jeder ein anderes Leben. Dennoch bist du mir wichtig, auch wenn es in den letzten Jahren vielleicht nicht danach ausgesehen hat.«

»Du bist mir auch wichtig«, erwiderte Julian. »Oder glaubst du, ich hätte dich sonst so unterstützt, wie ich es getan habe? In den letzten Wochen habe ich kaum geschlafen.«

Ich nickte zerknirscht. »Dafür bin ich dir auch unendlich dankbar.« Plötzlich schwammen meine Augen in Tränen. »Ich fühle mich richtig schlecht. Nach dem, was ich dir damals angetan habe, hast du mir geholfen, wo du nur konntest. Und wie danke ich es dir? Indem ich mich schon wieder mies verhalte. Ich habe es überhaupt nicht verdient, dass du mir verzeihst.«

Zu meiner Überraschung grinste Julian. Kopfschüttelnd sagte er: »Also wirklich, ich hätte nicht gedacht, dass du dich der Waffen einer Frau bedienst, um mich rumzukriegen.«

Ich schluchzte auf und musste gleichzeitig lachen. »Das tue ich gar nicht, ich meine es wirklich so.«

»Das weiß ich doch«, sagte Julian, wieder ernst. »Lass uns das Ganze einfach vergessen. Aber bitte – wenn wir wirklich Freunde bleiben sollen, musst du ehrlich zu mir sein. Von Freundschaft kann nämlich nicht die Rede sein, wenn man einander so etwas verschweigt.«

Ich nickte und hob die Hand zum Schwur. »Keine Lügen oder Heimlichkeiten mehr, versprochen.«

Julian nickte ebenfalls. »Also, wie kann ich dir helfen?«

Ich lächelte, er kannte mich einfach viel zu gut. »Ich habe überlegt, wie man das Geschäft weiter ankurbeln könnte, und würde die *Kombüse* gerne mehr einbinden. Immerhin hast du sie zu einer Goldgrube gemacht.«

»Na ja, Goldgrube ist wohl ein bisschen übertrieben«, erwiderte Julian, aber er fühlte sich sichtlich geschmeichelt.

»Metaphorisch gesehen auf jeden Fall. Du hast richtig was aus dem Restaurant gemacht.« Nach kurzer Pause fügte ich hinzu: »Und aus dir. Ich bin wirklich stolz auf dich.«

»Danke, Emily. Das bedeutet mir viel.« Julian kratzte sich verlegen im Nacken. »Und nun schieß schon los. Wie willst du meine restliche Freizeit noch verplanen?« Anhand seines Lächelns erkannte ich, dass er seine Worte nicht ernst meinte.

»Was hältst du von Event Cooking?«

»An sich eine nette Idee, aber ich fürchte, ohne größeren Umbau lässt sich das hier nicht umsetzen. Oder hast du schon einen Plan?«

Ich lächelte triumphierend. »Natürlich habe ich den. Wir bieten das Ganze nur im Sommer und draußen an, als Special Event sozusagen. Mein Vater wollte schon immer einen gemauerten Grill im Hotelgarten bauen, aber meine Mutter hat ihn bisher erfolgreich davon abgehalten.« So schusselig mein Vater sonst auch sein konnte, handwerklich war er tatsächlich nicht unbegabt.

»Sehr gut, damit ist dein alter Herr eine Weile beschäftigt und kann dir nicht mehr ins Handwerk pfuschen.«

»Genau das ist der Plan. Wenn wir so vorgehen, können sich natürlich nur kleine Gruppen anmelden, aber Exklusivität muss nichts Schlechtes sein. Außerdem könnten wir Kochkurse für Hotelgäste anbieten. Wenn du das nicht in der Restaurantküche machen willst, benutzen wir einfach die Küche der *Strandperle* dafür. Die ist zwar nicht so groß und gut ausgestattet wie deine hier, hat dafür aber ein schönes

Ambiente. Außerdem stören wir dann nicht euren Tagesablauf.«

»Und an was für Kochkurse hast du gedacht?«, fragte Julian. Ich spürte die Hitze in meinen Wangen, und er grinste. »Ah, verstehe. Was Erotisches, hm?«

Ich nickte. »Es soll ja auch zum Konzept des Romantikhotels passen. Ich weiß auch nicht. *Liebe geht durch den Magen. Mit aphrodisierenden Gewürzen kochen.* So was halt. Dir fällt da sicher was ein.«

»Meinst du, ja?« Er lachte, als ich noch eine Spur röter wurde.

»Also, was sagst du? Bist du dabei?«

»Klar bin ich dabei, ich hab selbst schon des Öfteren darüber nachgedacht. Wann fangen wir an?«

»Setz dich, Emily. Wie geht es dir? Hast du dich wieder gut eingelebt?« Franz Pahl nahm seine Lesebrille ab, lehnte sich in seinem Bürostuhl zurück und lächelte mir freundlich zu.

»Es ist fast so, als wäre ich nie weg gewesen.« In gewisser Weise stimmte das sogar. Ich fühlte mich wie damals, kurz bevor ich der Insel für viele Jahre den Rücken gekehrt hatte: innerlich zerrissen. Einerseits wollte ich unbedingt hier weg, dieses Mal nicht nur aus Abenteuerlust, sondern weil ein Mann und ein Job auf mich warteten. Andererseits wurde ich hier dringend gebraucht. »Wie geht es Ihrer Frau und den Kindern?«, fragte ich aus Höflichkeit und um mich abzulenken.

Ich nahm Pahl senior gegenüber Platz und sah mich im Büro um, während er von seiner Familie sprach. Das Chaos auf dem Schreibtisch, die dünne Staubschicht auf dem mit Aktenordnern gefüllten Regal, die schief sitzende Krawatte – dieses Mal fielen mir Dinge auf, die ich bei meinem letzten

Besuch vor lauter Aufregung überhaupt nicht wahrgenommen hatte. Vor allem die Bilder, die hinter Franz Pahl auf der Fensterbank standen, stachen mir ins Auge. Sie zeigten unter anderem Tina und Oliver im Sandkasten des heimischen Gartens. Ich musste lächeln. Fehmarn war ein Dorf, hier kannte jeder jeden. Was die beiden wohl davon hielten, dass ihr Vater Kinderfotos von ihnen im Büro stehen hatte?

»Wie läuft es im Hotel?«, wollte Franz wissen, nachdem er mir versichert hatte, dass es allen gut ging.

»Wir können nicht klagen«, antwortete ich. »Unser Verlobungsservice wird sehr gut angenommen.«

»Sehr schön, das freut mich. Und, wie kann ich dir helfen?«

Ich schluckte. »Es geht um die Bedingung, die Sie mir für die Kreditverlängerung gestellt haben.«

Er stieß ein Seufzen aus. »Emily …«

Zerknirscht nickte ich. »Ja, ich weiß. Sie sind meiner Familie schon unglaublich entgegengekommen, das ist mir durchaus bewusst. Und ich schäme mich auch dafür, Sie erneut um einen Gefallen bitten zu müssen, aber mein Job steht auf dem Spiel, Franz. Mein Chef hat mir unmissverständlich klargemacht, dass er nicht bis September auf mich verzichten wird.«

»Was ist denn mit deinem Bruder? Dominik, richtig?«

Nun war es an mir zu seufzen. »Der ist beruflich leider ebenso eingespannt wie ich und kann nicht für mich einspringen. Vor September wird er nicht nach Deutschland zurückkehren, bis dahin werde ich die Stellung hier aber nicht halten können.«

Franz nickte. »Verstehe. Und wie stellst du dir die Zukunft der *Strandperle* vor?«

Das war eine sehr gute Frage. Nur wusste ich auf sie im Moment leider keine Antwort, da die Lösung, dauerhaft einen Geschäftsführer zu beschäftigen, weder meinen Eltern noch mir gefiel. Die *Strandperle* war seit vielen Jahren ein Familienunternehmen und sollte es auch bleiben, aber dazu musste Dominik mitspielen. Meine Mutter glaubte zwar nach wie vor an ihr Nesthäkchen, aber ich hatte die Hoffnung aufgegeben. Dafür reiste mein Bruder viel zu gerne in der Weltgeschichte herum. Das schlechte Gewissen traf mich wie aus dem Nichts, aber ich schüttelte es sofort wieder ab. Auch wenn ich selbst nicht mehr auf der Insel lebte, war ich nicht wie Dominik – im Gegensatz zu ihm hatte ich seit Jahren einen beständigen Job, hatte Karriere gemacht. Natürlich konnte ich auch auf Fehmarn ein Hotel leiten, und trotzdem war es etwas völlig anderes. Mein Ziel war es immer gewesen, es allein zu etwas zu bringen, möglichst selbstständig zu sein, und ich hatte auch keine Lust, mir von meinen Eltern reinreden zu lassen. Und sie würden sich nicht raushalten, dafür kannte ich sie viel zu gut.

»Emily?«

»Ähm, ja. Entschuldigung.« Ich räusperte mich. »Ich würde zumindest vorübergehend gerne einen Geschäftsführer einstellen.«

Franz lächelte. »Schön, dass du mich diesbezüglich nun auch einweihst.«

»Wie?« Ich brauchte einen Moment, ehe ich verstand. Wie hatte ich nur so blöd sein können? Natürlich war es dem Direktor der größten Bank vor Ort nicht entgangen, dass ich schon seit geraumer Zeit nach einem Geschäftsführer für die *Strandperle* suchte. »Es tut mir leid, Franz, das war absolut unprofessionell von mir«, sagte ich kleinlaut. Eine meiner Stärken war immer meine Professionalität gewesen. Wie konnte es sein, dass ich mich plötzlich innerhalb weniger Tage gleich zwei Mal für einen Mangel an Professionalität entschuldigen musste? Fehmarn hatte keinen guten Einfluss auf mich. Es wurde Zeit, dass ich hier endlich wegkam. »Ich hätte Ihnen von Anfang an die Wahrheit sagen beziehungsweise längst zu Ihnen kommen müssen. Ich hatte einfach gehofft, es würde eine andere Lösung geben, aber ich sehe keinen anderen Ausweg.«

Franz machte nur eine wegwerfende Handbewegung. »Schwamm drüber, nun bist du ja hier. Wobei ich zugeben muss, dass ich das nicht jedem durchgehen lassen würde.« Er warf mir einen tadelnden Blick zu, wurde jedoch gleich wieder milder. »Ich verstehe deine Lage. Aber wie stellst du dir das vor? Du hast gerade erst damit begonnen, das neue Konzept umzusetzen. Hältst du es da wirklich für die beste Idee, einen Externen für die Hotelleitung zu suchen?«

Ich zuckte mit den Schultern, auch wenn ich mir vorher geschworen hatte, überzeugende Argumente zu bringen. »Momentan halte ich es für die einzige Idee, und natürlich werde ich nicht abreisen, ohne den neuen Geschäftsführer umfassend eingearbeitet zu haben. Zudem ist Julian noch da. Er unterstützt mich sehr, er kann also durchaus als Ansprechpartner vor Ort fungieren, wenn ich weg bin.«

Franz legte die Finger aneinander. »Nun denn, du scheinst dir das Ganze reichlich überlegt zu haben, und für die Bank ist es am Ende ohnehin bloß wichtig, dass wir unser Geld zurückbekommen. Ich persönlich fände es allerdings schade, wenn du das Hotel und die Insel so bald wieder verlassen würdest. Aber das ist und bleibt natürlich deine Entscheidung.«

»Danke, Franz.« Im Grunde hätte ich erleichtert sein müssen, doch ich fühlte nur eine tiefe Leere in mir. Wahrscheinlich musste ich einfach mal wieder eine Nacht durchschlafen.

»Emily Hansen, na so was.«

Ich stieß den Atem aus und drehte mich um. Das hatte mir gerade noch gefehlt. »Karsten Bergmann. War ja klar, dass ich dich hier treffe. Wieder mal auf der Suche nach potenziellen Opfern?«

»Nicht so bissig, liebe Emily. Das steht dir nicht besonders.«

»Was willst du, Karsten?« Ich verschränkte die Arme vor der Brust und musterte meinen ehemaligen Schulkameraden. Wenn man ihn nicht kannte, war er durchaus attraktiv: dunkle Haare, grüne Augen, der Bartschatten. Unnötig zu erwähnen, dass er zudem sehr viel Wert auf sein Äußeres legte, aber sein Charakter machte den guten ersten Eindruck wieder zunichte.

»Ich will dir ein Angebot machen.«

»Vergiss es«, erwiderte ich und machte auf dem Absatz kehrt.

»Acht Millionen«, hörte ich Karsten hinter mir sagen.

Ich blieb stehen und drehte mich langsam zu ihm um. Selbstgefällig grinste er mich an. »Acht Millionen?« Bisher hatte ich keinen einzigen Gedanken daran verschwendet, das Hotel zu verkaufen. Trotzdem war mir klar, dass die *Strandperle* das im aktuellen Zustand nicht wert war.

»Acht Millionen«, bestätigte Karsten cool. Er schob die Hände in die Taschen seiner schwarzen Hose und schlenderte auf mich zu. »Was sagst du?«

»Vergiss es«, wiederholte ich, blieb aber dennoch stehen. *Acht Millionen Euro.* Das wäre die Lösung. Wir wären auf einen Schlag all unsere Schulden los, und meine Eltern hätten ausgesorgt. Sie könnten sich ein Haus kaufen und ihr Leben genießen, anstatt sich tagein, tagaus abzuschuften.

Karsten schien zu spüren, dass ich einen Moment ernsthaft über sein Angebot nachdachte, denn er ließ nicht locker. Im Gegenteil. »Na schön, um der alten Zeiten willen: Ich übernehme eure Schulden, und ihr bekommt die acht Millionen cash. Deal?«

Er streckte mir die Hand entgegen, doch ich schüttelte den Kopf. »Wie stellst du dir das vor? Die *Strandperle* gehört meinen Eltern, ich kann sie nicht eigenmächtig verkaufen. Das solltest du eigentlich wissen.«

Karsten nickte. »Dann rede mit deinen Eltern, das Angebot steht.«

Zweifelnd betrachtete ich ihn. »Warum willst du die *Strandperle* so unbedingt haben?«

»Gute Lage.«

Ich schnaubte. »Das glaubst du doch selbst nicht.«

»Ich bin dir keine Rechenschaft schuldig. Also – ja oder nein? Du hast bis morgen Zeit.«

»Nein.« Damit machte ich mich auf den Weg zu meinem Auto.

»Ich an deiner Stelle würde es mir überlegen«, rief Karsten mir hinterher. »Dein Bruder wird den Teufel tun, in dieses Nest zurückzukehren, geeignetes Personal gibt es hier nur selten, und soweit ich weiß, wirst du woanders gebraucht.«

»Ich werde nicht darüber nachdenken«, antwortete ich, bevor ich ins Auto stieg und die Tür hinter mir zuknallte. Während ich vom Parkplatz fuhr, ohne Karsten noch einmal eines Blickes zu würdigen, ertappte ich mich jedoch dabei, wie ich mir seine Worte durch den Kopf gehen ließ. Ich hasste mich dafür, aber ich konnte nichts dagegen machen. Sein Angebot war tatsächlich ein Ausweg aus dem ganzen Schlamassel.

Kapitel 20

Dienstag, 13. Juni

Nicht über Karstens Angebot nachdenken
Auf die Arbeit konzentrieren
Brainstorming mit Julian
Endlich eine Lösung für die Strandperle *finden*

»Was beschäftigt dich?«, fragte Julian und legte den Kugelschreiber auf den Block vor sich. Der Stift rollte herunter und blieb in der Mitte des Tisches liegen.

Ich starrte darauf. Ich hätte die gemeinsame Zeit mit Julian zum Brainstorming nutzen sollen, ein neuer Kunde hatte angekündigt, er wolle seiner Freundin im Ballon einen Antrag machen. Stattdessen gingen mir Karstens Worte nicht aus dem Kopf.

»Emily?« Julian winkte mit seiner Hand vor meinem Gesicht herum.

»Karsten hat mir ein Kaufangebot für das Hotel gemacht«, antwortete ich, ohne ihn anzusehen. Vielleicht war es nicht klug, zuallererst mit Julian darüber zu sprechen, aber ich konnte nicht anders. Meine Eltern hingen am Hotel und waren diesbezüglich nicht objektiv genug, und Felipe würde mir vermutlich schon allein deshalb dazu raten, das Angebot im Namen meiner Eltern anzunehmen, damit ich möglichst bald mit ihm nach Fuerteventura zurückkehren konnte.

»Bitte *was?* Sag mir nicht, du denkst ernsthaft darüber nach.«

»Acht Millionen.« Nun sah ich Julian doch an. »Er hat

mir acht Millionen Euro für die *Strandperle* geboten, und er würde zusätzlich die Schulden übernehmen.«

»Na und?« Julian blickte mich entgeistert an. »Karsten könnte mir hundert Millionen Euro bieten, ich würde trotzdem keine Geschäfte mit ihm machen.«

Seufzend lehnte ich mich zurück. »Ich mag ihn auch nicht, das weißt du, aber man sollte Privates und Berufliches voneinander trennen können. Außerdem ist es letztlich gar nicht meine Entscheidung.«

Julian zog die Augenbrauen zusammen. »Wirfst du mir etwa Unprofessionalität vor? Na vielen Dank auch.« Er verschränkte die Arme vor der Brust.

»Nein, ganz sicher nicht. Wenn hier einer unprofessionell ist, dann ich.«

»Was soll das nun wieder heißen?«

Ich winkte ab. »Ach nichts. Ich will doch nur keine potenzielle Lösung vorbeiziehen lassen, bloß weil sie von Karsten kommt.«

Julian schwieg einen Moment. »Wäre es für dich denn wirklich eine Lösung, die *Strandperle* zu verkaufen?«

»Nein«, antwortete ich leise, »und ich will prinzipiell auch ebenso wenig wie du Geschäfte mit Karsten machen …«

»Dann lass es«, unterbrach Julian mich.

»Du hast leicht reden.«

»Es ist ja auch leicht. Emily.« Er griff über den Tisch nach meiner Hand, besann sich dann aber eines Besseren. »Das neue Konzept ist super, wir brauchen nur ein wenig Zeit, um …«

»Zeit ist genau das, was ich nicht habe«, antwortete ich heftiger als beabsichtigt. »Ich will meinen Job nicht verlieren, und ich will Felipe nicht verlieren.« Julian spannte sich merklich an. Er verschränkte erneut die Arme vor der Brust und sah hinaus aus dem Fenster. Draußen war es stürmisch und ungemütlich, es würde sicher bald zu regnen beginnen. »Entschuldigung«, schob ich hinterher. »Du willst mir nur helfen.«

»Na schön«, meinte Julian. »Vergessen wir mal einen Moment, dass ich sicher meinen Job los wäre, wenn du die *Strandperle* wirklich verkaufen würdest …«

»Dass du bleiben kannst, würde ich natürlich zur Bedingung machen.«

»Dann würde Karsten andere Wege finden, um mich loszuwerden.«

»Ja, vermutlich«, gestand ich und traf in diesem Moment eine Entscheidung. »Keine Sorge, ich werde meinen Eltern nichts von dem Angebot erzählen.«

»Aber nicht meinetwegen, oder?«, fragte Julian.

»Nur deinetwegen«, sagte ich mit einem Lächeln.

Doch Julian erwiderte mein Lächeln nicht. »Sei ehrlich, Emily. Du sollst nicht meinetwegen auf irgendetwas verzichten müssen. Und du *musst* deinen Eltern davon erzählen, immerhin gehört ihnen das Hotel.«

»Sie würden die *Strandperle* ohnehin nicht verkaufen wollen, und ich will nicht, dass du deinen Job verlierst. Das Ganze war ohnehin von Anfang an eine Schnapsidee. Karsten hat immer Hintergedanken, das war schon zu Schulzeiten so. Wahrscheinlich will er die *Strandperle* abreißen oder was auch immer. Außerdem …«

Ich brach ab und sah selbst eine Weile aus dem Fenster. Inzwischen hatte es tatsächlich zu nieseln begonnen, aber der Anblick der heftigen Wellen und der sich im Wind biegenden Bäume hatte etwas seltsam Tröstliches. Wie oft hatte ich mit

Liebeskummer in meinem Zimmer auf der Bank am Fenster gesessen und auf die gleiche Szenerie hinabgeschaut. Der Liebeskummer war fort gewesen, als Julian nach Fehmarn gekommen war – bis zu dem Tag, an dem wir uns getrennt hatten. Der Tag, an dem ich mich getrennt hatte.

»Warum bist du so traurig?«, hatte meine Mutter mich damals gefragt. »Immerhin hast du ihn doch verlassen.«

Aber nicht, weil ich ihn nicht mehr liebe. Doch diese Antwort hatte ich meiner Mutter vorenthalten, sie hätte es nicht verstanden. *Wenn man sich liebt, kann man alles schaffen* war ihr Motto, aber die Realität hatte mich eines Besseren belehrt. Wie sollte man alles schaffen, wenn man nicht dieselben Ziele verfolgte? Man konnte vielleicht ein Stückchen des Weges gemeinsam gehen, aber man würde nie am selben Ort ankommen.

»Außerdem?«, hakte Julian nach.

Ich wandte mich wieder ihm zu. »Das ist immer noch der Ort, an dem ich aufgewachsen bin, meine Heimat. Ich will vielleicht nicht hierbleiben, aber ich will auch nicht, dass sie dem Erdboden gleichgemacht wird.«

Julian schüttelte langsam den Kopf. »Ich verstehe immer noch nicht, warum du so unbedingt von hier wegwillst. Ein bisschen reisen, was von der Welt sehen, seine Abenteuerlust befriedigen – okay. Aber du brichst ja gleich sämtliche Brücken hinter dir ab.«

Seufzend strich ich mir eine Haarsträhne hinters Ohr. »Julian …«

Er winkte ab. »Ja, schon gut. Ich hab es damals nicht verstanden, und ich werde es wohl auch heute nicht verstehen, also lass uns das Thema wechseln. Zurück zu Karsten und seinem Angebot.«

Ich setzte an, um ihm meinen Standpunkt zu erklären, ließ es dann aber doch bleiben. Er hatte recht. Wir hatten schon so oft darüber gesprochen, ohne Erfolg. Warum sollte es heute anders sein? Stattdessen sagte ich: »Das mit Karsten hat sich auch erledigt, ich werde sein Angebot nicht annehmen. Lass uns lieber wieder zum Ballon-Antrag zurückkommen. Mir fehlt da immer noch das Besondere.«

Ich lag auf dem Sofa, genauer gesagt auf Felipes Schoß, und ließ mir den Kopf kraulen. Der Duft von Pizza hing in der Luft, die leeren Schachteln stapelten sich auf dem Wohnzimmertisch. Im Hintergrund lief der Fernseher, er war jedoch auf Stumm gestellt, und es schaute auch niemand von uns hin. Ich seufzte, und auch Felipe stieß ein Seufzen aus.

»Kaum zu glauben, dass die zwei Wochen schon um sind«, murmelte ich. »Musst du morgen wirklich zurückfliegen?«

Felipe nickte langsam. »Leider. Du weißt, dass ich lieber bei dir bleiben würde, aber die Arbeit ruft, und Carla flippt total aus wegen ihrer Hochzeit. Unsere Eltern sind im Moment noch auf der Kreuzfahrt, du kannst ihr nicht helfen, und jetzt bin ich auch noch weg. Sie braucht ein bisschen Unterstützung, und sei es nur moralischer Art.«

»Ich wüsste auch nicht, wie du ihr anders helfen solltest. Wenn ich an das Desaster mit den Blumen denke …«

»Hey! Traust du mir etwa nicht zu, eine Hochzeit zu organisieren?«

»Doch, natürlich«, sagte ich, und es war nicht gelogen. Allerdings glaubte ich tatsächlich nicht, dass er Carlas Hochzeit so organisieren konnte, wie sie es gerne wollte. Dafür hatte er selbst zu spezielle Vorstellungen, die immer wieder in den Vordergrund rückten, ob er es wollte oder nicht.

»Was ist eigentlich mit unserer Hochzeit?«, fragte er ungewöhnlich zurückhaltend. »Wärst du nun mit September einverstanden?«

Ich verschränkte meine Finger mit seinen. »September ist super. Wie wär's mit dem neunten? Die Neun ist meine Lieblingszahl, und das ist sogar zufälligerweise ein Samstag.«

Felipe beugte sich über mich, um mir einen Kuss zu geben. Seine Augen strahlten. »Einverstanden. Ich erkundige mich die Woche gleich mal nach Locations. Hoffentlich ist noch nicht alles ausgebucht.«

»Bestimmt nicht. Und selbst wenn, dann organisieren wir eben selbst was. Ich hab doch jetzt Übung. Hauptsache, wir zwei heiraten.«

»Du bist einfach unglaublich. Ich liebe dich.«

Er küsste mich erneut, während er mir über die Wange strich. Vorsichtig legte er sich auf mich, doch seine anfängliche Zurückhaltung war schnell vergessen. Seine Hände wanderten in meine Haare und weiter zu meiner Bluse. Als er gerade den zweiten Knopf öffnete, klingelte es an der Haustür. Seufzend rollte er sich von mir. Ich sah zur Uhr, es war bereits elf durch. Es konnte eigentlich nur einer sein, trotzdem stand ich auf und zuckte entschuldigend mit den Schultern.

»Tut mir leid, ich bin sofort zurück.«

Ohne das Licht im Flur anzuschalten, ging ich barfuß zur Haustür und öffnete sie. Draußen war es stockdunkel, doch im Schein einer nahe stehenden Laterne erkannte ich Julian. Für den Bruchteil einer Sekunde wanderten seine Augen zu meinem Ausschnitt, und sein Gesichtsausdruck veränderte sich. Ich folgte seinem Blick. Peinlich berührt stellte ich fest, dass die beiden oberen Knöpfe meiner Bluse noch immer offen waren. Schnell knöpfte ich sie wieder zu und strich mir vorsichtshalber über die Haare. »Hallo, Julian«, sagte ich, weil er weiterhin schwieg. »Was kann ich für dich tun?« Ich sah, wie er schluckte.

»Ach, nicht so wichtig. Ich hatte noch eine Idee für den Ballon-Antrag, aber das kann auch bis morgen warten. Schönen Abend noch.« Damit verschwand er wieder in der Dunkelheit, ehe ich etwas erwidern konnte.

Eine Weile atmete ich die kühle, salzige Nachtluft ein und beobachtete die Motten, die um das Licht der Laterne herumflatterten. Dann schloss ich leise die Tür und kehrte zurück ins Wohnzimmer. Ich fühlte mich schuldig, auch wenn ich keine Ahnung hatte, warum. Immerhin hatte ich nichts Falsches getan.

Felipe machte es nicht eben besser. Er saß auf dem Sofa, ein Bein über das andere geschlagen, die Arme vor der Brust verschränkt. Finster blickte er mir entgegen. »Was wollte er?«, fragte er.

»Es ging um die Arbeit. Ich hab dir doch …«

»Und das konnte nicht bis morgen warten?«

Seufzend setzte ich mich neben ihn. »Das hat nichts zu bedeuten, Felipe. Julian ist abends lange im Restaurant, er hat andere Arbeitszeiten als normale Menschen, das ist alles.«

»Das glaubst du doch selbst nicht.«

»Felipe, bitte.«

»Ich traue ihm nicht«, sagte Felipe und sah mir dabei direkt in die Augen. Das Strahlen von vorhin war verschwunden.

Ich strich ihm über den Arm. »Aber du kannst *mir* vertrauen«, sagte ich leise und fühlte mich dabei hundeelend. Ich hatte Julian geküsst, am Tag vor Felipes Ankunft, und wer weiß, was noch passiert wäre, wenn Felipe nicht rechtzeitig nach Fehmarn gekommen wäre. Widerwillig löste er seine abwehrende Haltung und legte mir einen Arm um die Schulter. Ich kuschelte mich an ihn, sog seinen Duft ein und schwor mir, es nie wieder so weit kommen zu lassen. Ich liebte Felipe. Julian war Vergangenheit und würde es auch bleiben.

»Es passt mir gar nicht, dass ihr beide so viel Zeit zusammen verbringt«, murmelte Felipe.

»Das ist rein beruflich und hat auch bald ein Ende.«

»Trotzdem. Und nun bin ich nicht einmal mehr hier, um ein Auge auf den Burschen werfen zu können.«

Ich musste lachen, obwohl ich mich immer noch schuldig fühlte. »Ich finde deine Eifersucht echt süß, aber es gibt wirklich keinen Grund dazu.«

Felipe wandte sich mir zu, sodass wir einander direkt in die Augen sahen. »Komm mit mir zurück nach Fuerteventura.«

Ich holte tief Luft. »Felipe, du weißt, dass das nicht geht. Meine Aufgabe hier ist noch nicht erledigt.«

»Aber der Bankdirektor war doch einverstanden, dass du einen Geschäftsführer engagierst.«

»Schon«, erwiderte ich, »aber den muss ich erst einmal finden.«

»Kannst du das nicht auch von Fuerteventura aus? Ich finde wirklich, deine Eltern haben deine Gutmütigkeit nun lange genug ausgenutzt.«

»Sie nutzen mich nicht aus«, sagte ich leise. »Felipe, ich verspreche dir, ich komme bald nach, aber ich muss hier vorher noch einige Dinge regeln. Das geht vor Ort einfach besser, als wenn ich dich jetzt begleite, auch wenn ich nichts lieber täte.«

Er musterte mich eine Weile. »Brauchst du Geld? Ich wollte es dir nicht anbieten, weil ich weiß, dass du deinen Stolz hast und es selbst schaffen willst, aber ich kann eure Schulden übernehmen.«

Einen Moment war ich sprachlos. »Felipe, das ist lieb, aber …«

»Das ist vor allem mein voller Ernst. Wirklich, Emily, wenn ich euch damit helfen kann, mache ich das gern. Meine Eltern werden zwar nicht begeistert sein, aber wir heiraten bald, also bleibt es ja gewissermaßen in der Familie. Und es ist mein Geld, ich kann damit machen, was ich will.«

Ich schüttelte den Kopf. »Glaub mir, ich bin dir sehr dankbar, aber das würde nichts nützen. Es würde nur die Symptome bekämpfen, nicht aber die Ursache. In kürzester Zeit hätte die *Strandperle* wieder die gleichen Probleme. Nein, hier müssen sich einige Dinge grundlegend ändern.«

»Vielleicht hast du recht, aber sag Bescheid, wenn du Hilfe brauchst. Ich bin da.«

Ich nickte mit Tränen in den Augen und ließ mich von ihm fest in die Arme schließen. Nun fühlte ich mich noch schlechter als vorher. Ich hatte Felipe immer noch nichts von dem Kuss erzählt und auch nichts von Karstens Angebot, während er bereit war, alles für mich zu tun. Dass Julian und ich uns geküsst hatten, konnte ich ihm nicht sagen, nicht am Abend vor seiner Abreise und schon gar nicht, wo er ohnehin bereits eifersüchtig auf Julian war. Von der anderen Sache konnte ich ihm jedoch erzählen. »Man hat mir ein Angebot für das Hotel gemacht, Felipe. Acht Millionen.«

»Acht Millionen für *den* Kasten?« Er räusperte sich. »Entschuldige bitte, das war nicht böse gemeint, es ist nur …«

»Ich weiß, was du meinst. In ihrem aktuellen Zustand ist die *Strandperle* das sicher nicht wert.«

»Und, was hast du vor?«

»Ich werde das Angebot ausschlagen.«

Zu meiner Überraschung nickte Felipe. Ich hatte fest damit gerechnet, dass er mich dazu drängen würde, noch einmal darüber nachzudenken. Stattdessen sagte er: »Versprich mir nur, dass du hier schnell alles regelst und bald nachkommst.«

Kapitel 21

Samstag, 1. Juli

Bewerbungsgespräch führen
Noch mal mit Fritz wegen der Ballonfahrt telefonieren
Lösung für die Strandperle *finden!!!*
Darío anrufen
Mir Gedanken über meine eigene Hochzeit machen

»Wie war dein Gespräch mit dem potenziellen Geschäftsführer?«, fragte Julian, während wir sein Auto mit den vorbereiteten Speisen und Getränken beluden.

Wir waren spät dran, denn bis vor ein paar Minuten hatte es noch in Strömen geregnet. Inzwischen schimmerten zum Glück die Wasserpfützen in der Sonne, die wieder hervorgekommen war. Es war höchste Zeit, zum verabredeten Treffpunkt zu kommen, von wo aus die Ballonfahrt schon bald starten würde.

»Frag nicht«, antwortete ich knapp.

»So schlimm? Emily, ich will ja nichts sagen …«

»Dann lass es.«

»Aber vielleicht bist du zu … nun ja … anspruchsvoll? Du hast schon so viele Bewerbungsgespräche geführt, da muss doch mal jemand Brauchbares dabei sein.«

Julian betrat das Restaurant, um die Kühlbox mit dem Dessert zu holen. Ich folgte ihm und griff nach dem Picknickkorb, der auf einem der Tische bereitstand. Er war nicht, wie man erwarten würde, mit allerhand Leckereien gefüllt, sondern mit Erinnerungen des Paares, die sich in den vergangenen fünf Jahren angesammelt hatten. Ganz unten war das Kästchen mit dem Verlobungsring platziert, was ich noch einmal schnell überprüfte. Das Essen würde am Landeplatz auf das dann frisch verlobte Paar warten, Julian und ich wollten vorfahren, um alles vorzubereiten.

Ein Picknick mitten im Grünen, direkt an einem Feld mit Wildblumen. Herrlich. Dieses Mal würde ich zwar beim eigentlichen Antrag nicht einspringen können, wenn Not am Mann war, aber ich ging auch nicht davon aus, dass das nötig sein würde. Der Kunde wollte seiner Freundin einen Antrag im Ballon machen, ohne irgendwelchen Schnickschnack wie eine Formation vorbeifliegender Tauben oder Ähnliches. Das würde er sicher alleine hinbekommen.

»Wenn ich es nicht besser wüsste, würde ich sagen, du willst überhaupt keinen Ersatz für dich finden«, fuhr Julian fort.

Ich schnaubte. »Das glaubst du doch selbst nicht. Ich hab sogar meine Ansprüche zurückgeschraubt, aber bisher war wirklich niemand dabei, dem ich die *Strandperle* auch nur für einen Tag anvertrauen würde.« Julian nickte nur, er war schon wieder auf dem Weg zum Auto. Wir stellten Kühlbox und Picknickkorb hinein, dann schlug er die Kofferraumtür zu. »Du glaubst mir nicht«, sagte ich.

Er zuckte mit den Schultern. »Ich habe keinen Zweifel daran, dass du Fehmarn verlassen willst, das hast du ziemlich deutlich gemacht. Aber es wundert mich trotzdem, immerhin hast du mittlerweile um die zwanzig Bewerbungsgespräche geführt. Ich kann mir einfach nicht vorstellen, dass da niemand dabei sein soll.«

»Du darfst beim nächsten Bewerbungsgespräch gern zuhören«, antwortete ich vielleicht eine Spur zu schnippisch.

»Du hast ja recht, tut mir leid«, ruderte Julian sofort zurück. »Ich wollte deine Kompetenz nicht infrage stellen.«

Ah, da kam unser Kunde auch schon. Sven Ruprecht schlenderte über den Kies auf uns zu, die Hände in den Taschen seiner dunklen Hose. Er wirkte gelassen, und die Sonnenbrille auf seiner Nase verstärkte den Eindruck noch, doch als er vor uns stehen blieb und die Brille abnahm, bemerkte ich, wie aufgeregt er tatsächlich war. Seine Hände zitterten ein wenig, und auch seinen Augen war die Nervosität deutlich anzusehen.

»Machen Sie sich keine Sorgen, Sven«, beruhigte ich ihn. »Sie wird ganz sicher Ja sagen.«

Er lächelte verlegen. »Das hoffe ich. Ich kann mir ein Leben ohne Nina einfach nicht mehr vorstellen.«

Ich erwiderte sein Lächeln. »Dann sollten Sie ihr das genauso sagen. Setzen Sie sich doch schon mal in den Wagen, ich komme sofort nach.« Ich deutete auf den Toyota, mit dem ich ihn gleich zum Startplatz bringen wollte, und wandte mich noch einmal an Julian. »Also, wir treffen uns am Landeplatz. Hoffen wir, dass der Ballon nicht allzu weit davon entfernt landen wird. Ich komme so schnell wie möglich nach, um dir zu helfen.«

Wir hatten wegen des heftigen Regens heute Nachmittag spontan alles umplanen müssen, denn eigentlich hatte Julian längst am Landeplatz sein und alles vorbereiten wollen. Nun blieben uns lediglich etwa eineinhalb Stunden. Wenigstens war die zukünftige Braut aus dem Weg und konnte uns nicht auf dem Hof beim Beladen des Autos überraschen. Sven hatte sie zum Einkaufen nach Burg geschickt, und mein Vater hatte angeboten, sie zu begleiten und anschließend zum vereinbarten Treffpunkt zu bringen.

»Kein Stress«, antwortete Julian und öffnete die Fahrertür seines Opels. »Ach, Emily?«

»Ja?« Ich drehte mich noch einmal zu ihm um.

»Es tut mir ehrlich leid, ich wollte dir nichts unterstellen.«

Ich winkte ab. »Schon gut. Ich kann selbst nicht glauben, dass unter zwanzig Kandidaten kein geeigneter dabei sein soll. Ich wünschte, es wäre anders.«

»Ich weiß«, erwiderte Julian und stieg ein.

Warum nur klang das wie ein Vorwurf? Seufzend stieg ich selbst in mein Auto und fuhr hinter Julian vom Hof.

»Es tut mir wirklich sehr leid. Ich weiß nicht, wie das passieren konnte.« Zum dritten Mal innerhalb von zwei Minuten entschuldigte ich mich bei Sven Ruprecht. Dabei wusste ich genau, wie das hatte passieren können. Ich wusste doch inzwischen, dass auf meinen Vater kein Verlass war. Warum nur fiel ich immer wieder auf seine Versprechen herein?

»Nun machen Sie doch etwas!« Mein Kunde schrie regelrecht, während er nach oben zeigte. »Können Sie den Ballon nicht wieder herunterholen?«

Wenn das so einfach wäre. Ich folgte seinem Blick. In der Gondel über uns befanden sich der Ballonführer, Nina und – mein Vater. Er fuchtelte wild mit den Händen herum und brüllte etwas zu mir herunter, aber ich konnte ihn nicht verstehen, da die Brenner des Ballons zu viel Lärm machten. »Ich tue, was ich kann«, sagte ich zu Sven, der regelrecht panisch war. Kurz legte ich ihm meine Hand auf den Arm, dann rannte ich auf meinen hohen Absätzen hinüber zu den beiden Männern, die die Seile zusammenrollten und in einem Geländewagen mit Anhänger verstauten. »Gibt es irgendeine Möglichkeit, den Ballon wieder herunterzuholen?«

Die Männer sahen sich an und lachten. Einer von beiden trug ein Muskelshirt, auf seiner rechten Schulter prangte das Tattoo eines Drachen. »Wer sind Sie überhaupt?«, fragte er.

»Emily Hansen, ich betreibe den Verlobungsservice der *Strandperle*. Hören Sie, mein Kunde«, ich zeigte auf Sven Ruprecht, »müsste da oben in dieser Gondel sein. Er will seiner Freundin bei der Fahrt einen Antrag machen.«

»Sie verscheißern mich.«

»Mit Sicherheit nicht«, erwiderte ich trocken.

»Heiliges Kanonenrohr. Tut mir leid, wa, aber da können wir nichts machen. Wenn wir den Ballon jetzt zur Landung bringen, wird er heute nicht mehr in die Luft gehen. Wir sind wegen des Regens eh schon spät dran.«

»Scheiße«, entfuhr es mir, aber ich zwang mich, ruhig zu bleiben. Es reichte, wenn mein Kunde ausflippte. »Gibt es keinen Plan B für solche Fälle?«

Der Mann zuckte entschuldigend mit den Schultern. »So was ist bisher noch nicht vorgekommen. Weiß auch nicht, wie das passieren konnte.«

Toll. Ganz toll. Meine Kunden waren zwar grundsätzlich keine Wiederholungstäter, zumindest sollten sie das nicht sein, wenn es nach mir ging, aber es war trotzdem wichtig, sie zufriedenzustellen. Das war mir nicht nur selbst ein Bedürfnis, wir waren auch auf gute Bewertungen und Weiterempfehlungen angewiesen.

»Kann ich sonst noch was für Sie tun?«, fragte der Mann.

Fieberhaft suchte ich nach einer Möglichkeit, diesen Antrag doch noch stattfinden zu lassen, als aus der offenen Tür des Geländewagens ein Knacken ertönte, gefolgt von einer männlichen Stimme. Es rauschte ein wenig im Hintergrund, aber sie war erstaunlich gut zu verstehen.

»Hans? Beweg mal deinen Hintern hierher.«

»Sie haben ein Funkgerät?«, fragte ich.

»'türlich, wir müssen doch mit dem Ballon in Verbindung bleiben.« Er stapfte zum Auto, ließ sich mit einer Pobacke auf den Beifahrersitz fallen und nahm das Funkgerät aus der Halterung. »Wir hätten da ein kleines Problemchen, Chef«, setzte Hans an.

»Das sag ich doch die ganze Zeit«, hörte ich plötzlich die Stimme meines Vaters. »Bienchen, hörst du mich? Das ist nicht meine Schuld, dieses Mal wirklich nicht. Es war ein Unfall, das Seil war nicht richtig festgemacht, und plötzlich waren wir schon in der Luft.«

»Ja, weil Sie an diesem verdammten Seil herumgefummelt haben«, hörte man Nina im Hintergrund schimpfen.

»So, wie das geknotet war, wären wir so oder so in die Luft gegangen«, erwiderte mein Vater.

Ich stöhnte. »Rutschen Sie mal bitte, Hans.« Ich quetschte mich neben ihn und nahm ihm das Funkgerät aus der Hand. »Nicht jetzt, Papa. Fritz? Wir hatten telefoniert, Emily Hansen hier. Was machen wir denn jetzt?«

»Wenn ich das wüsste, junges Fräulein. Wir können hier nicht wieder landen, der Wind treibt uns weiter Richtung Westen. Außerdem wird es langsam eng mit der Zeit.«

Geistesabwesend nickte ich, während ich den Ballon beobachtete, der immer weiter nach oben stieg und sich von uns entfernte. Inzwischen wusste ich, dass Ballons aufgrund der Thermik im Sommer nur frühmorgens oder abends starten konnten. Und selbst wenn das kein Problem wäre, stand ja auch noch das Picknick an. Hier auf Fehmarn konnte es nachts stockdunkel und kühl werden, da machte ein Picknick unter freiem Himmel nur bedingt Spaß.

»Was ist denn nun?«, fragte Sven, der auf einmal neben mir stand. »Wie sieht Ihr Plan aus?«

Ich reichte Hans das Funkgerät zurück, stieg aus und führte Sven am Arm einige Schritte weiter, damit Nina unser Gespräch nicht zufällig über Funk belauschen konnte. Sven wirkte geknickt, und es tat mir in der Seele weh, ihn so zu sehen. Seit Tagen hatte er sich auf diesen Moment gefreut, und nun sollte alles wegen der Unvorsichtigkeit meines Vaters ins Wasser fallen.

»Es tut mir so leid, Sven«, setzte ich an.

Er nickte und ließ die Schultern hängen, als müsse er die Last der ganzen Welt darauf tragen. »Schon gut, Sie können ja nichts dafür.«

»Nein, aber ich kann etwas dagegen machen«, sagte ich entschlossen. Ich hatte zwar keine Ahnung, wie ich das anstellen sollte, aber ich würde nicht zulassen, dass der Tag, der einer der schönsten im Leben dieses Mannes werden sollte, ruiniert wurde. »Sie haben mich engagiert, damit ich Ihnen bei Ihrer geplanten Verlobung helfe, und genau das werde ich jetzt auch tun.«

In Sven Ruprecht kam wieder Leben. »Wie wollen Sie das denn anstellen? Wenn Sie mich nicht beamen können, sehe ich keine Möglichkeit, wie ich zu Nina kommen soll.«

Tja, das war das Problem, mir wollte partout nichts einfallen. Doch da hörte ich Hans und Fritz im Hintergrund miteinander reden, und plötzlich kam mir die Idee. Das Ganze war zwar unkonventionell, aber vielleicht würde es meinem Pärchen gerade deshalb in Erinnerung bleiben. »Also hören Sie, wir machen es so …«

Eingequetscht zwischen Hans zu meiner linken und Sven zu meiner rechten Seite saß ich vorne im Geländewagen. Sven unterhielt sich über das Funkgerät mit Nina, die ihm immer wieder haargenau schilderte, was sie von dort oben alles sah. Ich bemühte mich, nicht allzu genau hinzuhören, um beiden zumindest ein wenig Privatsphäre zu lassen, doch das gelang mir nicht allzu gut. Die zwei waren einfach zu süß miteinander, das perfekte Paar. Wieder fühlte ich mich alt und erwachsen, so wie mit Felipe vor vielen Wochen am Strand von Fuerteventura.

Hans gab mir ein Zeichen. Ich beugte mich etwas vor, um den Heißluftballon durch die staubige Windschutzscheibe beobachten zu können. Tatsächlich, der Ballon hatte bereits zur Landung angesetzt, er flog deutlich tiefer als noch vor ein paar Minuten. Schon bald würden sich Nina und Sven wieder in den Armen liegen können. Es wurde Zeit, dass Sven loslegte, deshalb gab ich das Zeichen an ihn weiter.

Er räusperte sich und strich sich das T-Shirt glatt, als würde er seiner Zukünftigen in diesem Moment wirklich gegenüberstehen. »Nina, es gibt noch einen Grund, warum ich jetzt so gerne bei dir dort oben wäre.«

»Sven, doch nicht vor all den Leuten«, scherzte Nina.

Hans lachte, Sven wurde ein bisschen rot, fuhr aber einfach fort: »Genau deshalb. Ich liebe deinen Humor, deine Gelassenheit, deine Art, die Dinge zu sehen. Ich liebe dich, und ich will keinen Tag mehr ohne dich sein. Die jetzige Situation zeigt mir das noch einmal überdeutlich. Ohne dich macht das Leben einfach keinen Spaß, ich fühle mich nur wie ein halber Mensch. Natürlich könnte ich auch so leben, aber ich will es nicht. Ich will dich.« Er holte tief Luft. Auf der anderen Seite der Verbindung war es mucksmäuschenstill. Ob Nina ahnte, was jetzt kommen würde? »Ich will dich heiraten, Nina. Möchtest du das auch? Möchtest du meine Frau werden?«

Immer noch herrschte Stille, auch bei uns im Auto, und sogar mein Vater sagte kein Wort, was mich wunderte. Normalerweise fiel ihm doch immer irgendetwas Unpassendes ein. Die Sekunden vergingen. Mein Herz schlug zu schnell, dabei war ich trotz allem eine Außenstehende. Wie es da Sven gehen mochte? Unauffällig warf ich ihm einen Seitenblick zu, mit verkrampften Fingern umklammerte er das Funkgerät.

»Ja«, kam endlich die erlösende Antwort von der anderen Seite. Ich konnte die Tränen in Ninas Stimme hören. »Natürlich will ich dich heiraten. Wann landet denn dieser verflixte Ballon?«

»Bin schon dabei, Lady«, erwiderte Fritz.

»Lassen Sie mal, ich mach das schon«, sagte mein Vater resolut.

»Nein!«, schrien Fritz und Nina fast gleichzeitig. Ein Scheppern war zu hören. »Finger weg, ich hab alles im Griff«, sagte Fritz.

Selig lächelnd schaltete Sven das Funkgerät aus und steckte es zurück in die Halterung. Er sah zu mir. »Danke, dass Sie das doch noch möglich gemacht haben.«

»Ist doch selbstverständlich. Ich freue mich für Sie, ganz ehrlich, und ich wünsche Ihnen beiden nur das Beste.«

Hans fuhr mit dem Wagen auf eine Wiese, es holperte ein wenig. In der Ferne landete der Heißluftballon im Schein der untergehenden Sonne, und ich erblickte auch Julian, der es tatsächlich geschafft hatte, in der kurzen Zeit alles alleine vorzubereiten. Am Rand des Feldes, an einer Stelle, an der Wildblumen blühten, hatte er unter einem weißen Pavillon, der mit Lichterketten und Sonnenblumen geschmückt war, die karierte Picknickdecke ausgebreitet und mit seinen Leckereien bestückt.

Hans brachte den Geländewagen direkt neben Julians Auto zum Stehen. »Schön gesagt«, meinte er noch zu Sven, dann sprang dieser auch schon aus dem Wagen und rannte über die Wiese auf seine Verlobte zu. Im selben Moment kletterte Nina mit Hilfe meines Vaters aus dem Korb des Heißluftballons und rannte Sven entgegen. Hans und ich stiegen aus und beobachteten, wie Sven und Nina sich in die Arme fielen. Er hob sie hoch und wirbelte sie durch die Luft, bevor er sie innig küsste. Nachdem zu Beginn so viel schiefgegangen war, war es jetzt einfach nur perfekt.

»Also, sollte ich jemals heiraten wollen, werde ich Sie mit Sicherheit engagieren«, sagte Hans nach einer Weile zu mir und setzte sich wieder ins Auto, um zum Ballon zu fahren und diesen mit seinem Kollegen einladen zu können.

Mein Vater ließ es sich nicht nehmen, ihnen zu helfen, aber das war mir ganz recht. Zum einen hatte ich keine Lust, mich jetzt mit ihm zu beschäftigen, zum anderen schlenderte Julian auf mich zu. Das warme Licht der untergehenden Sonne schmeichelte ihm. Seine Gesichtszüge waren ganz weich, seine Haare leuchteten, als hätte er einen Heiligenschein. Er setzte sich auf die Motorhaube seines Opels, und wir beobachteten schweigend das glückliche Paar und meinen Vater, der sich mit Fritz in den Haaren zu haben schien.

Julian wandte sich grinsend an mich. »Jetzt musst du mir aber noch erklären, was genau dein Vater verbockt hat.«

»Ich hab keine Ahnung.«

»Und dann stehst du hier noch so ruhig herum?«

»Ich genieße den perfekten Augenblick«, erwiderte ich lächelnd, ohne ihn anzusehen.

»Ja, dieser Antrag ist wirklich zu etwas ganz Besonderem geworden, so wie du es wolltest. Aber das wundert mich nicht, schließlich bist du auch etwas ganz Besonderes.«

Nun sah ich ihn doch an, aber Julian hatte sich schon wieder abgewandt, als hätte er gerade übers Wetter gesprochen.

Julian nahm meinen Vater und mich mit zurück zum Ausgangspunkt, wo mein Auto verlassen am Wegesrand stand. Ich riss mich zusammen, doch sobald mein Vater und ich alleine waren, hielt ich es nicht länger aus.

»Was genau hast du nun wieder angestellt?«, fragte ich.

»Gar nichts, Bienchen, wenn ich es dir doch sage.«

»Und was meinte Nina dann mit dem Knoten?«, bohrte ich weiter nach.

»Na, der war vielleicht schlampig gemacht. So was hab ich noch nicht gesehen, und das bei jemandem, der damit sein Geld verdient.«

»Du hast also daran herumgefummelt?« Allmählich verlor ich die Geduld. Dass man meinem Vater auch alles aus der Nase ziehen musste. Zudem war er sich wie immer keiner Schuld bewusst.

»Herumgefummelt, na hör mal. Als ob ich so etwas tun würde. Ich hab den Knoten nur etwas fester gezogen, damit …«

Ich trat so abrupt auf die Bremse, dass mein Vater verstummte. »Es steht mir bis hier, Papa«, sagte ich laut und malte mit der Hand eine imaginäre Linie vor meinem Gesicht. »Gib wenigstens ein Mal zu, wenn du etwas verbockt hast.«

Mein Vater zuckte zusammen. Er war es nicht gewohnt, direkt angegangen zu werden, da ihn für gewöhnlich jeder wie ein rohes Ei behandelte. Nur Hanni traute sich, ihm die Meinung zu geigen. Ihr war es schon immer egal gewesen, wenn er anschließend beleidigt war und eine Weile nicht mehr mit ihr sprach. »Ich werd's schon überleben«, sagte sie stets.

»Wie sprichst du denn mit deinem Vater, Bienchen?«

Noch hätte ich einlenken können, doch ich hatte mich längst in Rage geredet. »So, wie ich es schon längst hätte tun sollen. Ich hab mir ja vieles gefallen lassen, seit ich hier bin, angefangen mit dem Vorwurf meiner angeblichen Inkompetenz bis hin zu deiner Verschlimmbesserei bei meiner Organisation der Verlobungen. Aber was zu viel ist, ist zu viel. Du hast meinen Kunden einen der schönsten Tage in ihrem Leben ruiniert.«

»Aber der Antrag ist doch sehr nett geworden«, wandte mein Vater ein.

»Aber nur, weil ich spontan einen Notfallplan aus dem Hut zaubern konnte. Eigentlich hätte Sven zusammen mit Nina in dem Ballon sein sollen, nicht du.«

Mein Vater winkte ab. »Ach, das wäre doch nichts Besonderes gewesen. Jetzt haben sie wenigstens eine Geschichte, die sie noch ihren Enkelkindern erzählen können.«

»Herrgott, Papa!« Ich schrie jetzt so laut, dass er erneut zusammenzuckte. »Du treibst mich noch in den Wahnsinn. Ich weiß, dass du es bei deinen Aktionen meistens nur gut meinst, aber denk bitte vorher nach. Deinetwegen hätten wir fast die *Strandperle* verloren. Was muss denn noch alles passieren, bis du endlich einsiehst, dass du Mist gebaut hast?«

Eine Gruppe Fahrräder fuhr an uns vorbei, der eine oder andere Radler spähte neugierig ins Auto. Vermutlich erwarteten sie, ein Liebespaar zu sehen, stattdessen herrschte eisige Kälte. Bis auf mein schweres Atmen war es mucksmäuschenstill, mein Vater starrte mich fassungslos an. Würde er zurückschreien oder gar in Tränen ausbrechen? Er schien hin- und hergerissen zu sein und tat nichts dergleichen. Vielleicht war ich etwas zu hart gewesen, aber es tat mir nicht leid, endlich einmal ehrlich gewesen zu sein. Das war längst überfällig gewesen.

Schließlich stieg mein Vater wortlos aus und stapfte davon. Er schloss nicht einmal die Autotür hinter sich. Ich sah ihm hinterher, wie er die Allee entlanglief, ohne sich noch einmal umzudrehen. Einen Moment überlegte ich, ihm zu folgen und mich zu entschuldigen, aber ich tat es nicht. Es hatte einmal gesagt werden müssen, und bis zum Hotel war es nicht mehr weit. Außerdem würde er sich früher oder später auch wieder einkriegen. Er war zwar schnell eingeschnappt, aber in der Regel nicht nachtragend.

Seufzend lehnte ich mich über den Beifahrersitz, um die Autotür ins Schloss zu ziehen.

Schon wieder klingelte das Telefon. Am liebsten hätte ich es ignoriert, aber das konnte ich nicht länger. Ich hatte Darío längst anrufen wollen, und nun war er mir zuvorgekommen. So etwas Blödes. Und ich konnte ihm nicht einmal etwas Neues sagen. Ich hatte immer noch keinen Geschäftsführer gefunden und absolut keine Ahnung, wann ich nach Fuerteventura zurückkommen würde.

»Hallo, Darío«, begrüßte ich meinen Chef in dem Versuch, mir nichts anmerken zu lassen. »Was für ein Zufall, ich wollte dich nachher auch anrufen.«

»Emily, mir reißt allmählich der Geduldsfaden.«

Ich schluckte. »Das kann ich verstehen. Es tut mir wirklich leid. Normalerweise kann man sich hundertprozentig auf mich verlassen, und es nervt mich selbst, dass das im Moment nicht der Fall ist.«

Darío schwieg einen Moment. »Emily«, sagte er dann, »du weißt, dass ich dich sehr schätze, sowohl als Person als auch als Kollegin, und ich habe auch weiß Gott viel Verständnis für deine Situation gezeigt, aber du musst mich auch verstehen. Inzwischen ist es Juli, du bist seit drei Monaten fort und kannst mir immer noch nicht sagen, wann ich wieder mit dir rechnen kann. Oder hat sich daran etwas geändert?«

»Nein«, musste ich zerknirscht zugeben. »Leider nicht. Ich bin dran und habe bereits unzählige Bewerbungsgespräche geführt, aber es war einfach noch kein geeigneter Kandidat dabei. Doch ich hoffe …«

»Ich kann nicht länger warten, Emily, ich muss wissen, woran ich bin. Es tut mir leid, aber du hast eine Woche Zeit, um dir zu überlegen, ob du auf Fehmarn bleiben willst oder ob du zurückkommst.«

Kapitel 22

Nicht verzweifeln
Dominik noch mal anrufen?
Den letzten Bewerber anrufen!
Meinen Eltern beibringen, dass ich wieder abreise
Flug von Hamburg nach Fuerteventura buchen
Felipe Bescheid sagen
Abschiedsrede für die Belegschaft vorbereiten
Strandperle *übergeben (an wen?)*

Keine Ahnung, wie lange ich schon regungslos auf der Bank direkt an der Steilküste saß und aufs Meer starrte. Die Sonne war vor einer ganzen Weile untergegangen. Mir war kalt, und ich hatte Hunger, aber ich hatte mich bis jetzt nicht aufraffen können, aufzustehen und reinzugehen. Was sollte ich nur machen? Im Grunde hatte es so kommen müssen, und doch hatte ich keine Lösung parat. Ich holte das Handy aus meiner Hosentasche, steckte es aber sofort wieder weg, wie unzählige Male zuvor. Es würde nichts bringen, Dominik anzurufen. Er kannte die Situation und würde seine Meinung nicht ändern. Ich musste mich entscheiden: Entweder ich blieb für immer hier, oder aber ich reiste innerhalb der nächsten Woche wieder ab. Wo wollte ich lieber sein? Auf Fehmarn, meiner Heimatinsel, oder auf Fuerteventura? Wo wollte ich lieber arbeiten? In der *Strandperle* oder im *Hotel de los Sueños?* Und was war mit Felipe? Ich konnte mir nicht vorstellen, dass er nach Deutschland ziehen würde, auch nicht meinetwegen. Irgendwie passte er nicht hierher.

Seufzend folgte mein Blick den vorbeitanzenden Glühwürmchen. Wem wollte ich eigentlich etwas vormachen? Die Entscheidung war längst gefallen. Zwar würde ich die Arbeit hier vermissen, denn die Organisation der Verlobungen machte mir wirklich Spaß, aber ich wollte zurück. Daran hatte sich in den letzten Wochen nichts geändert. Blieb nur noch die Frage, wie ich das meinen Eltern beibringen sollte.

Snoopy tauchte in der Dunkelheit auf. Er setzte sich vor mich hin und legte seinen Kopf auf meine Beine. Während ich ihn hinter den Ohren kraulte, sah ich auf. Julian war ihm gefolgt, wir lächelten uns zu. Er setzte sich neben mich auf die Bank. Ich lehnte meinen Kopf gegen ihn, er legte seinen Arm um meine Schulter, und schweigend betrachteten wir den Mond, der sich im dunklen Meer spiegelte. Das hatte ich immer besonders an Julian gemocht. Wir hatten zusammen schweigen können, und er hatte immer gespürt, wie es mir ging.

»Worüber denkst du nach?«, fragte er nach einer Weile. Dabei schien er die Antwort zu kennen.

»Mein Chef hat mir ein Ultimatum gestellt«, antwortete ich, ohne den Blick vom Meer zu nehmen.

Julian nickte. »Wann fliegst du?«

Überrascht sah ich ihn an. Offenbar kam ihm überhaupt nicht in den Sinn, ich könnte hierbleiben wollen, jetzt, wo es ernst wurde. Allerdings hatte ich diesbezüglich bisher auch keinerlei Anstalten gemacht. Ob er wollte, dass ich blieb? »In den nächsten Tagen.«

»Und was wird aus der *Strandperle?*«

Ich zuckte mit den Schultern. *Wenn ich das wüsste.* Ich würde den letzten Bewerber anrufen und ihm die Hotelleitung anbieten, sofern er die Stelle noch wollte. So schlecht war er gar nicht gewesen. Oder konnte vielleicht doch mein Vater die Leitung wieder übernehmen, wenn meine Mutter ihm über die Schulter schaute? Ich bezweifelte jedoch, dass er gute Ideen für Verlobungen haben würde, wenn ein Kunde ihn danach fragen würde. Ob wohl das Angebot von Karsten noch stand?

»Ich wünschte, du würdest es dir anders überlegen«, sagte Julian leise.

»Warum?«, fragte ich ebenso leise.

»Musst du das wirklich noch fragen?« Julian sah aus, als wollte er mich küssen, aber er tat es nicht, und das schien ihn alle Kraft zu kosten.

»Danke, dass ihr euch Zeit genommen habt«, sagte ich und setzte mich meinen Eltern gegenüber auf das Sofa. Ich traute mich kaum, meinen Vater direkt anzusehen. Seit dem Streit trafen wir das erste Mal aufeinander, obwohl meine Mutter uns bereits mehrfach um eine Aussprache gebeten hatte. Vermutlich rechneten sie damit, dass ich mich entschuldigen wollte, stattdessen würde ich ihnen offenbaren, dass ich Fehmarn wieder verließ.

Meine Mutter winkte ab. »Ach, Emily, das ist doch selbstverständlich. Außerdem ist es eine schöne Idee, mal wieder zusammen Kaffee zu trinken. Wir haben dich in letzter Zeit viel zu selten zu Gesicht bekommen, aber es scheint sich gelohnt zu haben. Das Hotel macht einen sehr guten Eindruck.«

Mein Vater drängte jedoch sofort auf den Punkt: »Was gibt es denn?«

Ob das seine Art einer Entschuldigung war? Zumindest war es ein Entgegenkommen, dass er wieder mit mir sprach.

Mir wurde gleichzeitig heiß und kalt. Wie sollte ich meinen Eltern erklären, dass sie in Zukunft ohne meine Hilfe auskommen mussten? Ich hatte das Gefühl, sie gleich doppelt im Stich zu lassen, denn sie mussten nicht nur ohne mich zurechtkommen. Da gab es noch die Bedingung der Bank …

»Warte mal, Anton«, sagte meine Mutter und legte ihm eine Hand aufs Bein. »Emily, wir möchten uns noch bei dir bedanken. Es ist großartig, dass du uns so zur Seite stehst. Es ist weiß Gott nicht selbstverständlich. Immerhin hast du im Gegensatz zu deinem Bruder alles stehen und liegen lassen – trotz deines Jobs und trotz Felipe. Wir danken dir und sind unglaublich stolz darauf, was du in so kurzer Zeit aus der *Strandperle* gemacht hast.«

Ich brachte keinen Ton heraus. Wie sollte ich ihnen jetzt noch die Wahrheit sagen?

»Übrigens finden wir Felipe ganz toll, nicht wahr, Anton?«, fuhr meine Mutter fort.

Mein Vater nickte, den Mund voller Schokoladenkekse. »Ja, ja, der Kerl ist schon recht.«

Nanu? Das waren ganz neue Töne. Wo war die Begeisterung für Julian hin? Oder hatte meine Mutter sich endlich damit abgefunden, dass er nicht mehr ihr Schwiegersohn werden würde?

»Er ist wirklich sympathisch, und wir freuen uns auf die Hochzeit. Wir wollten dich doch schon immer auf Fuerteventura besuchen kommen. Das ist die Gelegenheit.«

»Mein Chef hat mir ein Ultimatum gestellt«, platzte es aus mir heraus.

»Was?« Meine Mutter sah hilfesuchend von meinem Vater zu mir. »Ich verstehe nicht.«

»Aber ich«, antwortete mein Vater grummelnd. »Sie wird uns verlassen.«

War er jetzt wirklich sauer? Zumindest anfangs hatte ich geglaubt, er wäre froh, wenn ich endlich wieder abreisen würde und er hier erneut schalten und walten durfte, wie er wollte. Allerdings durfte er das nicht mehr, und der letzte Bewerber hatte natürlich inzwischen eine andere Stelle angenommen, ausgerechnet in einem Hotel der Bergmanns.

»Du reist ab?«, fragte meine Mutter ohne jeden Vorwurf in der Stimme. »Wann?«

»Schon in ein paar Tagen. Glaubt mir, das ist nicht meine Entscheidung. Ich fühle mich schrecklich und will euch nicht im Stich lassen, aber ich habe keine Wahl, wenn ich meinen Job behalten will. Entweder ich fliege sofort zurück, oder Darío sucht jemand anderen für meine Stelle.«

Meine Mutter nickte überraschend verständnisvoll. »Als Hotelbesitzerin kann ich deinen Chef verstehen. Du bist nun schon viel länger als geplant hier, und er braucht ja auch Planungssicherheit. Ich will ehrlich sein: Zwar wünschte ich, er würde dir nicht solch einen Druck machen, aber an seiner Stelle würde ich vermutlich nicht anders reagieren.«

»Und was wird aus der *Strandperle?*«, fragte ich. Ich war den Tränen nahe. »Ich konnte bis jetzt leider keinen Geschäftsführer finden.«

Meine Mutter stand auf und setzte sich neben mich aufs Sofa. »Mach dir keinen Kopf, Emily, das kriegen wir schon hin. Ich rede in Ruhe mit deinem Bruder, und wir können selbst noch mal Bewerbungsgespräche führen. Notfalls verkaufen wir das Hotel.«

»Verkaufen?«, fragten mein Vater und ich wie aus einem Mund.

Meine Mutter nickte. Sie sah wenig glücklich aus, aber sie schien längst ihren Frieden mit dem Gedanken gemacht zu haben. »Wenn es nicht anders geht. Ich liebe dieses Hotel, das wisst ihr. Meine Eltern haben es aufgebaut. Aber es ist es nicht wert, dass sich einer von uns dafür aufopfern muss, das habe ich inzwischen gelernt. Ich will dir nichts vormachen, Emily. Natürlich wäre ich überglücklich, wenn du oder Dominik es weiterführen würdet, aber wenn ihr andere Pläne mit eurem Leben habt, werde ich euch nicht zwingen.«

Ich schluckte. »Mama …«

»Ist schon gut, Kind.« Lächelnd strich sie mir über die Wange und legte mir einen Arm um die Schulter. »Wirklich. Du hast genug für uns getan, und ich will deinem Glück nicht im Weg stehen. Ich hab mir immer gewünscht, dass du eines Tages vielleicht doch wieder zurückkommst und unseren Julian heiratest, aber es soll nicht sein, und das ist okay. Es ist dein Leben, und wenn du glücklich bist, sind wir es auch, nicht wahr, Anton?«

Mein Vater nickte, und ich konnte meine Tränen nicht länger zurückhalten. Ich erkannte meine Mutter kaum wieder. Sie hatte sich verändert. Nicht nur seit damals, als ich Fehmarn Hals über Kopf verlassen hatte, sondern auch in der Zeit, in der ich hier gewesen war. Sie hatte sich kein einziges Mal in meine Arbeit eingemischt und war plötzlich so verständnisvoll.

»Ich muss euch noch etwas sagen. Karsten Bergmann hat mir vor Kurzem ein Angebot gemacht«, gestand ich.

»Die Bergmanns?« Mein Vater rümpfte die Nase. »Das fehlt mir gerade noch, dass sich die feinen Pinkel hier einkaufen.«

»Ach, Anton. Ich mag sie auch nicht, aber man muss das Ganze professionell sehen. Wenn das Angebot gut ist …«

»Das *war* es«, sagte ich leise. »Es war nur für einen Tag

gültig, aber vielleicht kann man noch mal mit Karsten reden. Er hat acht Millionen Euro für die *Strandperle* geboten und wollte unsere Schulden übernehmen.«

Sprachlos wechselten meine Eltern einen Blick. »Das ist wirklich ein gutes Angebot«, sagte meine Mutter. »Warum hast du nichts gesagt?«

Ich atmete geräuschvoll aus. »Weil ich nicht dachte, dass es eine Option wäre. Du hängst an dem Haus wie wir alle. Die Vorstellung, es zu verkaufen, noch dazu an die Bergmanns, gefällt mir gar nicht.«

»Meine Meinung«, murmelte mein Vater. Er trank seinen restlichen Kaffee, der inzwischen kalt geworden sein musste, in einem Zug leer und stand auf. »Ihr braucht mich hier ja nicht mehr, oder?« Dann verließ er den Raum, ohne eine Antwort abzuwarten.

Er war traurig, das war deutlich an seinem Gang und seiner Haltung zu sehen, und vielleicht hatte er sogar Schuldgefühle, weil das Hotel in den letzten zwei Jahren unter seiner Führung nicht so gut gelaufen war. Außerdem musste er sich nutzlos fühlen. Er war der Einzige, der das Hotel weiterführen konnte oder wollte, aber man ließ ihn nicht und stellte ihn stattdessen auch noch als unfähig hin. Nun taten mir meine Worte doppelt leid, und ich hätte sie gerne zurückgenommen.

»Es tut mir leid, Mama.«

»Ach, Emily. Dir muss überhaupt nichts leidtun, im Gegenteil.«

Sie strich mir über die Haare, und einen Moment lang wünschte ich mir, ich könnte wieder fünf Jahre alt sein. Damals war das Leben noch unkompliziert gewesen, und meine Eltern hatten immer auf alles eine Antwort gewusst.

Kapitel 23

Donnerstag, 6. Juli

Dankesgeschenk für Darío besorgen
Carla bei den letzten Vorbereitungen helfen
Kleid für Carlas Hochzeit kaufen!
Zur Maniküre und zum Frisör gehen
Nicht weinen

Hanni hatte Tränen in den Augen, auch wenn sie verzweifelt versuchte, diese zu verbergen. Ich schluckte die Tränen ebenfalls hinunter. Der Abschied fiel mir schwerer als gedacht. Damals, vor zwölf Jahren, war es einfacher gewesen, die Insel zu verlassen – obwohl ich da noch keine Freunde auf Fuerteventura gehabt hatte, geschweige denn einen Verlobten. Wenn man ein Kind war, waren die Eltern noch Helden; wenn man jung war, gingen sie einem auf den Keks; aber je älter man wurde, desto mehr wusste man die Familie zu schätzen. Ich konnte mir meine plötzliche Rührseligkeit nur so erklären.

Die gesamte Belegschaft hatte sich in der Empfangshalle der *Strandperle* versammelt, um mich zu verabschieden, sogar die, die heute eigentlich ihren freien Tag hatten. Sie überreichten mir Blumen, die ich zwar nicht mit ins Flugzeug nehmen konnte, aber dennoch freute ich mich über die Geste. Nur Julian war nirgends zu sehen. Es versetzte mir einen Stich, und ich war mehr als enttäuscht, auch wenn ich es nicht sein wollte. Kurz überlegte ich, in der *Kombüse* nach ihm zu schauen, aber ich hatte nicht viel Zeit. In zweieinhalb

Stunden musste ich bereits am Hamburger Flughafen sein, und ich brauchte allein zwei Stunden für die Fahrt. Trotzdem nahm ich mir ein paar Minuten, um mich bei jedem Angestellten für die gute Zusammenarbeit zu bedanken. Zum Schluss fand ich mich noch einmal in Hannis Armen wieder.

»Lass dir net so viel Zeit bis zu deinem nächsten Besuch«, sagte sie unter Tränen.

Ich nickte, weil ich meiner Stimme nicht traute, und sah mich noch ein letztes Mal im Hotel um. Hoffentlich gab es einen anderen Weg, als das Hotel zu verkaufen. Jedes Detail wollte ich mir einprägen, aber das war gar nicht nötig. Ich hatte so viele schöne Erinnerungen an dieses Haus, und die würde mir niemand nehmen. Dann verließ ich mit meinen Eltern im Schlepptau das Hotel. Mein Vater trug mein Gepäck, meine Mutter eine Dose Ingwerplätzchen, die sie für mich gebacken hatte. Sie gingen voran zum Mietwagen, um alles zu verstauen, doch ich blieb stehen.

Da stand er, Julian, direkt neben dem Auto, die Hände in den Taschen seiner Jeans. Er wirkte traurig, und auch ich spürte plötzlich den Kloß in meinem Hals. Ich wollte mich nicht von ihm verabschieden, weil ich nicht wusste, wann ich ihn wiedersehen würde. Es fühlte sich an wie damals, dabei gingen wir dieses Mal als Freunde auseinander. Zumindest hoffte ich das. Ich wollte ihn nicht ein zweites Mal aus meinem Leben streichen.

Ich straffte die Schultern und ging ebenfalls zum Auto. Meine Mutter knetete ihr Taschentuch, den Blick auf den Boden gerichtet, und mein Vater rieb sich die Nase. Ich nahm beide gleichzeitig in den Arm. »Pass bitte auf Mama auf. Ich hoffe sehr, du bist mir nicht mehr böse. Ich hab's nicht so gemeint.«

»Schwamm drüber, Bienchen«, erwiderte mein Vater, und an seiner Stimme hörte ich, dass er es nicht nur so sagte, sondern ehrlich meinte. »Du hast ja nicht ganz unrecht, ich hab schon den einen oder anderen Bock geschossen. Und danke für deine Hilfe.«

Ich nickte. Mit einer Entschuldigung seinerseits hatte ich nicht gerechnet, und auch nicht damit, dass er sich bei mir bedanken würde. Immerhin hatte er die Notwendigkeit meiner Anwesenheit immer wieder in Zweifel gezogen.

»Tausend Dank und gute Fahrt. Du kannst ja vielleicht kurz anrufen, wenn du angekommen bist«, sagte meine Mutter mit erstickter Stimme.

»Das mache ich ganz bestimmt. Seid nicht traurig, wir sehen uns schon bald wieder. Spätestens im September.«

Nach einer weiteren Umarmung trat ich vor Julian, und wir standen uns etwas unbeholfen gegenüber. »Komm, Anton«, sagte meine Mutter leise und zog meinen Vater zurück zum Hotel. Offensichtlich wollte sie mir und Julian die Gelegenheit geben, uns in Ruhe voneinander zu verabschieden.

»Ich dachte schon, du würdest nicht mehr kommen«, sagte ich schließlich zu ihm.

»Das ist nicht meine Art«, erwiderte er. »Ich hab mich auch vor zwölf Jahren von dir verabschiedet, falls du das vergessen hast.«

Wie könnte ich das je vergessen? »Danke, das bedeutet mir sehr viel.«

Julian nickte, und ich fiel ihm ohne jede Vorwarnung um den Hals. Er schien nicht damit gerechnet zu haben, doch schon im nächsten Moment umschlossen mich seine Arme ganz fest, als wolle er mich nie wieder loslassen. Fast wünschte ich, er würde es nicht tun. Julian war stark und verlässlich, er ruhte in sich selbst und hatte immer eine Lösung parat. Das bewunderte ich, auch wenn ich lange genug gebraucht hatte, um das zu begreifen.

»Ich weiß gar nicht, wie ich dir für deine Unterstützung danken soll, Julian. Du warst Tag und Nacht für mich da, das vergesse ich dir nie.«

»Du würdest dasselbe für mich tun, Emily.«

»Das hoffe ich.«

»Das *weiß* ich«, erwiderte er. »Du hast alles stehen und liegen lassen und warst für mich da, als es Snoopy so schlecht ging.«

»Passt auf euch auf. Ich hoffe, wir sehen uns bald wieder.« Das hoffte ich wirklich. Snoopy hatte zwar den Unfall zum Glück unbeschadet überstanden, aber er war schon alt. Es war hart, daran zu denken, aber er würde nicht ewig leben. Ich gab Julian einen Kuss auf die Wange und machte mich von ihm los, doch im selben Moment packte er mich am Handgelenk und wirbelte mich wieder zu sich herum.

»Geh nicht, bitte.«

»Julian …«

Er holte tief Luft. »Bleib hier, Emily.«

Aus unerfindlichen Gründen schlug mein Herz schneller. Ich seufzte. »Wir haben doch schon darüber gesprochen. Du weißt, dass ich das nicht kann.«

»Natürlich kannst du, du musst es nur wollen. Ich sehe doch, dass es dir schwerfällt. Du würdest gerne hierbleiben, du willst es dir nur nicht eingestehen, denn dann müsstest du dir auch eingestehen, dass es bereits vor zwölf Jahren ein Fehler war, die Insel zu verlassen.«

»Das ist nicht wahr. Warum tust du das?« Ich schüttelte

den Kopf. »Lass uns jetzt nicht streiten, ich muss meinen Flieger erwischen.« Ich öffnete die Fahrertür des Mietwagens.

»Steig nicht in dieses Auto, Emily, ich bitte dich.«

»Warum, Julian?« Ich drehte mich noch einmal zu ihm um. »Nenn mir nur einen vernünftigen Grund, warum ich hierbleiben soll.«

»Weil ich dich liebe, Herrgott noch mal! Ist das denn so schwer zu begreifen?« Er fuhr sich mit beiden Händen durch die Haare. »Ich liebe dich, Emily, das habe ich immer getan, und deshalb bitte ich dich noch einmal, hierzubleiben. Bei mir.«

Ich liebe dich, Emily. Während ich an der Gepäckausgabe stand und dem sich drehenden Band hinterherschaute, gingen mir Julians Worte einfach nicht mehr aus dem Kopf. Er hatte sich tatsächlich wieder in mich verliebt. *Ich liebe dich, Emily, das habe ich immer getan.*

Ich schüttelte den Kopf. Das durfte alles nicht wahr sein. Seit ich mit Hanni über Julian gesprochen hatte, hatte ich befürchtet, dass das passieren würde, und doch hatte ich nichts getan, um es zu verhindern. Hätte ich es denn verhindern können? Vielleicht wenn ich Abstand zu ihm gehalten hätte, aber das hatte ich nicht gekonnt. Ich hatte egoistisch gehandelt, denn er war mein Halt gewesen auf Fehmarn, mein Verbündeter.

»Sag doch was«, hatte er schließlich leise gemeint, nachdem er mir seine Liebe gestanden hatte.

»Ich weiß nicht, was.«

»Vielleicht, dass du mich auch magst?«

»Natürlich mag ich dich, das weißt du doch. Du bist mir wichtig, und das wirst du auch immer sein.«

»Das meine ich nicht.« Er griff nach meiner Hand, und ich zog sie nicht weg. »Ich weiß, dass da mehr ist. Das spüre ich doch.«

Ich schüttelte den Kopf und traute mich kaum, ihm in die Augen zu schauen. »Ich bin mit Felipe zusammen, wir werden bald heiraten, Julian.«

»Das habe ich nicht vergessen, aber wenn du ihn nicht liebst, hat das nichts zu bedeuten.«

»Ich liebe ihn aber«, flüsterte ich kaum hörbar.

Julian sah aus, als hätte ich ihm eine Ohrfeige verpasst. Er ließ meine Hand los und wandte sich von mir ab.

»Julian …«

»Nein, schon gut. Ich weiß, wann ich verloren habe. Leb wohl, Emily. Ich wünsche euch alles Gute.«

Wie erstarrt blickte ich ihm hinterher. Snoopy, der die ganze Zeit über brav neben uns gesessen hatte, stupste mich gegen das Bein. Ich ging in die Hocke und vergrub mein Gesicht in seinem Fell. »Mach's gut, Snoopy. Ich werde dich nicht vergessen.« Der Hund leckte mir über die Wange, dann trottete er seinem Herrchen hinterher. Mein Blick wanderte zu meinen Eltern, die nach wie vor auf den Stufen zum Hotel standen und mich beobachteten. Hanni hatte sich zu ihnen gesellt. Gerne wäre ich zu ihnen gegangen, aber leider fehlte mir die Zeit dafür, also stieg ich in mein Auto. Tränen rollten mir über die Wangen, als ich den Wagen vom Hof lenkte und noch einmal in den Rückspiegel sah. Alle hatten mir hinterhergewinkt, mein Vater hatte dafür sogar ein Taschentuch herausgeholt, doch Julian hatte mir dieses Mal nicht mehr nachgeschaut.

»Alles in Ordnung, *Señorita?*«, fragte ein älterer Herr neben mir.

»Wie?« Erst jetzt fiel mir auf, dass ich schon wieder weinte. »Oh ja, danke sehr.« Ich wischte mir mit beiden Händen über die Wangen und hielt nach meinem Koffer Ausschau, der einer der letzten auf dem Gepäckband war. Wie oft er wohl schon an mir vorbeigefahren war, ohne dass ich es mitbekommen hatte?

»Emily!« Carla wartete in der Ankunftshalle und winkte wie wild. Sie trug ihre langen dunklen Haare ausnahmsweise einmal offen und in Locken über den Schultern. Kurz blickte ich mich um. War Felipe auch da? Nein, ich konnte ihn nirgends entdecken. So ließ ich meinen Koffer stehen und fiel Carla um den Hals. Sie hatte mir gefehlt, mit ihr konnte ich immer über alles reden, sogar über ihren Bruder.

»Hey. Es ist so schön, dich wiederzusehen. Ich hab dich vermisst.«

»Und ich dich erst«, erwiderte sie. »Wo warst du denn so lange? Ich dachte schon, du hättest deinen Flieger verpasst.«

»Ach, du weißt doch, wie das ist. Der eigene Koffer ist immer der letzte auf dem Gepäckband.«

Sie betrachtete mich skeptisch. »Sag mal, ist alles okay bei dir?«

Einen kurzen Augenblick überlegte ich, ihr von Julian und seinem Geständnis zu berichten, aber ich ließ es bleiben. Auch wenn ich mit ihr über alles reden konnte, war Felipe immer noch ihr Bruder. Da konnte ich ihr kaum von einem anderen Mann erzählen. »Sicher, ich bin nur ein bisschen platt von der Reise«, wich ich daher aus. »Wo ist Felipe? Er wollte mich doch eigentlich abholen.« Erneut sah ich mich um. Die Ankunftshalle war voll mit Schlipsträgern, Touristen und Familien, die sich in die Arme fielen, aber von meinem

Liebsten fehlte jede Spur. Dabei hatte ich mich so darauf gefreut, ihn wiederzusehen, vor allem nach der Sache mit Julian. Und auch er hatte mir am Telefon immer wieder versichert, dass er es kaum erwarten könne.

»Unsere Eltern haben ihm einen Geschäftstermin aufgebrummt, den er nicht verschieben konnte. Glaub mir, er war auch sauer.«

Ich versuchte, meine Enttäuschung zu überspielen, indem ich eine von Carlas Locken anhob. »Die Frisur gefällt mir. Steht dir.«

Sie lächelte verschmitzt. »Ich komme gerade vom Probetermin beim Frisör. Am Hochzeitstag werde ich noch weiße Rosen in den Haaren tragen, aber die habe ich lieber wieder entfernt. José soll mich vorher nicht so sehen.«

Kaum zu glauben, dass auch ich schon sehr bald mitten in den Hochzeitsvorbereitungen stecken würde. Bis September waren es schließlich nur noch zwei Monate. Hoffentlich reichte die Zeit überhaupt. »Es tut mir leid, dass ich dich im Stich gelassen hab, ich wäre so gerne bei allem dabei gewesen.«

»Jetzt bist du ja wieder hier.« Sie nahm meinen Koffer und hakte sich bei mir unter. »Komm, lass uns einen Cappuccino trinken gehen. Ich habe dir so viel zu erzählen, und ich will alles ganz genau wissen.«

»Das muss leider warten, fürchte ich. Ich sollte erst mal ins Hotel zu Darío fahren.«

Aber Carla wollte davon nichts hören. »Ach was, der hat schon so lange auf dich gewartet. Da kommt es auf eine Stunde mehr oder weniger auch nicht mehr an.«

»Emily, mein verlorenes Mädchen.«

»Hallo, Darío.« Ich schloss die Tür hinter mir und setzte mich meinem Chef gegenüber. Früher hatte ich dieses Büro geliebt. Mit dem ganzen Glas und Chrom war es schick und absolut modern eingerichtet, doch heute fehlte mir die rustikale Gemütlichkeit des alten Büros meiner Mutter. Überhaupt vermisste ich Fehmarn mehr, als ich es je für möglich gehalten hätte.

»Und, wie läuft es in der Heimat?«, fragte Darío. Er klang wirklich interessiert. »Konntest du alles klären?«

»Leider nicht«, erwiderte ich. »Meine Eltern versuchen momentan, eine Lösung zu finden. Im schlimmsten Fall werden sie das Hotel verkaufen.«

»Oh, das tut mir leid. Wie geht es dir?«

Ich machte eine wegwerfende Handbewegung, als wäre mir das alles egal, dabei tat es mir in der Seele weh. Nach wie vor hatte ich das Gefühl, meine Eltern im Stich gelassen zu haben, als sie mich am dringendsten brauchten. »Mir geht's gut. Ich bin froh, wieder hier zu sein. Das ist für dich, für deine Geduld.« Ich reichte Darío eine Schachtel kubanischer Zigarren, die Felipe netterweise besorgt und die Carla mir mitgebracht hatte. »Du hast mich in dieser schweren Zeit sehr unterstützt, das hätte nicht jeder Arbeitgeber getan. Ich bin dir sehr dankbar dafür und entschuldige mich für meine Unprofessionalität.«

Darío schnupperte an den Zigarren. »Schon gut, Emily. Du bist meine beste Mitarbeiterin, ich hätte dich nur ungern ersetzt. Es tut mir fast ein wenig leid, dich so harsch zurückbeordert zu haben, aber …«

»Nein, bitte, das muss es nicht. Aus meiner Sicht ist zwischen uns alles in Ordnung.«

Darío nickte. »Sehr gut, dann können wir uns ja an die Arbeit machen. Es ist ein bisschen was liegen geblieben, während du weg warst.«

»Das macht nichts, wirklich.« Ich war froh, mich in die Arbeit stürzen zu können und nicht an die *Strandperle* oder Julian denken zu müssen. »Hast du vielleicht noch eine Minute? Ich wollte noch schnell etwas mit dir besprechen.«

»Moment.« Darío tippte etwas in seine Tastatur, vermutlich beantwortete er schnell eine Mail. Dann lehnte er sich wieder in seinem Ledersessel zurück und sah mich an. »Schieß los.«

»Mir ist klar, dass wir zu einer Hotelkette gehören und deshalb nicht so frei sind wie andere Hotels, aber ich finde, wir sollten zumindest einmal über neue Ideen nachdenken. Wir konkurrieren doch nicht mit den anderen Dependancen, das Geld bleibt schließlich im Haus.«

»Emily …«

»Ja, ich weiß, der Rattenschwanz, aber wir haben in der *Strandperle* so gute Erfahrungen mit dem Verlobungsservice gemacht. Der würde hier auf Fuerteventura sicher auch sehr gut ankommen.«

Darío seufzte. »Ich werde darüber nachdenken, okay? Aber jetzt sollten wir uns erst einmal dem Tagesgeschäft widmen. Es ist, wie gesagt, einiges liegen geblieben.«

Ich nickte und stand auf, dabei war mir klar, dass Darío nicht über meine Anregungen nachdenken würde, und ich würde die Idee auch nicht wieder ansprechen. Offensichtlich musste ich mich damit abfinden, dass ich zwar demnächst Leiterin des *Los Sueños* sein würde, aber dennoch keine größeren Entscheidungen treffen durfte.

»Ist ja gut, Emily, ich hab dich auch vermisst.« Felipe lachte.

Erst jetzt fiel mir auf, dass ich mich an ihn geklammert hatte wie ein Kleinkind an sein Stofftier. Was war nur los mit mir? So kannte ich mich überhaupt nicht. »Ich bin froh, wieder hier zu sein«, sagte ich und löste mich von ihm.

»Und ich erst. Jetzt lass ich dich nicht mehr gehen.«

»Dann wirst du mich wohl künftig begleiten müssen, wenn ich meine Eltern besuche, ich hab nämlich nicht vor, sie wie bisher nur alle zwei Jahre zu Weihnachten zu sehen.«

»Kein Problem«, erwiderte Felipe. »Deine Eltern könnten uns aber auch hin und wieder besuchen kommen, sie haben doch demnächst wahrscheinlich jede Menge Zeit.«

Er sagte das so einfach. Ich hingegen hatte ganz schön daran zu knabbern, dass sie das Hotel vielleicht verkaufen würden, und konnte nur hoffen, dass mein Bruder noch rechtzeitig zur Vernunft kommen würde.

»Warum wolltest du dich eigentlich in Morro Jable mit mir treffen?«, fragte ich und sah mich um, die Hand zum Schutz vor die Augen gehalten, denn die Sonne war hier deutlich greller als in Deutschland. Ich liebte den einstigen Fischerort mit seinem hübschen Ortskern, dem Hafen und den wunderschönen Stränden, kam aber viel zu selten her.

»Komm mit, ich zeig es dir«, antwortete Felipe. Er legte mir eine Hand auf den Rücken, und wir bummelten die Promenade entlang Richtung Hafen. »Konntest du alles mit Darío klären?«

Ich nickte. »Er ist zum Glück nicht nachtragend. Nächsten Monat fange ich auf der neuen Position an.«

»Was wird denn dann aus unserer Hochzeitsreise?«

»Ich fürchte, die muss erst mal warten. Darío lyncht mich, wenn ich gleich wieder Urlaub nehme.«

»Schon klar«, sagte Felipe, »die Karriere geht vor. Wir holen das irgendwann nach.«

Irgendwann. Da war ich mir nicht so sicher. Manche Dinge holte man nie nach, und eine Hochzeitsreise gehörte dazu. Das hatte ich schon oft genug von anderen Paaren gehört. Außerdem waren es keine Flitterwochen mehr, wenn man erst einmal ein Jahr oder länger verheiratet war. Ich musste an die Worte meines Vaters denken. Manchmal hatte er seltsame Ansichten, ziemlich häufig sogar, aber in diesem Punkt hatte er vielleicht doch nicht so ganz unrecht: Es konnte auf Dauer nicht gut sein, wenn beiden Partnern die Arbeit wichtiger war als die Beziehung.

Ich blieb stehen und nahm Felipes Hand. »Versteh das nicht falsch, aber vielleicht sollten wir die Hochzeit verschieben? Nicht, weil ich dich nicht heiraten will, aber Flitterwochen sind etwas Besonderes. Die sollten wir nicht einfach ausfallen lassen, finde ich.«

»Also erstens ist das kein Grund für mich, die Hochzeit zu verschieben, und zweitens wird das nicht so einfach werden. Deshalb wollte ich mich nämlich hier mit dir treffen.« Sein Gesicht bekam einen verschmitzten Ausdruck. Er drehte mich um und deutete hinaus aufs Meer. »Siehst du die Yacht dort? Die habe ich für unsere Hochzeitsfeier gemietet. Neunter September. Es ist bereits alles geplant.«

Sprachlos starrte ich auf die Mega-Yacht, die im Meer schaukelte. Zugegeben, sie sah schick aus, und die Aussicht von dort würde fantastisch sein: auf der einen Seite das offene Meer, auf der anderen Seite die auf einen Hügel gebaute Stadt mit den überwiegend weißen Hausfassaden. Trotzdem hatte ich mir meine Hochzeit anders vorgestellt. Ich drehte mich wieder zu Felipe um. »Du hast bereits alles geplant?«

Er zuckte mit den Schultern, strahlte aber übers ganze Gesicht. »Es hat sich so ergeben. Ich hab einfach mal angefangen zu suchen und zugeschlagen, als sich die Gelegenheit bot. Wir sind ganz schön spät dran und sollten allmählich die Einladungen verschicken. Außerdem brauchen die Gäste auch etwas Zeit, um die Anreise zu planen. Ich hab nur an deine Familie gedacht.«

»Ich weiß, das ist auch echt lieb von dir, aber …«

»Aber?« Felipe zog die Augenbrauen hoch. »Du bist sauer.«

»Nein, ich bin nicht sauer. Ich wäre nur gerne dabei gewesen, das ist alles.«

Felipes Gesichtsausdruck wurde wieder milder. »Ich wollte dir lediglich Arbeit abnehmen. Gerade jetzt wirst du im Hotel Vollgas geben wollen, damit Darío keine Zweifel daran hat, dass es richtig war, drei Monate auf deine Rückkehr zu warten.«

Er kannte mich gut, das war tatsächlich mein Plan. Dennoch hatte ich ein seltsames Gefühl im Bauch. Allmählich war ich es leid, von einer To-do-Liste zur nächsten zu leben. »Schon, aber man heiratet im Idealfall nur ein Mal. Das sind Erinnerungen fürs Leben, und die will ich mir nicht entgehen lassen, weil mir die Arbeit wichtiger war.«

Er runzelte die Stirn. »Was sind denn das für neue Töne? So kenne ich dich gar nicht.«

Als Antwort zuckte ich nur mit den Schultern. Vielleicht hatte ich mich durch meine Zwangsrückkehr nach Deutschland tatsächlich verändert. Ich hatte selbst das Gefühl, dass sich meine Prioritäten verschoben hatten, allerdings konnte ich daran nichts Schlechtes finden. Meine Arbeit war mir nach wie vor wichtig, und ich wollte sie gut machen, aber sie war bei Weitem nicht das Wichtigste auf der Welt.

Felipe seufzte. »Soll ich alles wieder absagen?«

»Nein«, sagte ich schnell. »Das wird nicht nötig sein. Du hast dir ganz sicher viele Gedanken gemacht.«

»Natürlich.« Er gab mir einen Kuss auf die Wange. »*Cariña,* ich hätte doch nie etwas gebucht, das dir nicht gefallen könnte. Und was Details wie Blumen oder die Torte angeht, hast du noch volles Mitspracherecht.«

»Wie, du hast noch keine Strelitzien bestellt?«, fragte ich im Scherz.

»Ich habe darüber nachgedacht, aber nein. Wenn, dann hätte ich Zierlauch genommen.« Felipe lachte und legte einen Arm um meine Schulter. »Soll ich dir jetzt die Kirche zeigen, in der wir getraut werden?«

Ich ergab mich in mein Schicksal. »Für wie viele Gäste hast du denn geplant?«

»Etwa einhundert.«

»Einhundert?«

»Zu wenig? Ein bisschen Spielraum nach oben haben wir noch.«

»Nein, ganz und gar nicht. Das reicht auf jeden Fall.«

Ehrlich gesagt hatte ich keine Ahnung, wie ich eine Gästeliste mit einhundert Personen füllen sollte. Eine Hochzeit in kleinem Kreis war mir ohnehin lieber als ein großes Event. Meine Familie, Freunde, ein paar Arbeitskollegen – das reichte mir vollkommen. Den schönsten Tag meines Lebens wollte ich mit den Menschen verbringen, die mir wichtig waren. Ich hatte wenig Lust darauf, die ganze Zeit von einem Tisch zum anderen zu hetzen, damit ich mit jedem wenigstens einmal gesprochen hatte. Doch Felipes Familie war auf Fuerteventura sehr angesehen und bekannt, da herrschten andere Spielregeln. Das musste ich akzeptieren, ebenso die Tatsache, dass die eigentliche Trauung und die Feier danach in konventionellem Rahmen stattfinden würden und nicht locker am Strand, wie ich mir das gewünscht hätte. Aber spielte es denn wirklich eine Rolle, wo und wie man heiratete? Schlussendlich war doch nur wichtig, dass es der richtige Mann war. Und das war Felipe. Oder?

»Ihr wollt wirklich verkaufen?« Ich nahm das Handy in die andere Hand und gab dem Concierge ein Zeichen, dass wir uns später weiter unterhalten würden. Meine Absätze klackten auf dem Marmorboden, als ich zu meinem Büro hastete.

»Es bleibt uns nichts anderes übrig, Emily«, antwortete meine Mutter am anderen Ende der Leitung. »Dominik hat sich verliebt. Er will heiraten und auf Barbados bleiben.«

»Ach ja? Lass mal ein paar Monate vergehen, dann ändert er seine Meinung wieder.« Mein Bruder hatte ernsthafte Beziehungen bisher gescheut wie die meisten Katzen das Wasser.

»Nein, das glaube ich nicht. Es scheint ihm dieses Mal ernst zu sein. Und selbst wenn nicht, wir müssen jetzt handeln.«

»Soll ich vielleicht noch mal nach einem Geschäftsführer schauen?«, fragte ich.

»Das ist lieb, aber nicht nötig.« Meine Mutter seufzte. »Wir haben lange darüber beratschlagt, dein Vater und ich. Unter den gegebenen Umständen scheint es die beste Lösung zu sein. Wir sind beide schon alt …«

»Ihr seid doch nicht alt«, fiel ich ihr ins Wort.

»Oh doch, Emily, das sind wir. Zumindest zu alt für das alles hier. Mein Herz macht das einfach nicht mehr mit. Es ist das Beste, einen Schlussstrich zu ziehen und uns auf die Jahre zu konzentrieren, die noch vor uns liegen.«

»Aber …«

»Die Entscheidung ist gefallen, Emily«, sagte meine Mutter.

»Es tut mir leid«, flüsterte ich, weil ich das Gefühl hatte, dass das alles meine Schuld war.

»Ach, Emily.« Sie klang resigniert und traurig. »Mach dir keine Vorwürfe, du hast alles getan, um uns zu helfen. Manchmal muss man einfach akzeptieren, dass man verloren hat.«

Ich hasste es aufzugeben, aber in diesem Moment wusste ich, dass es vorbei war. Es war alles umsonst gewesen, die *Strandperle* war verloren. Ich hatte versagt. Was würde wohl aus Julian werden? Ob er Chefkoch der *Kombüse* würde bleiben dürfen? Weinend legte ich das Telefon beiseite.

Kapitel 24

Freitag, 14. Juli

Nicht so viel über Julian nachdenken
Nicht so viel über Julian nachdenken
Nicht so viel über Julian nachdenken
Mich bei meinen Eltern nach dem Stand der Dinge erkundigen
Carlas Hochzeit genießen

»Nun frage ich euch vor Gott und den hier anwesenden Personen: José González Fernández, willst du mit Carla Florentina Sánchez Márquez als deiner Ehefrau nach Gottes Gebot und Verheißung leben, sie als Gottes Gabe lieben und ehren und ihr in Freud und Leid treu bleiben, bis der Tod euch scheidet, so antworte: ›Ja, mit Gottes Hilfe.‹«

»Ja, mit Gottes Hilfe.«

»Carla Florentina Sánchez Márquez, willst du mit José González Fernández als deinem Ehemann nach Gottes Gebot und Verheißung leben, ihn als Gottes Gabe lieben und ehren und ihm in Freud und Leid treu bleiben, bis der Tod euch scheidet, so antworte: ›Ja, mit Gottes Hilfe.‹«

»Ja, mit Gottes Hilfe.«

Carla hatte es getan, sie war verheiratet. Verstohlen wischte ich mir eine Träne aus dem Augenwinkel. Dabei fing ich Felipes Blick auf, der wie ich als Trauzeuge zusammen mit dem Brautpaar vorne am Altar stand. »Bald«, formten seine Lippen wortlos.

»Nachdem ihr euch vor Gottes Angesicht und vor diesen

Zeugen eheliche Liebe, Treue und christliche Führung eurer Ehe gelobt habt, segne ich euch und euren Ehebund im Namen des Vaters, des Sohnes und des Heiligen Geistes«, fuhr der Pfarrer fort. »Was Gott zusammengefügt hat, das soll der Mensch nicht scheiden. Gebt einander die Ringe als Zeichen eurer Liebe und Treue.«

Carla und José steckten sich gegenseitig die Ringe an, die Felipe ihnen reichte. Anschließend küssten sich die beiden unter großem Jubel. Ich gab Carla ihren Brautstrauß, der aus weißen, apricot- und rosafarbenen Rosen bestand, und wenig später verließ das frisch vermählte Paar die Kirche durch den mit Rosen geschmückten Mittelgang, gefolgt von Felipe und mir. Wir traten hinaus in die gleißende Mittagssonne.

Ich ließ Felipe den Vortritt, doch dann schloss ich Carla in die Arme, bevor der Rest ihrer großen Familie sie in Beschlag nehmen konnte. »Herzlichen Glückwunsch. Ich wünsche euch nur das Beste und hoffe, dass ihr ein Leben lang glücklich sein werdet. Aber da mache ich mir keine Sorgen.« Mehr Sorgen machte ich mir gerade um mich selbst, denn obwohl es langsam ernst wurde und Felipe und ich mitten in den Hochzeitsvorbereitungen steckten, konnte ich nicht aufhören, an Julian zu denken. Ich beruhigte mich damit, dass ich mir einredete, es hinge einfach nur damit zusammen, dass ich mich um Julians Zukunft sorgte. Der Verkauf des Hotels rückte allmählich näher, meine Eltern führten bereits Gespräche mit möglichen Interessenten.

»Danke, Emily. Schön, dass du hier bist.«

»Das hätte ich mir um nichts in der Welt entgehen lassen«, erwiderte ich. »Du siehst übrigens wunderschön aus. Schade, dass ich nicht dabei war, als du das Kleid ausgesucht hast.« Wehmütig betrachtete ich das Kleid im Meerjungfrauenstil, das Carlas schmale Silhouette betonte. Ich hatte mit viel Stoff gerechnet, einem richtigen Prinzessinnenkleid mit ausgestelltem Rock und langer Schleppe. Dagegen wirkte Carlas Wahl nahezu schlicht, trotzdem war das Kleid wunderschön. Es bestand aus hauchzarter Spitze, hatte einen herzförmigen Ausschnitt und war reinweiß, was hervorragend zu Carlas gebräunter Haut und ihren dunklen Haaren passte.

»Das holen wir nach. Du wirst sicher auch schon bald auf die Suche nach einem Brautkleid gehen. Wird ja langsam Zeit.«

Sie zwinkerte mir zu, doch ich nickte nur, denn meine eigene Hochzeit wirkte in diesem Moment sehr weit entfernt. Nachdem ich Carla noch einmal in den Arm genommen und auch José gratuliert hatte, machte ich Platz für die anderen Gratulanten. Neugierig sah ich mich um. Viele der Gäste würden wahrscheinlich auch in zwei Monaten auf meiner Hochzeit tanzen. Carlas und Felipes Eltern kannte ich natürlich und auch den einen oder anderen Verwandten oder Kollegen, aber die meisten Gesichter hatte ich noch nie gesehen.

Ich erstarrte, denn in diesem Moment erblickte ich jemanden, mit dem ich hier nie im Leben gerechnet hätte.

Was machte der denn hier?

Dominik? Was machte mein Bruder auf der Hochzeit meiner besten Freundin? Sie kannten sich zwar, denn Dominik hatte mich im Gegensatz zu meinen Eltern schon ein paarmal auf Fuerteventura besucht, aber so gut nun auch wieder nicht. Lässig schlenderte er auf mich zu. »Kaum zu glauben, dass ihr Geschwister seid«, hatte Felipe gesagt, als er Dominik das erste Mal gesehen hatte. Bis auf die Sommersprossen hatten mein

Bruder und ich nichts gemein. Meine Haare waren dunkel, meine Augen blau, Dominik hatte blonde Haare und braune Augen. Ich war nicht die einzige Frau, die ihn in diesem Moment anstarrte. Fast hatte ich vergessen, wie gut er aussah. Er hatte etwas von einem australischen Surfer. Seine Haut war ganz schön braun geworden, und er sah trotz des Jetlags, den er haben musste, gut erholt aus. Ich hingegen hatte meine Augenringe heute Morgen kaum überdecken können. Dominik hatte mir gefehlt. Er war mein Bruder, und wir hatten uns seit einer gefühlten Ewigkeit nicht mehr gesehen. Trotzdem konnte ich meine Wut auf ihn nicht verbergen.

»Was machst du hier?«, fragte ich. »Hast du nicht immer wieder behauptet, du könntest nicht weg?«

»Jetzt lass dich doch erst mal begrüßen, Schwesterherz«, erwiderte Dominik und schloss mich in die Arme.

»Entschuldige, du hast recht.« Ich erwiderte seine Umarmung. »Gut siehst du aus, so erholt.«

»Warum klingt das wie ein Vorwurf?«, fragte Dominik, lachte aber.

»Das war ausnahmsweise nicht so gemeint«, erwiderte ich. »Also, was machst du hier?«

»Lass mich erst mal schnell dem Brautpaar gratulieren, dann können wir in Ruhe reden.«

Immer noch völlig verwirrt blieb ich allein zurück, während Dominik sich in die lange Schlange der Gratulanten einreihte. Meine Gedanken fuhren Karussell. War er vorher auf Fehmarn gewesen oder würde anschließend dort hinreisen? Vielleicht war er ja doch zur Vernunft gekommen und würde endlich Verantwortung für die *Strandperle* übernehmen? Ich wagte es kaum zu hoffen.

»Na, überrascht?«, fragte Felipe, der neben mich trat.

»Du wusstest, dass er kommt?«

»Ich hab ihn doch selbst hergebeten.«

Nun verstand ich überhaupt nichts mehr. »Du hast Dominik zur Hochzeit deiner Schwester eingeladen? Aber warum?«

Felipe legte mir einen Arm um die Schulter und führte mich zum Empfang, der bereits aufgebaut worden war. Auf einem meterlangen Tisch standen Getränke und Häppchen bereit, die gereicht werden sollten, bevor es zum eigentlichen Veranstaltungsort ging, einem Hotel der Familie. »Also erstens dachte ich mir, dass mein zukünftiger Schwager bei der Hochzeit meiner Schwester dabei sein sollte. Ich habe übrigens auch deine Eltern gefragt, aber die haben gerade verständlicherweise keine Zeit. Und zweitens fand ich es sinnvoll, dass du und dein Bruder endlich persönlich über alles sprechen könnt. Du warst in den letzten Tagen so traurig, weil deine Eltern das Hotel verkaufen wollen.«

Ich war zugleich dankbar und enttäuscht. Meine Hoffnung, Dominik könnte zur Vernunft gekommen sein, schwand dahin. Andererseits hatte er den weiten Weg von Barbados nach Fuerteventura auf sich genommen. Gab es vielleicht doch noch eine klitzekleine Chance?

Dank meiner hohen Schuhe musste ich mich ausnahmsweise einmal nicht auf die Zehenspitzen stellen, um Felipe zu küssen. »Das ist so lieb von dir. Ich fürchte nur, es wird nichts bringen. Dominik ist verdammt stur, das war er schon als Kind. Er ändert selten seine Meinung.«

»Darum ging es mir auch gar nicht. Ich will nur, dass ihr euch aussprecht. Wir sind bald alle eine Familie, und ich hasse es, wenn es in der Familie Streitigkeiten gibt.«

Ich küsste Felipe erneut. »Danke.«

Lächelnd nahm er zwei Gläser Champagner vom Tisch und reichte mir eines davon. »Auf uns.«

Ich stieß mein Glas gegen seines und trank einen großen Schluck.

Die Männer hatten ihre Krawatten gelockert oder komplett abgelegt, und die meisten Frauen hatten ihre High Heels gegen flache Schuhe getauscht. Die Hochzeitsfeier war in vollem Gange. Einige Gäste ließen sich die Torte schmecken, einen mehrstöckigen Traum mit verschiedenen Füllungen und Marzipanüberzug. Andere hingegen machten die Tanzfläche unsicher. Natürlich gab es eine Live-Band, die alte Rockklassiker gemischt mit aktuellen Liedern spielte. Die Stimmung war auf einem Höhepunkt, ich aber saß allein mit einem Arbeitskollegen von José an einem Achtertisch und starrte auf das unberührte Stück Torte vor mir, während ich das Gespräch mit meinem Bruder immer und immer wieder in meinem Kopf durchging.

»Felipe hat dir erzählt, dass er mich gebeten hat zu kommen?«, hatte mein Bruder mich gefragt.

Ich nickte. »Aber ich verstehe nicht, warum du extra hergeflogen bist, zumal du Carla nicht besonders gut kennst. Mama und ich haben dich in den letzten Wochen dauernd darum gebeten, und es hat dich nicht interessiert.«

Dominik stöhnte. »Schon wieder dieser vorwurfsvolle Unterton. Ich habe es euch mehrfach erklärt, außerdem bin ich nur für ein paar Tage in Europa. Ihr hättet mich gleich für mehrere Wochen hierhaben wollen, und das war eben nicht möglich.«

Ich spürte die Blicke der umstehenden Gäste auf uns. Das war Carlas Hochzeit, ein ganz besonderer Tag, und es widerstrebte mir, ausgerechnet hier und jetzt dieses Gespräch mit meinem Bruder zu führen, aber ich wusste auch, dass ich keine weitere Gelegenheit mehr bekommen würde. »Lass uns einen Spaziergang machen«, schlug ich deshalb vor, und Dominik willigte ein.

Wir mussten nicht lange laufen, bis wir zu einem Park in der Nähe des Hotels kamen. Fuerteventura ähnelt größtenteils einer Wüstenlandschaft, was vermutlich an der geografischen Nähe zu Afrika liegt, hier aber blühte vor unseren Augen eine kleine Oase: Strelitzien, Oleander, Hibiskus und Bougainvillea wechselten sich ab, eine Blütenpracht in Rosa, Pink, Gelb, Orange, Rot und Weiß. Wir setzten uns in den Schatten einer Palme, und ich atmete tief den süßen Duft der Blumen ein. Angeordnet in einem Kreis standen hier mehrere Sitzbänke, und auf fast allen saßen Rentner, die in Büchern lasen oder einfach die Atmosphäre genossen, oder Mütter, die ihren Kindern beim Spielen zusahen.

Ich beobachtete das Wasserspiel des Springbrunnens und wartete darauf, dass Dominik etwas sagen würde. »Mama und Papa wollen das Hotel verkaufen«, brach ich schließlich das Schweigen.

»Ich weiß«, erwiderte mein Bruder. »Ich war bei ihnen, bevor ich hergeflogen bin.«

»Du warst auf Fehmarn?« Überrascht sah ich ihn an. Warum hatte unsere Mutter mir nichts davon erzählt?

»Sicher. Wenn ich schon mal in der Nähe bin, will ich auch unsere Eltern sehen.«

Ich wartete darauf, dass er fortfuhr, doch als er nichts sagte, fragte ich ungeduldig: »Und? Was sagst du dazu, dass sie die *Strandperle* verkaufen wollen?«

»Ich halte es für die einzig richtige Entscheidung.«

Eine ganze Weile konnte ich ihn nur anstarren. »Ist das dein Ernst? Unsere Großeltern haben das Hotel errichtet. Mama ist dort aufgewachsen, *wir* sind dort aufgewachsen. Bedeutet dir das denn gar nichts?«

»Ganz offensichtlich nicht mehr oder weniger als dir.«

Ich wurde wütend. »Wie kannst du es wagen? In den letzten Monaten habe ich alles stehen und liegen lassen und war vor Ort, um das Hotel zu retten.«

»Schon, und wo bist du jetzt, wo es darum geht, das Hotel zu verkaufen? Hier auf Fuerte, nicht auf Fehmarn.«

Ich schüttelte den Kopf. »Dominik, *du* wolltest das Hotel eines Tages übernehmen, nicht ich.«

Mein Bruder zuckte nicht einmal mit der Wimper. »Ich habe meine Meinung geändert. Mama hat dir sicher von Stella erzählt.«

»Ach, Dominik. Ich freue mich ja für dich, wenn du endlich jemanden gefunden hast, mit dem du es ernst meinst, aber willst du dafür wirklich deine Familie im Stich lassen? Wer weiß, wie lange es diesmal hält.«

»Na, vielen Dank auch.« Dominik verschränkte beleidigt die Arme vor der Brust. »Du kennst Stella nicht. Sie ist die erste Frau, die mich versteht und mich so nimmt, wie ich bin. Ich liebe sie wirklich, das ist nicht nur übergangsweise, genauso wenig wie meine Stellung auf Barbados. Ich werde dort bleiben und arbeite mich hoch. Mein Chef hat mir die Leitung des Hotels in Aussicht gestellt.«

Überrascht zog ich die Augenbrauen hoch. »Die Hotelleitung könntest du auch in der *Strandperle* übernehmen. Dafür musst du nicht auf Barbados bleiben.«

»Dito«, erwiderte mein Bruder. »Wenn mich einer verstehen sollte, dann doch du, oder, Schwesterherz?«

Ich sah weg, gab vor, den kleinen Hund zu beobachten, der aus dem Springbrunnen trank und anschließend einen Wiedehopf jagte. Dominik hatte nicht ganz unrecht. Immerhin hatte er die Hotelleitung der *Strandperle* übernehmen wollen, ich hingegen hatte schon immer mehr gewollt. In diesem Moment fragte ich mich allerdings, was besser war. War ich genauso egoistisch wie er? Zwar war ich vor Ort gewesen und hatte ausgeholfen, aber erst, als es zu spät gewesen war. Nein, ich war nicht viel besser als mein Bruder und hatte nicht das Recht, ihm Vorwürfe zu machen. Meine Wut verpuffte, stattdessen füllten sich meine Augen mit Tränen. Ich versuchte, sie wegzublinzeln, vergeblich.

»Ach, Schwesterchen.« Mein Bruder legte einen Arm um mich, und ich lehnte mich gegen ihn. »Ich weiß, dass du dir jetzt Vorwürfe machst, aber das wollte ich damit nicht erreichen, und das brauchst du auch nicht. Wir haben eben beide andere Ziele als unsere Eltern, und das ist okay.«

Vielleicht hatte er tatsächlich recht. Er schien mir in den vergangenen Jahren sehr erwachsen geworden zu sein. Am Telefon hatte ich das nicht bemerkt, aber hier und jetzt war es nicht zu übersehen. Mein kleiner Bruder war endlich vernünftig geworden. »Es tut mir leid, wenn ich in letzter Zeit so biestig war«, sagte ich.

Er drückte mir einen Kuss auf den Scheitel. »Ach was, ich verstehe das, und ich bin froh, dass du mich nun auch verstehst.« Er atmete tief ein und wirkte sehr entspannt. Dann fragte er mit einem Mal: »Können wir jetzt über Julian reden?«

»Julian?«, fragte ich ausweichend. Dabei war mir sofort klar, was er bezweckte. Mein Bruder war wie meine Eltern stets für Julian gewesen, auch wenn das nicht immer auf Gegenseitigkeit beruht hatte.

»Na komm, stell dich nicht blöd. Ich hab nie verstanden, warum du ihn damals hast sitzen lassen.«

Ich stöhnte. »Das ist jetzt das falsche Thema. Außerdem sollten wir langsam wieder zurück.«

Ich wollte aufstehen, aber Dominik hinderte mich daran, indem er mein Handgelenk packte und mich zurück auf die Bank zog. »Felipe ist ein feiner Kerl, ich mag ihn wirklich, und ich glaube, ihr passt ganz gut zusammen. Aber du und Julian … Ihr seid einfach perfekt füreinander. Warum willst du das nicht sehen?«

»Ich liebe Felipe«, sagte ich leise, doch mein Herz klopfte verräterisch schnell.

Dominik schüttelte den Kopf. »Es tut mir leid, dir das sagen zu müssen, aber das tust du nicht. Du hast ihn sehr gern, das sicher, aber das genügt nicht. Zumal du dein Herz schon vor langer Zeit verschenkt hast. Du willst es nur nicht zugeben, denn dann müsstest du ja auch zugeben, dass du damals einen großen Fehler begangen hast. Und wir wissen beide, wie ungern du Fehler zugibst.«

Ich wollte es nicht, aber ich musste lächeln. »Das habe ich neulich schon mal irgendwo gehört.«

»Dann wird es wohl stimmen.« Mein Bruder grinste zufrieden, wurde aber schnell wieder ernst. »Du willst Felipe nicht verletzen, das ehrt dich, aber du solltest an dich denken und dir vor allem schnell darüber klar werden, was du willst. Mama und Papa haben morgen früh einen Termin mit Karsten Bergmann.«

»Sie wollen die *Strandperle* wirklich an ihn verkaufen?«

Mein Bruder nickte. »Sieht so aus.« Er machte eine Pause. »Und? Was gedenkst du zu tun?«

Es waren Stunden vergangen, seit Dominik mich das gefragt hatte. Die Zeit drängte, wenn ich die *Strandperle* noch retten wollte, und das wollte ich. Trotzdem konnte ich mich nicht durchringen, das Nötige zu tun. Ich griff nach der Gabel, um von der Torte zu probieren, legte sie aber sofort wieder weg. Hatte ich damals wirklich einen Fehler begangen? Hatte ich zwölf Jahre meines Lebens vergeudet, oder hatte ich diese Jahre gebraucht, um zu begreifen, was ich an Fehmarn und den Menschen dort hatte?

Mein Bruder, meine Mutter, Julian – alle hatten sich verändert, nur ich schien auf der Stelle zu treten, obwohl mit dem neuen Posten und der Hochzeit mit Felipe eine tolle Zukunft vor mir lag. Aber reichte mir das noch? Wohl eher nicht, denn plötzlich fragte ich mich, warum ich mich immer so dagegen gesträubt hatte, die Leitung der *Strandperle* zu übernehmen. Julian und ich hatten in den vergangenen Wochen so viel zusammen erreicht. Wir hatten Spaß gehabt, und ich vermisste die Arbeit mit den Pärchen. Sie war abwechslungsreich, und ich konnte kreativ sein. Im Hotel in Jandía hingegen war ich an starre Regeln gebunden. Mehr als einmal war ich bereits mit Darío aneinandergeraten, weil ich neue Ideen gehabt hatte, diese aber nie umsetzen durfte. Das *Hotel de los Sueños* gehörte zu einer Hotelkette, da war kein Platz für Individualität. Bisher hatte ich mich damit arrangiert, doch jetzt reichte es mir nicht mehr. Ich hatte andere Erfahrungen gemacht und wollte mehr. Warum hatte ich das nicht früher gesehen? Das hätte vieles einfacher gemacht.

Ich musste mit Felipe reden. Meine Augen suchten den lichtdurchfluteten Saal nach ihm ab und fanden ihn auf der Tanzfläche, zusammen mit seiner Schwester. Sie tanzten einen Wiener Walzer. Felipe war nicht nur ein guter Tänzer, er war auch ein toller Mann. Er war charmant, hilfsbereit und sah unglaublich gut aus. Jede Frau konnte sich glücklich schätzen, ihn an ihrer Seite zu haben.

Ich schloss die Augen, um mir meine gemeinsame Zukunft mit Felipe vorzustellen. Doch der Mann, den ich vor meinem geistigen Auge sah, hatte dunkelblonde Haare, blaue Augen und ein Grübchen im Kinn.

»Darf ich bitten?« Felipe stand auf einmal vor mir und hielt mir lächelnd die Hand entgegen.

»Felipe, wir müssen reden.«

Das Lächeln schwand aus seinem Gesicht, und er zog sich den Stuhl neben mir heran. »Was ist los? Geht es um die Hochzeit? Wenn du wirklich nicht auf der Yacht feiern willst, ist das in Ordnung, dann machen wir etwas anderes. Meinetwegen auch barfuß am Strand, wie du es gerne wolltest. Meine Arbeitskollegen würden zwar ganz schön blöd gucken, aber was soll's. Das ist unsere Hochzeit, und ich will, dass du glücklich bist.«

Ich traute mich kaum, Felipe anzusehen, und blickte stattdessen auf den Tisch, der wunderschön eingedeckt war: ein weißes Tischtuch mit Spitze, pastellfarbene Rosen, Kerzenleuchter aus Glas. Eine Träne tropfte auf meine Hand, doch ich wischte sie nicht weg.

»Es geht nicht um die Hochzeit, richtig?«, fragte Felipe leise.

Ob er schon ahnte, worauf das Ganze hinauslaufen würde? Ich nickte. »Es geht um die *Strandperle*. Ich kann nicht zulassen, dass meine Eltern sie verkaufen.«

Felipe atmete tief durch. »Das habe ich mir schon fast gedacht. Ich weiß zwar nicht, ob ich für Fehmarn gemacht bin, aber wir finden einen Weg.«

Nun weinte ich erst recht. »Es tut mir so leid, Felipe.«

»Was denn? Was ist los, Emily?« Er nahm meine Hand in seine und strich mit dem Daumen darüber.

Ich hatte absolut keine Ahnung, wie ich ihm das Ganze erklären sollte, denn ich verstand es ja selbst noch nicht so richtig. Und vermutlich gab es keinen Weg, es ihm schonend beizubringen. Deshalb holte ich tief Luft und sagte, ohne ihn anzusehen: »Ich habe mich wieder in Julian verliebt.« Oder vielleicht hatte ich auch nie aufgehört, ihn zu lieben, wer wusste das schon so genau. Ich hatte mich immer gezwungen, nicht so viel über die Vergangenheit nachzudenken.

Felipe ließ meine Hand los, als hätte er sich verbrannt, und sog tief die Luft ein. »Seit wann läuft das zwischen euch?«

»Was? Nein, da läuft nichts, wirklich nicht. Das musst du mir glauben. Es war … es war nur ein Kuss«, fügte ich leise hinzu. Am liebsten hätte ich ihn Felipe verschwiegen, denn ich wollte ihn nicht noch mehr verletzen oder gar demütigen, aber er hatte die Wahrheit verdient. Zumindest das war ich ihm schuldig. »Julian ging es schlecht, und dann … ist es einfach so passiert. Es hätte nicht passieren dürfen, das weiß ich, und ich habe ihm auch gleich gesagt, dass ich dich liebe und wir heiraten werden.«

»Wann?«, wollte Felipe wissen.

»Kurz vor deiner Ankunft.«

»Und was wäre passiert, wenn ich nicht spontan nach Fehmarn gekommen wäre?«, fragte er leise.

»Felipe, ich hätte dich nie betrogen.« Ich konnte nur hoffen, dass das die Wahrheit war.

»Jetzt ist mir auch klar, warum du nicht wolltest, dass ich zu dir komme.«

»Das ist nicht wahr«, erwiderte ich leise. »Ich habe mein

Herz schon vor langer Zeit verschenkt, das war mir nur nicht bewusst. Das zwischen Julian und mir war eine ziemlich große Sache, wir waren sogar verlobt, doch dann habe ich die Insel und ihn einfach verlassen und nicht mehr an ihn gedacht. Aber ganz offensichtlich konnte mein Herz ihn nie vergessen.«

»Ich dachte wirklich, du liebst mich«, sagte Felipe ebenso leise wie ich.

»Das tue ich, und das ist nicht gelogen. Aber es reicht leider nicht.«

Felipe nickte und stand auf. »Leb wohl, Emily. Ich wünsche dir alles Gute, und ich hoffe, du kannst das Hotel deiner Eltern retten.«

Weinend sah ich dabei zu, wie er im Gewühl verschwand. Ich hatte ihm wirklich nicht wehtun wollen, doch das hatte ich ohne Zweifel getan. Nach einer Weile raffte ich mich auf und suchte meinen Bruder. Ich fand ihn auf der Tanzfläche, eine hübsche Brünette durch die Gegend wirbelnd.

»Ich fahre nach Hause. Kommst du mit?«

Kapitel 25

Samstag, 15. Juli

Darío alles erklären (und hoffen, dass er mich nicht hasst)
Nach Hamburg fliegen
Verkauf der Strandperle *verhindern*
Julian zurückgewinnen!!!

Ich lächelte, als die Straße eine Biegung machte und auf die Fehmarnsundbrücke führte. Das Wetter war nicht wesentlich anders als bei meiner letzten Ankunft hier. Obwohl es Hochsommer war, war es nass und windig, und ich hatte die ganze Nacht kein Auge zugetan. Trotzdem war ich glücklich. Ich war froh, endlich nach Hause zu kommen, denn dieses Mal fühlte es sich wirklich so an. Ich kam nach Hause.

»Was für ein Mistwetter«, murmelte mein Bruder neben mir und zog den Kragen seines Polohemds etwas höher. »Was bin ich froh, schon bald zurück nach Barbados zu kommen. Dort haben wir selbst im Winter mindestens zwanzig Grad.«

»Hör auf zu mosern«, sagte ich gut gelaunt. »Es ist doch erst früh am Morgen, vielleicht wird es im Laufe des Tages besser. Und was meinst du, wie Mama und Papa sich freuen werden, dich vor deiner Abreise noch mal zu sehen.«

»Wie sie sich erst freuen werden, dich zu sehen«, erwiderte Dominik grinsend.

Ich hatte meinen Eltern nicht gesagt, dass ich kommen würde, da ich sie überraschen wollte. Außerdem war es eine sehr spontane Entscheidung gewesen. Carla hatte mich regelrecht hinausgeworfen, aber nicht, weil sie wegen meiner Trennung von ihrem Bruder böse auf mich gewesen war.

»Warum bist du denn immer noch hier?«, hatte sie empört gefragt, und ich hatte schon Angst gehabt, sie als Freundin verloren zu haben. Doch dann hatte sie hinzugefügt: »Na los, wenn du das Hotel deiner Eltern vor dem Verkauf retten willst, solltest du schleunigst zum Flughafen. Hattest du nicht erzählt, dass es morgen so weit ist?«

»Doch, aber das hier ist deine Hochzeitsfeier. Ich habe schon die ganzen Vorbereitungen verpasst, da lasse ich mir die Hochzeit nicht auch noch entgehen. Meine Eltern kann ich auch anrufen …«

»Schon gut, Emily, das ist wichtiger. Ich verstehe das. Immerhin warst du bei der Trauung dabei.«

»Möchtest du mich nicht mehr hierhaben?«, hatte ich leise gefragt.

»Wie kannst du so etwas auch nur denken?«, hatte Carla erwidert und mich fest an sich gezogen. »Ich finde es schade, dass du nun doch nicht meine Schwägerin wirst, aber du bist immer noch meine beste Freundin, und das wird sich dadurch nicht ändern. Und nun los.«

»Aber deine Feier …«

Doch Carla hatte davon nichts wissen wollen. »Los jetzt, hab ich gesagt. Wenn du das Hotel retten willst, solltest du nach Hause fliegen. Deine Eltern anzurufen wird nicht reichen. So, wie ich sie vom Hörensagen kenne, verkaufen sie nachher trotzdem, um deinem Glück nicht im Weg zu stehen.«

Ich hatte gezögert, aber ich wusste auch, dass sie recht hatte. Nun sah ich auf die Uhr am Armaturenbrett und trat aufs Gas, denn wir waren spät dran. Wir hatten am Abend zuvor gerade noch den letzten Flieger nach Hamburg erwischt, der war aber mit Verspätung erst gegen Mitternacht gelandet. Der Mietwagenverleih hatte um die Zeit natürlich bereits geschlossen, und den letzten Zug in Richtung Fehmarn hatten wir auch verpasst. So hatten wir in Hamburg übernachten müssen.

Jetzt, um Punkt neun Uhr, fuhr ich auf den Hof vor der *Strandperle*, Kies spritzte hoch. Dominik und ich stiegen aus und rannten zum Hotel. Hanni stand an der Rezeption und arbeitete am Computer.

»Einen Moment, bitte«, sagte sie freundlich und blickte nur kurz von ihrer Arbeit auf, doch dann hielt sie inne und sah erneut hoch. »Was macht ihr denn hier?«

»Das erkläre ich dir später«, sagte ich schnell, während ich meine hohen Schuhe auszog. Ich trug immer noch das fliederfarbene Seidenkleid von gestern, da wir direkt von der Hochzeitsfeier aus mit dem Taxi zum Flughafen gefahren waren. Das Hotel, in dem Dominik untergekommen war, hatte ihm das Gepäck zum Flughafen gebracht. Ich würde mich später um alles kümmern. »Wo sind sie?«

»Oben, im Büro deines Vaters.«

Mein Bruder und ich hasteten die Treppe nach oben, inzwischen war es kurz nach neun. Hoffentlich war es noch nicht zu spät. Ich riss die Tür zum Büro meines Vaters auf, ohne anzuklopfen. Mir war klar, dass ich mal wieder wirken musste wie ein verwirrtes Huhn, so atemlos, wie ich in der Tür stand, barfuß und in Abendkleidung, doch das war mir egal. Erleichtert stellte ich fest, dass Karsten Bergmann gerade erst die Unterlagen aus seiner Aktentasche holte.

Sie haben noch nicht unterschrieben.

»Emily? Dominik?« Meine Mutter wirkte schockiert und sah uns fragend an.

Karsten hingegen schien sofort zu begreifen, was los war. »Nicht schon wieder«, murmelte er und steckte die Unterlagen zurück in seine Tasche.

Das Herz schlug mir bis zum Hals, als ich die *Kombüse* betrat. Lars, der Auszubildende, den ich an meinem ersten Abend auf Fehmarn kennengelernt hatte, deckte gerade die Tische für den Abendbetrieb ein. Er hielt sofort inne, als er mich erblickte.

»Hallo, Frau Hansen«, grüßte er freundlich.

Wenn er einen Hut auf dem Kopf gehabt hätte, hätte er diesen jetzt sicher gezogen, aber ich war zu aufgeregt, um mich darüber zu amüsieren. »Hallo, Lars. Ist dein Chef auch hier? Ich muss etwas mit ihm besprechen.«

»Der ist in der Küche.« Lars deutete mit dem Kopf in die entsprechende Richtung und wandte sich wieder seinen Tischen zu.

Auf meinem Weg durchs Restaurant streichelte ich Snoopy kurz über den Kopf, der, alle viere von sich gestreckt, auf seinem Lieblingsplatz am Empfang lag. Er genoss die Berührung, interessierte sich aber sonst nicht groß für mich. Vermutlich hatte er gerade erst seinen Mittagsspaziergang hinter sich und war noch erschöpft. Bevor ich die Tür zur Küche aufstieß, holte ich tief Luft. Julian stand an der Arbeitsplatte und schälte Kartoffeln für den Abend. Ich hatte sicher nicht erwartet, dass er sich in meine Arme werfen würde, aber ich hatte auch nicht damit gerechnet, dass er nicht einmal aufsehen würde.

»Dann ist es also wahr, du bist zurück«, sagte er nur.

Mir sank der Mut. Ich hatte gehofft, er hätte es noch nicht mitbekommen, aber natürlich funktionierte der Buschfunk hier auf der Insel nach wie vor. Mit einem entschuldigenden Lächeln erklärte ich: »Ich wäre sehr gern sofort zu dir gekommen, aber ich musste erst den Verkauf stoppen, und dann hatten meine Eltern so viele Fragen.«

»Sie sind bestimmt froh, dass die *Strandperle* im Besitz der Familie bleibt.«

Ich nickte. Eigentlich hatte ich so viel zu sagen, und doch wusste ich in diesem Moment nicht, was ich sagen sollte. Julian konzentrierte sich immer noch auf seine Arbeit und schälte unablässig Kartoffeln.

»Ich werde die Leitung der *Strandperle* übernehmen«, sagte ich schließlich, doch er schwieg. Trotzdem fasste ich mir ein Herz und fügte hinzu: »Ich werde hierbleiben, Julian. Für immer.«

Er legte sein Messer beiseite und sah mich an, das erste Mal, seit ich die Küche betreten hatte. »Was willst du von mir, Emily?«

Ich zuckte zusammen. Am liebsten hätte ich die Flucht ergriffen. Ich fühlte mich vor den Kopf geschlagen, aber ich konnte auch verstehen, dass Julian es mir nicht leicht machte. Ich hatte ihn verletzt – wieder einmal. »Ich möchte mich bei dir entschuldigen. Es tut mir leid, dass ich gegangen bin. Es war ein Fehler.«

»Auf einmal?« Julian widmete sich wieder seinen Kartoffeln.

»Manchmal braucht man eben etwas länger, um zu sehen, was man wirklich will.«

»Du wolltest unbedingt die Stelle auf Fuerteventura und die Hochzeit mit Felipe. Deine Worte.«

»Ich weiß«, sagte ich leise, »aber jetzt will ich das nicht mehr. Felipe und ich haben uns getrennt.«

Julian atmete scharf aus. Er warf das Messer fast auf die Arbeitsfläche und verschränkte die Arme vor der Brust. »Ach ja? Emily, ich hab da draußen gestanden und dich gebeten, nicht zu gehen. Ich habe dir gesagt, dass ich dich liebe, und es war dir egal.«

»Es war mir nicht egal …«

»Du hast gesagt, dass du *ihn* liebst!«, schrie Julian.

Ich zuckte erneut zusammen und senkte den Blick. »Das habe ich geglaubt, aber es ist nicht wahr. Ich liebe *dich*, Julian.«

»Und das soll ich dir glauben?«

Es kostete mich all meine Überwindung, aber ich sah ihm direkt in die Augen. »Ich liebe dich«, wiederholte ich, »und ich will mit dir zusammen sein.«

»Nein, Emily. Du hast auf meinen Gefühlen herumgetrampelt, seit du zurück bist, und bist einfach gegangen. Ein zweites Mal. Du hattest deine Chance, jetzt ist es zu spät.«

Einen Moment stand ich da wie vom Donner gerührt, dann nickte ich und flüsterte: »Es tut mir leid.«

Verzweifelt bemühte ich mich um Fassung, als ich die Küche verließ. Lars blickte mir neugierig entgegen, und ich zwang mich zu einem Lächeln. Ob er alles mit angehört hatte? Hoch erhobenen Hauptes verließ ich das Restaurant, doch sobald die Tür hinter mir zufiel, konnte ich die Tränen nicht mehr zurückhalten.

»Es ist so schön, meine beiden Kinder mal wieder zusammen an einem Tisch zu haben.« Meine Mutter erhob ihr Weinglas. »Auf die Familie.«

»Auf die Familie«, wiederholten Dominik und mein Vater. Die Gläser klirrten gegeneinander, als wir alle miteinander anstießen.

Ich nahm einen großen Schluck und sah mich angespannt um. Natürlich hatte meine Mutter den großen Tag in der *Kombüse* feiern wollen. Entweder hatte sie überhaupt nicht mitbekommen, was zwischen Julian und mir los war, oder aber sie hoffte darauf, dass es doch noch ein Happy End geben würde. Ich tippte auf Letzteres, glaubte aber nicht an ein glückliches Ende. Julian war nicht nur wütend auf mich, er war verletzt und enttäuscht. Das ließ sich nicht so einfach aus der Welt schaffen. Ich hatte ihn ein zweites Mal sitzen lassen, ohne Rücksicht auf seine Gefühle zu nehmen. Erst jetzt wurde mir so richtig bewusst, was ich eigentlich getan hatte.

Tränen sammelten sich in meinen Augen, und natürlich suchte sich Julian ausgerechnet diesen Moment aus, um auf die Terrasse zu treten. Ich blickte auf das ruhige Meer hinaus, wischte mir verstohlen über die Augen und setzte ein Lächeln auf. Es hätte alles so schön sein können. Die Regenwolken waren tatsächlich im Laufe des Nachmittags verschwunden und die Temperaturen angestiegen. Es war ein lauer Sommerabend mit zwitschernden Vögeln, und es roch herrlich frisch nach nasser Erde und Lavendel.

Julian war offensichtlich nach draußen gekommen, um sich mit einem auffällig gekleideten Pärchen mittleren Alters zu unterhalten. Ich meinte, die beiden schon mal hier gesehen zu haben. Sie trug grelle Farben und jede Menge Gold- und Glitzerschmuck, er Lederstiefel, eine Sonnenbrille und ein bedrucktes T-Shirt von Philipp Plein. Sein Lachen drang über die Terrasse zu uns herüber, und sie flirtete ganz unverhohlen mit Julian.

Nachdem Julian sich von den beiden verabschiedet hatte, versuchte er, nicht in unsere Richtung zu schauen, und zögerte, doch dann kam er zu unserem Tisch. Er hätte auch schwerlich einfach wieder hineingehen können, ohne meine Eltern zu begrüßen.

»Guten Abend zusammen«, sagte er und schlug Dominik auf die Schulter. »Schön, dich zu sehen. Lass uns doch mal zusammen ein Bier trinken gehen, bevor du endgültig wieder abreist.«

»Gern, ich hab Zeit«, erwiderte mein Bruder.

»Willst du dich nicht zu uns setzen?«, fragte meine Mutter. »Die ganze Familie feiert die Rettung der *Strandperle*, und du gehörst doch quasi dazu.« Sie konnte es einfach nicht lassen.

Julian zögerte erneut. Vermutlich wollte er nicht schon wieder ablehnen, aber in dieser Situation mit mir an einem Tisch zu sitzen und so zu tun, als wäre nichts gewesen, war ihm eindeutig zu viel.

Mein Vater rettete Julian, indem er betont beiläufig sagte: »Mensch, Uta, du kannst es dir einfach nicht merken, oder? Der Junge muss arbeiten.«

»Leider.« Julian sprang sofort auf den Zug auf. »Wir holen das nach, aber ich freue mich für euch.«

Er flüchtete regelrecht zurück ins Innere des Restaurants. Kein einziges Mal hatte er zu mir gesehen. Wieder sammelten sich Tränen in meinen Augen, beschämt wischte ich sie weg.

Schützend legte mein Vater einen Arm um mich. »Ach, Bienchen, mach dir nichts draus. Das renkt sich schon wieder ein.« Ich schüttelte den Kopf. »Na, na, was soll denn das? Die Hansens geben nicht auf. Du bist das beste Beispiel dafür.«

»Das ist etwas anderes«, setzte ich an, doch ganz plötzlich

kam mir eine Idee. Mein Vater hatte recht, aufgeben war nicht meine Art.

Was hatte ich mir nur dabei gedacht? Ich wusste doch, dass ich nicht kochen konnte. Ich versagte schon bei den kleinsten Dingen, was die klebrige Pampe bewies, die eigentlich Zuckerguss hätte werden sollen. Wie hatte ich da auf die Idee kommen können, ein ganzes Menü zuzubereiten?

Ich riss das Fenster auf und strich mir mit dem Handrücken über die Stirn. Dann streifte ich mir die Ofenhandschuhe über und holte den Zitronenkuchen aus dem Ofen. Vielleicht war wenigstens der was geworden, immerhin war er der Hauptbestandteil meines Plans. Ich konnte noch alles retten. Doch der Kuchen hatte mehr Ähnlichkeit mit einem Stück Kohle als mit irgendetwas Essbarem. *Jetzt nur nicht in Panik verfallen. Plan B, ich nehme einfach Plan B.* Wir mussten den Kuchen ja nicht essen, er sollte lediglich eine Botschaft überbringen. Hilfesuchend sah ich mich in der Küche um und öffnete schließlich sämtliche Schranktüren. Ich brauchte eine Alternative zum Zuckerguss, denn mit dem klumpigen Zeug ließ sich nichts anfangen. Mein Blick fiel auf die Rolle mit den Smarties, die Julian schon früher gern gegessen hatte. Spontan griff ich danach und schüttete mir ein Drittel des Inhalts auf die Hand. Dann begann ich, den Kuchen damit zu verzieren.

»Anton!« Ich hörte Julians wütende Stimme schon von Weitem. »Finger weg von meinem Pizzaofen!«

Ich sah zur Uhr. Mist, ich hätte meinem Bruder Bescheid geben müssen. Wir hatten vereinbart, dass er Julian mit einer Notlüge Richtung *Kombüsen*-Küche schicken würde, damit ich ihn mit dem selbst gekochten Essen überraschen konnte, doch Julian war viel zu früh dran. Ich war noch nicht so weit. Warum hatte Dominik auch nicht vorher nachgefragt?

Die Schwingtür flog auf und knallte gegen den Kühlschrank, bevor sie wieder zurückschlug. Julian konnte gerade noch rechtzeitig beiseitespringen. Er bekam große Augen, als er das Chaos in der Küche erblickte.

»Was zur Hölle …?« Er brach ab und starrte mich an.

Ich hielt inne, die Smarties in den Händen, als wäre ich ein Einbrecher und Julian hätte mich auf frischer Tat ertappt. Verdammt, ich musste fürchterlich aussehen, und ein schneller Blick in die spiegelnde Dunstabzugshaube bewies mir, dass es so war. Meine Haare sahen aus, als hätte ein Vogel dort gebrütet, ich war verschwitzt und mit Mehl überzogen, und die Smarties begannen, in meinen Händen zu schmelzen, sodass sie farbige Spuren hinterließen. Außerdem trug ich durchlöcherte Jeans und ein altes weißes Shirt, das ein Stück zu kurz war und seine besten Zeiten hinter sich hatte. Was ich mir eigens für diesen Anlass gekauft hatte, wartete in der Einliegerwohnung darauf, dass ich es anziehen würde. Doch jetzt war es zu spät.

»Was machst du in meiner Küche?« Julian sah mich fragend an. »Dein Bruder …« Er verstummte, jetzt erst schien er den Kuchen und die Smarties in meiner Hand zu bemerken.

Sein Blick wanderte zwischen dem Kuchen und mir hin und her. Ich hatte das verkohlte Etwas mit den Schokolinsen verziert, allerdings nicht wahllos, sondern mit Buchstaben. Das E war momentan zwar noch ein F, aber man konnte dennoch erkennen, was es werden sollte: »MARRY ME!« *Heirate mich.*

»Emmi?« Fragend sah er mich an.

Mein Herz machte einen Satz. Er hatte mich Emmi genannt. Das war ein gutes Zeichen. Was konnte ich jetzt sagen, um nicht alles gleich wieder zu vermasseln? Ich hatte eine ganze Rede vorbereitet, aber mir fiel kein einziges Wort davon mehr ein.

»Es tut mir leid«, begann ich stattdessen wieder einmal. Ich legte die Smarties neben den Kuchen und wischte mir die verschmierten Hände an meiner Jeans ab. Die musste ohnehin in die Wäsche oder am besten gleich in den Müll. »Ich wollte etwas ganz Besonderes für dich machen. Salat mit Nüssen und Beeren als Vorspeise, dann Spaghetti bolognese und zum Nachtisch den Kuchen. Aber der Salat ist mir angebrannt …«

Julian zog die Augenbrauen hoch. »Wie kann man denn bitte schön Salat anbrennen lassen?«

»Ich wollte die Nüsse rösten.« Entschuldigend zuckte ich mit den Schultern.

Er schüttelte den Kopf, aber auf seinen Lippen deutete sich ein amüsiertes Lächeln an. Er betrat die Küche. »Und die Spaghetti bolognese? Das ist mein Lieblingsessen.«

»Ich weiß.« Seufzend zeigte ich auf die Spüle. »Sieh selbst.«

Julian trat hinüber zur Spüle, wo der Topf mit dem Hauptgericht stand. Er nahm eine Gabel, drehte ein paar Nudeln auf und probierte sie vorsichtig, doch er verzog den Mund. »Oh Gott. Die Nudeln sind total verkocht, und die Sauce ist versalzen.«

»Du weißt, was man über Köche sagt, die ihre Speisen versalzen?«, fragte ich leise, doch er schwieg. »Es tut mir wirklich leid, Julian, ich hätte nicht gehen dürfen. Du hattest recht, mit allem, was du gesagt hast. Ich wollte mir nicht eingestehen, dass ich vor zwölf Jahren einen großen Fehler gemacht habe. Wir hätten das sicher irgendwie hinbekommen. Zumindest hätten wir es versuchen können.«

Julian stieß die Luft aus. »Ich weiß nicht, vielleicht auch nicht. Du wolltest weg, ich wollte hierbleiben, und wir waren zu jung für eine Fernbeziehung. Aber dass du mich ein zweites Mal zurückgelassen hast …«

»In meinem Leben habe ich zwei große Fehler gemacht: dich zu verlassen. Ich habe es nicht verdient, aber ich hoffe trotzdem, dass du mir verzeihen kannst.« Aus der Hosentasche meiner Jeans holte ich die blaue Kordel eines Kapuzenpullovers, die so geknotet war, dass sie eine fingergroße Öffnung hatte. Obendrauf bildeten die beiden Enden eine Schleife.

»Du hast ihn all die Jahre lang behalten?«

Ich nickte und holte tief Luft, als aus dem Gastraum ein lautes »Hallo?« zu vernehmen war. Verdammt, warum ausgerechnet jetzt? »Moment, lauf mir nicht weg«, sagte ich zu Julian und eilte in den Nebenraum. Keine zwei Minuten später war ich wieder zurück.

»Du hast Pizza bestellt?«, fragte er ungläubig.

»Plan B«, antwortete ich und öffnete die Pappschachtel, in der sich eine Pizza Funghi befand. Erleichtert stellte ich fest, dass die Pilze wie von mir bestellt einen Schriftzug bildeten: »MARRY ME!« Julian lachte, und ich fasste mir ein Herz. »Julian Maximilian Petersen, ich liebe dich, und ich will mein restliches Leben mit dir verbringen. Würdest du mich heiraten?«

»Hältst du es wirklich für eine gute Idee, wenn ein Sternekoch eine absolute Niete in der Küche heiratet?«

»Sternekoch?«

Er nickte, und seine blauen Augen leuchteten. »Ich weiß es seit gestern.«

»Oh, Julian, das ist großartig! Ich freue mich so für dich.

Du hast es dir verdient.« Er nickte nur, und wir schwiegen eine ganze Weile. Ich traute mich kaum, erneut zu fragen. »Und, was meinst du? Kannst du dir vorstellen, mich zu heiraten? Ich verspreche dir auch, nie wieder einen Kochlöffel in die Hand zu nehmen.«

Mit zwei Schritten war Julian bei mir. Er nahm mir die Pizzaschachtel aus der Hand, um sie beiseitezustellen, dann legte er eine Hand auf meinen Oberarm und die andere auf meine Wange. »Ja, ich will dich heiraten. Und was das Kochen angeht: Das werde ich dir beibringen. Es kann schließlich nicht angehen, dass die Frau eines Kochs sogar Salat anbrennen lässt.«

»Bist du sicher, dass du dir das antun willst?« Ich wusste selbst nicht so genau, worauf sich meine Frage bezog, doch Julian nickte.

»Auf jeden Fall.« Und dann küsste er mich.

Epilog

Samstag, 12. Mai

Glücklich sein
Das Leben genießen
Keine To-do-Listen mehr schreiben!!!

»Was hältst du von einem bunten Sommerstrauß aus Levkojen, Rosen und Hortensien für jeden Tisch?«, fragte ich.

Julian nahm mir die pinke Rose aus der Hand und stellte sie zurück ins Wasser, damit er mich in die Arme schließen konnte. »Schon überzeugt, das klingt toll. Und wie stellst du dir deinen Brautstrauß vor?«

Einen Strauß im Vintage-Look mit rosa- und altrosafarbenen Rosen und Pfingstrosen, aber das werde ich dir nicht sagen, dachte ich.

»Lass dich überraschen«, antwortete ich stattdessen und atmete den süßen Duft der Blumen ein. Schon in einem Monat würden Julian und ich den Bund der Ehe eingehen. Dreizehn Jahre zu spät, aber besser spät als nie. Es würde die erste Hochzeit in der *Strandperle* werden, die sich inzwischen mit ihrem Verlobungsservice einen Namen gemacht hatte. Es war bereits alles arrangiert. Wir würden im kleinen Kreis am Strand heiraten, so wie wir uns das schon damals vorgestellt hatten, und auch am Strand mit einem Barbecue feiern. Gegen Abend sollte es dann in der *Strandperle* weitergehen.

»Ich dachte, nur das Brautkleid soll eine Überraschung werden«, sagte Julian. Er hob meine linke Hand und betrachtete meinen Ringfinger, an dem der Kordelring steckte. »Ich kann immer noch nicht glauben, dass du ihn all die Jahre aufgehoben hast. Und ich kann nicht glauben, dass du ihn trägst. Warum darf ich dir keinen ordentlichen Verlobungsring kaufen? Etwas Besonderes?«

»Weil ich nichts Besonderes brauche«, antwortete ich. »Ich habe meine Lektion endlich gelernt, ich brauche nur dich.«

Julian grinste. »Sehr gut, mich wirst du nämlich so schnell nicht wieder los.«

»Das ist der Plan«, erwiderte ich und küsste ihn.

Dank

In diese Geschichte hineinzukommen fiel mir am Anfang seltsamerweise ziemlich schwer, aber es gab viele Menschen, die mir unterstützend zur Seite standen. Allen voran wie immer mein Mann. Du hattest den richtigen Riecher, in welche Richtung die Geschichte gehen sollte, und nun liegt sie mir zusammen mit den Figuren wirklich am Herzen. Danke für deine unermüdliche Unterstützung. Ich bin froh, dass ich dich hab!

Zum ersten Mal möchte ich auch dir, Niklas, danken. Ohne deine Geduld hätte ich dieses Buch nicht fertigstellen können. Aufgrund der Umstände, unter denen dieser Roman entstanden ist, wird er immer etwas Besonderes für mich bleiben. Genau wie du!

Vielen Dank an meine Agentinnen Diana Itterheim und an Jessica Itterheim. Auch ihr standet mir wie immer zur Seite und habt viele tolle Ideen zu diesem Buch beigetragen. Mein Dank gilt auch dem Verlag Bastei Lübbe, allen voran natürlich meiner Lektorin Dr. Stefanie Heinen. Danke für Ihre Ideen und das hervorragende Lektorat. Die Zusammenarbeit hat mir wie schon bei *Der verflixte 7. Mann* sehr viel Spaß gemacht, und ich freue mich auf das nächste Projekt.

Mein besonderer Dank gilt meiner Autorenkollegin Nina George und allen Teilnehmern des Seminars *Geniale Figurenensembles gestalten*. Ich werde nie vergessen, wie wir an diesem wunderschönen Sonnentag auf dem Rasen standen und die Geschichte »nachgespielt« haben. Nina, deine Einwände und Ideen waren super und haben der Geschichte den letzten Schliff gegeben.

Zu guter Letzt vielen Dank an meine Leser. Ich hoffe, ihr hattet Freude daran, Emily ein kleines Stück auf ihrem Weg zu begleiten. Ich würde mich freuen, wenn wir uns wiederlesen. Bis dahin wünsche ich jedem Einzelnen von euch alles Gute.